MARINA MAASS
A GIFT OF FATE

Zur Autorin

Marina Maaß wurde 1996 in Niedersachsen geboren und hat die Liebe zu Büchern und dem kreativen Schreiben bereits im frühen Alter entdeckt. Gemeinsam mit ihrer Familie und zwei Hunden lebt sie in einem kleinen Dorf am Rande der Südheide. Mit A GIFT OF FATE hat sie sich den Traum vom ersten eigenen Roman erfüllt.

MARINA MAASS

Bibliografische Information der Deutschen Nationalbibliothek:
Die Deutsche Nationalbibliothek verzeichnet diese Publikation in der Deutschen Nationalbiografie, detaillierte biografische Daten sind im Internet über dnb.dnb.de abrufbar.

TWENTYSIX
Eine Marke der Books on Demand GmbH

Text: © 2021 Marina Maaß
Herausgeber: Marina Maaß
Covergestaltung: Casandra Krammer – www.casandrakrammer.de
Covermotiv: © nikkytok, Rangizzz – depositphotos.com
ISBN 978-3-7407-8244-3

Herstellung, Verlag, Lektorat und Satz: BoD – Book on Demand, Norderstedt

Für meine Freunde

1. KAPITEL
RILEY

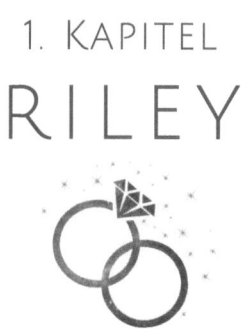

Die wummernden Bässe lassen den Boden unter meinen Füßen vibrieren. Überall um mich herum tanzen Leute. Sie reiben ihre Körper aneinander, lachen, flirten oder tauschen heiße Küsse mitten auf der Tanzfläche aus. Das *Lightroom* platzt mal wieder aus allen Nähten, und ausgerechnet heute feiert Emily ihre letzte bestandene Prüfung. Denn seit etwa sieben Stunden ist meine beste Freundin endlich eine vollwertige Ärztin! Amüsiert beobachte ich, wie sie mit einem Typen flirtet, der eigentlich gar nicht ihrem Beuteschema entspricht. Jetzt allerdings zwirbelt sie die Spitzen ihres glatten, dunklen Long Bobs, neigt den Kopf zur Seite und verzieht ihre vollen Lippen zu einem aufreizenden Lächeln. Da spricht eindeutig die zweite Flasche Champagner aus ihr! Schmunzelnd leere ich das Glas in meiner Hand in einem Zug und stelle erschrocken fest, dass nicht nur Emily die Auswirkungen des Champagners spürt. Für einen kurzen Moment halte ich mich am Tresen hinter mir fest, bis der Boden aufhört zu wanken.

Reiß dich zusammen, Riley, ermahne ich mich selbst, *du musst morgen arbeiten!* Im Gegensatz zu Emily habe ich mir keinen Urlaub genommen, was sich gerade als ziemlich blöde Idee herausstellt. Benommen schüttle ich den Kopf, als Emily plötzlich vor mir auftaucht und vor Begeisterung quietscht.

„Siehst du den niedlichen Kerl da vorne?" Ich werfe einen kurzen Blick über ihre Schulter. Sie redet tatsächlich von dem blonden Schönling auf der gegenüberliegenden Seite des Raumes! Mit einem kurzen Nicken bedeute ich ihr weiterzusprechen, bereue es jedoch bereits im nächsten Moment, als der Club sich zu drehen beginnt. Nicht gut.

„Also, auf jeden Fall will er uns mit in die VIP-Lounge nehmen. Ist das nicht irre?"

Ich seufze, als ich das begeisterte Funkeln in ihren Augen wahrnehme. Egal, was ich jetzt sage, sie wird niemals zustimmen, nach Hause zu gehen. Außerdem ist es ihr besonderer Abend, also setze ich mein lässigstes Grinsen auf und finde mich nur wenige Minuten später oberhalb des Clubs in einem kleinen, separaten Raum mit geschmackvollen Ledersofas und einer eigenen Bar wieder. Es hätte uns schlechter treffen können.

Das Licht hier ist gedämpfter und die Musik nicht so furchtbar laut, man kann sogar sein eigenes Wort verstehen. Wir befinden uns etwa zehn Meter über der Tanzfläche, die ich interessiert beobachte. Das Zusammentreffen von so vielen verschiedenen Leuten fasziniert mich stets aufs Neue, auch wenn große

Menschenmengen normalerweise nicht so mein Ding sind. Nachdenklich schwenke ich die prickelnde Flüssigkeit in meinem Glas hin und her, das Emilys Verehrer – der sich als Alec vorgestellt hat – mir in die Hand gedrückt hat.

„Die können uns hier oben nicht sehen. Das Fenster ist einseitig verspiegelt." Ich zucke zusammen, während ich meinen Blick nach links lenke.

Ganz heimlich, still und leise ist neben mir ein weiterer junger Mann aufgetaucht. Sein hellbraunes Haar ist lässig nach hinten gestylt, allerdings ist es nicht akkurat frisiert, eher verwuschelt, so als wollte er diesen „Gerade aufgestanden"-Look. Seine grünen Augen funkeln mich verschmitzt an, was wunderbar zu dem verwegenen Lächeln auf seinen Lippen passt.

„Klasse", entgegne ich lächelnd, bevor ich einen großen Schluck Champagner zu mir nehme, „ich beobachte Menschen ohnehin lieber, als selbst gesehen zu werden."

„Geht mir ähnlich. Vor allem, wenn sie so schön sind wie du."

Ungewollt entwischt mir ein Kichern. O Gott, was war das denn? Normalerweise lasse ich Männer, die solche Sprüche draufhaben, sofort stehen. Das muss der Champagner sein ... vom dem sollte ich ab jetzt besser die Finger lassen.

Meine neue Bekanntschaft und Alec durchkreuzen diesen Plan jedoch, und ich bin zu betrunken oder zu höflich, um Nein zu sagen. In den nächsten Stunden knallt ein Korken nach dem anderen, und wir feiern so ausgelassen, dass ich gegen drei Uhr morgens nicht mehr weiß, wo vorne und hinten ist.

Lachend lege ich den Kopf in den Nacken, während kleine Tränen über meine Wange laufen. Ian – so heißt meine charmante Clubbekanntschaft – ist furchtbar lustig, und, na ja, der Alkohol tut sein Übriges.

„Okay, okay, Leute. Ich weiß, ihr habt viel Spaß, aber ich denke, wir sollten langsam los, Riley." Emily klingt so betrunken, wie ich mich fühle, und dennoch weiß ich, dass sie recht hat.

„Einen Moment noch", Ian sieht mich an, „du bist doch eine Frau." Spontan sehe ich an mir herunter. Brüste sind noch da, und ein Penis scheint mir auch nicht gewachsen zu sein, also ja. Ich bin offenkundig eine Frau.

„Mein Management will, dass ich mich mit meiner *Freundin* verlobe, um mein Image ein bisschen aufzubessern. Unglaublich, was?" Verwirrt ziehe ich die Augenbrauen zusammen. Hat der gerade Management gesagt? Der Champagner scheint selbst meine letzte noch funktionierende Gehirnzelle infiltriert zu haben.

„Auf jeden Fall brauche ich mal eine weibliche Meinung zum Verlobungsring." Er lehnt sich zu mir herüber und öffnet eine kleine, dunkelblaue Samtschachtel, die sehr edel aussieht. Doch was sich im Inneren befindet, ist noch um einiges beeindruckender.

„Wow", meine ich leise und neige den Kopf ehrfürchtig zur Seite. So etwas Schönes und Teures habe ich noch nie in meinem Leben gesehen! Das spärliche Licht der Lounge bricht sich in dem großen Diamanten und verursacht ein wunderschönes Funkeln, von dem ich kaum die Augen lassen kann.

„Viel zu protzig, oder? Hab ich meinem Manager auch gesagt, aber der wollte nicht hören." Ian seufzt. „Anscheinend stehen die Frauen da heutzutage drauf. Na ja, zumindest Ashleen."

Ich habe immer noch keine Ahnung, von was oder wem genau er da redet, aber momentan ist es mir auch egal. Meine Aufmerksamkeit gilt noch immer dem Ring. Meinem Sitznachbarn treiben meine bewundernden Blicke ein mildes Grinsen auf die Lippen.

„Willst du ihn mal anprobieren? Ihr könntet in etwa dieselbe Größe haben." Sofort schüttle ich den Kopf. Dem kann ich doch in keinem Fall zustimmen, egal wie betrunken ich bin.

„Bringt es nicht Unglück, wenn man den Verlobungsring einer anderen anzieht?", frage ich neckend, was Ian nur mit einem Schulterzucken abtut.

„Ein bisschen Pech schadet dieser Verbindung nicht."

Ah ja. Bei den beiden herrschen wirklich seltsame Beziehungsverhältnisse ... Und noch bevor ich irgendwie protestieren kann, steckt der Ring auch schon an meinem Finger. Fasziniert halte ich ihn gegen das Licht, während ich meine Hand hin und her drehe. Er ist atemberaubend! Doch leider habe ich nicht viel Zeit, ihn weiter zu bewundern, denn auf einmal bricht Hektik aus. Zwei überdimensional große, kahlrasierte

Sicherheitsmänner kommen auf Ian zu, der daraufhin panisch einige Worte mit Alec wechselt und mir einen kurzen Blick zuwirft. „Wir bringen euch nach Hause. Kommt mit."

In großer, für mich nicht nachvollziehbarer Eile werden wir über eine Treppe in einen langen, dunklen Gang zur Hintertür eskortiert. Stirnrunzelnd werfe ich meinem Begleiter einen Blick zu, aber der ignoriert mich vollkommen. Das ist alles höchst merkwürdig.

Zu allem Überfluss passiert kurz vor der Tür dann in der Hektik schließlich noch das Unausweichliche: Der Alkohol beeinträchtigt nun auch meinen Gleichgewichtssinn, ich stolpere über meine eigenen Füße und falle. Doch bevor ich auf dem Boden aufkomme, fängt Ian mich auf.

Intensive grüne Augen funkeln mich an, während ich in seinen Armen liege, und erschweren mir für einen kurzen Moment das Atmen. Waren die vorhin auch schon so schön? Mein Herz hämmert wie wild in meinem Brustkorb, als er schützend den Arm um mich legt. Endlich finde ich meine Stimme wieder.

„Danke", murmle ich leise, schlinge meinen Arm um seine Mitte und halte mich an ihm fest. Meinen Beinen traue ich jedenfalls nicht mehr.

Alec stößt die Tür nach draußen auf, und auf das, was mich da erwartet, bin ich nicht vorbereitet. Ein Blitzlichtgewitter bricht über uns herein, und ich reiße panisch die Hände in die Luft, um mein Gesicht zu schützen. Auf keinen Fall darf ich auf einem Foto erkennbar sein!

Energisch wehrt der junge Mann neben mir die Fotografen ab, führt mich zielsicher zu seinem dunklen Wagen und schiebt mich ins Innere. Erleichtert aufatmend lasse ich mich in die bequemen Sitze der Rückbank sinken. Hier bin ich sicher vor den Kameras, durch die getönten Scheiben kann man nichts erkennen. Langsam gleitet mein Blick zu dem attraktiven Mann neben mir, als die Wagentüren geschlossen werden. Wer zur Hölle bist du, Ian, und was hast du mir da nur eingebrockt?

2. KAPITEL
RILEY

Das Häckseln des Mixers lässt mich wenige Stunden später aus dem Schlaf hochschrecken. Stöhnend drehe ich mich auf die andere Seite. Die Nacht kann unmöglich schon vorbei sein!

„Willst du auch einen Smoothie?" Emily schreit gegen das laute Geräusch des Mixers an, was meine Kopfschmerzen nicht gerade lindert. Ich habe noch nie verstanden, wie sie trotz ihres teilweise exzessiven Alkoholkonsums an den Wochenenden – oder in der Woche, so wie gestern – keinen Kater haben kann. Wie ist das möglich? Ich dagegen sterbe jedes Mal einen grausamen Tod, wenn ich nach einer durchzechten Nacht aufwache. Das Leben kann manchmal so unfair sein ...

„Alles, was ich will, ist eine Aspirin", knurre ich leise und drücke mir das Kopfkissen aufs Gesicht. Mein Kopf hämmert fast so stark wie die Bässe im Club in der vergangenen Nacht.

„Du musst langsam echt aufstehen, Riley." Die Stimme meiner besten Freundin ist auf einmal so nah, dass ich mir das Kissen wieder unter den Kopf lege und sie anschaue. „Es ist schon fast zwölf."

Verdammt! Meine Schicht beginnt in zwei Stunden, und ich sehe vermutlich aus wie der Tod auf zwei Beinen! Zumindest fühle ich mich so. Brummelnd strample ich mir die Decke von den Beinen und schlurfe den Flur hinunter ins Badezimmer, wo mich ein Bild des Grauens erwartet.

„Ach du Heiland ..." Erschrocken schlage ich mir die Hand vor den Mund. Ich sehe ja furchtbar aus! Ob das in zwei Stunden wieder herzurichten ist, wage ich zu bezweifeln.

Unter meinen schokoladenbraunen Augen zeichnen sich dunkle Ringe ab, die selbst mit viel Concealer schwer abzudecken sein werden. Meine langen, honigblonden Haare hängen platt und glanzlos herunter. Zu allem Überfluss fällt durch das helle Badezimmerlicht zusätzlich auf, dass mein Ansatz längst hätte nachgefärbt werden müssen. Ich muss dringend zum Friseur, das geht ja gar nicht!

Noch immer sind um meinen Mund Rückstände des Lippenstifts von gestern zu sehen, und zu guter Letzt stelle ich fest, dass sich eine meiner falschen Wimpern auf meinen Hals verirrt hat. Ich muss mich ganz schnell wieder in Ordnung bringen, so kann ich auf gar keinen Fall bei meinen Patienten sehen lassen.

Gerade als ich mein T-Shirt ausziehen will, um in die Dusche zu steigen, fällt mein Blick auf meine linke Hand, was mich augenblicklich innehalten lässt. Dort an meinem Ringfinger funkelt ein Ring mit dem wohl eindrucksvollsten Diamanten, den ich *jemals* gesehen habe. Wie zur Hölle kommt der an meine Hand?

Denn dieser Stein ist mit tausendprozentiger Sicherheit echt und nicht nur billiger Modeschmuck. Mit aller Kraft ziehe ich daran, doch der Ring bewegt sich keinen Millimeter. Also schmiere ich ihn ordentlich mit Seife ein und versuche erneut, ihn vom Finger zu ziehen. Doch trotz meines kleinen Hilfsmittels bleibt er weiterhin an Ort und Stelle. Das ist nicht gut. Gar nicht gut.

„Ems!" Mit schnellen Schritten laufe ich ins Wohnzimmer, wo die junge Ärztin dick eingemummelt in einer flauschigen, weißen Decke auf ihrem Sofa liegt. Sie sieht mindestens genauso schlecht aus, wie ich mich fühle.

„Na, geduscht hast du aber noch nicht." Sie wirft mir einen abschätzenden Blick zu, bevor sie mich mit einer Handbewegung wieder Richtung Badezimmer scheucht.

„Was ist letzte Nacht passiert?" Mir ist schon klar, dass mir die Zeit davonrennt, aber die Antwort auf meine Frage ist wesentlich wichtiger als eine heiße Dusche. Ich lasse mich neben sie fallen, ehe ich meine Hand hochhalte und ihr somit den Ring präsentiere.

„Ich war betrunken, ja. Aber doch nicht *so* betrunken, dass ich mich mit einem fremden Mann verlobt habe!"

Die grünen Augen meiner besten Freundin weiten sich um das Dreifache, als sie nach meiner Hand greift und den Ring bewundert.

„Der Diamant hat mindestens fünf Karat. Ich meine, guck mal, wie riesig der ist!"

Wenn sich jemand mit teuren Schmuckstücken auskennt, dann Emily. Ihre Eltern sind stinkreich, weshalb sie sich niemals Sorgen um Geld machen muss. Eigentlich müsste sie nicht mal arbeiten, aber das geht gegen ihre Überzeugung, sagt sie. Sie könne nicht den ganzen Tag zu Hause sitzen, nichts tun und gelegentlich ein bisschen Geld ausgeben. Das entspreche nicht ihrem Naturell, was sie in meinen Augen um einiges sympathischer macht. Geld und Luxus ist ihr mehr oder weniger egal, auch wenn sie in einem riesigen Drei-Zimmer-Apartment in West Hollywood wohnt. Ganz ohne Glanz und Glamour geht es wohl doch nicht. Allerdings ist mir ihre Schmuckanalyse momentan herzlich egal.

„Der ist bestimmt Millionen wert", haucht sie ehrfürchtig, was mir ein genervtes Schnauben entlockt.

„Wie ist der an meinen Finger gekommen?", knurre ich gereizt, und diesmal ist Emily diejenige, die seufzen muss. Sie weiß ganz genau, dass man mir besser schnell antwortet, wenn ich so einen Ton anschlage.

„Ich weiß es nicht mehr", gibt sie schließlich ehrlich zu, während sie meine Hand loslässt und sich zurücklehnt.

„Ich kann mich noch erinnern, dass ich diesen Alec kennengelernt hab, der uns mit in die VIP-Lounge genommen hat." Ja, daran kann ich mich auch noch erinnern. Der charmante Typ, der eigentlich nicht ihrem Beuteschema entspricht.

„Und dann war da noch dieser Kumpel von ihm. Mit dem hast du dich aber überwiegend unterhalten ..."

Krampfhaft versuche ich nachzudenken, doch es sind nur noch Erinnerungsfetzen übrig. Ein atemberaubendes Lächeln mit einer Reihe strahlend weißer Zähne. Tiefgrüne Augen mit den intensivsten Blicken, die mir je ein Mann zugeworfen hat.

Starke, muskulöse Arme, die mich auffangen, als ich zu fallen drohe. Aber das ist auch schon alles. Frustriert lege ich den Kopf in den Nacken. Das kann doch alles nicht wahr sein! Ich kann mich nicht mal an seinen dämlichen Namen erinnern! Irgendwas mit „I", glaube ich. Oder war es mit „E"? Ich weiß es nicht mehr.

„Auf jeden Fall bekomme ich das Ding nicht vom Finger. Hab es auch schon mit Seife probiert." Emily legt den Kopf zur Seite und betrachtet den Ring erneut mit zusammengekniffenen Augen.

„Zum Aufschneiden ist der definitiv zu schade. – Aber du hast gerade ein ganz anderes Problem", fügt sie hektisch hinzu, nachdem sie einen Blick auf die Uhr an der gegenüberliegenden Zimmerseite geworfen hat.

„Dann versuche ich es einfach noch mal mit Desinfektionsmittel", überlege ich laut, als Emily mir hart gegen die Schulter boxt.

„Aua!" Ich werfe ihr einen bösen Blick zu, während ich mir den Oberarm reibe.

„Riley! Deine Schicht fängt gleich an." Oh, verdammt! Aber gut, dann muss das Schmuckproblem erst mal warten.

3. KAPITEL
IAN

„Alter, ich trinke in meinem gesamten Leben keinen Champagner mehr." Alec reibt sich mit Daumen und Zeigefinger den Nasenrücken, bevor er das Glas frisch gepressten Orangensaft herunterkippt, das vor ihm steht, und zwei Paracetamol hinterherschmeißt.

„Diese Blubberbrause zerschießt mir jedes Mal wieder den Schädel." Grinsend schiebe ich mein Rührei auf dem Teller umher. Mir geht es zwar nicht ganz so schlecht wie meinem Gitarristen, allerdings habe auch ich einige Erinnerungslücken, was den gestrigen Abend angeht.

Ich musste einfach mal wieder unter Leute. Seit Wochen arbeite ich an meinem neuen Album, und in den letzten Tagen hat es beim Schreiben und Komponieren stark gehapert. Da ist mir die Decke auf den Kopf gefallen. Immerhin bin ich keine Maschine, die einen Nummer-eins-Hit nach dem anderem aus dem Ärmel schüttelt.

Also habe ich mir meinen Bandkollegen und besten Freund Alec Marshall geschnappt, und wir sind ins

Lightroom gefahren. Unseren absoluten Lieblingsclub in ganz Los Angeles. Was genau passiert ist, weiß ich allerdings nicht mehr genau. Nur der Paparazzi-Ansturm am Ende ist mir im Gedächtnis geblieben.

„Muss auf jeden Fall ein Wahnsinnsabend gewesen sein, wenn du so einen Kater hast, und das, obwohl wir vorher noch einige Lines gezogen haben. Eigentlich hätte der Alkohol dadurch gar nicht so kicken dürfen." Alec nickt, während er auf seinem Toast herumkaut.

„Richte Maria bitte aus, dass ihr Frühstück mal wieder der Wahnsinn ist", meint er mit vollem Mund, was mir ein leichtes Schmunzeln entlockt.

Maria ist seit etwa einem Jahr meine Haushälterin und Köchin. Zugleich ist sie die gute Seele dieses Hauses. Alle meine Freunde lieben sie und vor allem ihr grandioses Essen. Während ich in meiner top ausgestatteten Viertausend-Dollar-Hochglanzküche gerade mal ein Brot schmieren kann, zaubert sie die unterschiedlichsten Gerichte auf den Teller, die jedem das Wasser im Mund zusammenlaufen lassen. Ohne sie wüsste ich gar nicht, wie ich neben der Musik einen anständigen Haushalt führen sollte.

Maria ist durch ihre herzliche und fürsorgliche Art bereits nach kurzer Zeit wie eine zweite Mutter für mich geworden, und um nichts auf der Welt würde ich sie missen wollen. Hier bricht ja schon das Chaos aus, wenn sie mal zwei Tage Urlaub nimmt.

„Ich werde es ihr ausrichten", erwidere ich also, wobei sie dieses Kompliment schon an die hundert Mal bekommen hat, „allerdings schmeckt mit einem

Kater alles besser. Das müsstest du doch am besten wissen."

Grinsend schmeißt Alec eine Weintraube nach mir, die ich geschickt mit dem Mund auffange, bevor ich mich selbst meinem Essen widme. Diese entspannten, ausgelassenen Frühstücke mit meinem besten Freund genieße ich immer sehr. Sie sind ein guter Ausgleich zu meinem sonst so stressigen Alltag. Und auch für Alec ist es immer wieder eine willkommene Gelegenheit, seinen komplizierten Frauengeschichten zu entkommen.

Erst gestern im Club hat er eine hübsche Brünette aufgegabelt, die er schließlich mit in die VIP-Lounge gebracht hat. Ob er sie wiedersehen wird, ist jedoch fraglich. Für One-Night-Stands ist Alec immer zu haben, von Monogamie hält er umso weniger. Gerade, als ich ihn über seine neuste Eroberung ausfragen will, findet unsere friedliche Frühstücksatmosphäre allerdings ein jähes Ende.

„ADRIAN ADAMS!" Die wütende Stimme meines Managers hallt durch die komplette untere Etage meines Hauses. Kein gutes Zeichen.

„Oho." Alec schluckt, bevor er eine Grimasse schneidet und um einen ganzen Kopf kleiner wird, als die schweren Schritte von Samuel Donovan immer näher kommen.

„Scheint so, als hätten wir großen Mist gebaut." Ich schaffe es gerade noch zu nicken, als Sam mit seinem Handy in der Hand um die Ecke biegt und damit wild vor meinem Gesicht herumfuchtelt.

„Was habt ihr beiden Schwachköpfe euch dabei gedacht?" Sein Gesicht ist hochrot vor Wut, und in seinen blauen Augen kann ich erkennen, dass er mir am liebsten den Hals umdrehen würde.

„Jeder Vollidiot weiß doch, dass das Personal im *Lightroom* dafür bekannt ist, die Presse anzurufen, sobald ein Promi auftaucht!"

Ich werfe Alec einen schnellen Blick zu, bevor ich meine Aufmerksamkeit auf das Handydisplay lenke. Es zeigt die Startseite vom *Hollywood Ticker*, einer App, die täglich mit den neusten Informationen der angesagtesten Stars auftrumpft. Und heute bin ich Gesprächsthema Nummer eins. Angespannt knirsche ich mit den Zähnen, während ich durch mehrere Fotos scrolle, die mich mit einer mir unbekannten Frau im Arm zeigen. Man kann ihr Gesicht nicht erkennen, da sie ihre Hand geschickt davor platziert hat. Doch dadurch bemerke ich den funkelnden Ring an ihrem Finger, der ... Oh, fuck!

„Kannst du mir mal verraten, wieso eine fremde Frau den Zwei-Millionen-Dollar-Ring trägt, der eigentlich am Finger von Ashleen Johnson sein sollte?"
Sam versucht, ruhig zu bleiben, doch ich weiß, dass er kurz vorm Explodieren ist. Dafür kenne ich ihn nach drei Jahren gut genug.

„Nein, kann ich nicht", entgegne ich also wahrheitsgemäß, während ich ihm fest in die Augen schaue, „ich kann dir nicht mal sagen, wer sie ist."

„Das wird ja immer besser", knurrt mein Manager, „du kannst dir verdammt noch mal keinen Skandal mehr leisten, Ian! Ashleen sollte dein Image aufbessern, und das weißt du genau. Aber was machst du? Wirfst dich den Paparazzi zum Fraß hin!" Ich versuche etwas zu erwidern, doch Sam ist noch nicht fertig.

„Die Presse wird sich auf diese Story stürzen wie ausgehungerte Hyänen auf frisches Fleisch." Ich kann verstehen, wieso Sam so außer sich ist, aber das Geschehene jetzt ohnehin nicht mehr ändern.

„Ganz ehrlich, diese ganze Verlobungsgeschichte war doch eh vollkommener Bullshit." Mir ist klar, dass ich mich gerade sehr weit aus dem Fenster lehne, aber das muss das jetzt einfach mal gesagt werden. „Wie soll Ashleen mein Image aufbessern? Die Kleine ist die Skandalnudel schlechthin."

Wundert mich sowieso, dass sie nicht schon längst wieder in einer Entzugsklinik ist.

„Außerdem kann ich sie nicht mal leiden." Die paar Dates, die wir gehabt haben, sind die Hölle gewesen. So eine eingebildete und egozentrische Person ist mir lange nicht mehr untergekommen.

„Diese Verbindung sollte für euch beide von Vorteil sein! Aber das hast du – dank gestern – gründlich in den Sand gesetzt! Wie kann man nur so engstirnig sein?"

Schulterzuckend nehme ich einen Schluck von meinem Saft. Besser in den Sand gesetzt und das neue Topthema der Presse als den Rest meines Lebens mit dieser Frau. Ich war von Anfang an nicht begeistert von der Hochzeitsidee, aber Sam war Feuer und

Flamme, weshalb ich mich ihm zuliebe darauf eingelassen habe. Immerhin hat er einen erheblichen Teil dazu beigetragen, meine Karriere nach vorne zu bringen. Doch genug ist genug, weshalb ich jetzt beschlossen habe, schnellstmöglich von diesem Zug abzuspringen. Ich habe einen eigenen Willen, und den setze ich jetzt endlich durch. Ashleen Johnson ist Vergangenheit, und das soll verflucht noch mal auch so bleiben!

„Ich wundere mich ohnehin schon, warum Amber mich noch nicht angerufen hat", seufzt Sam, während er sich einen meiner Toasts schnappt und abbeißt. „Die springt zu Hause bestimmt schon im Dreieck."

Nur Sekunden später fängt sein Handy an zu klingeln, und ein Schmunzeln tritt auf meine Lippen, denn es scheint, als hätte Amber Johnson seine Worte gehört und direkt zum Telefon gegriffen. Kurz darauf beginnt auch mein Handy zu vibrieren. Na super.

„… Amber, meine Liebe. Gut, dass du anrufst …" Mit schnellen Schritten verlässt mein Manager die Küche, um in Ruhe im angrenzenden Wohnzimmer telefonieren zu können.

Ich dagegen atme noch einmal tief durch, werfe Alec einen gequälten Blick zu und nehme den Anruf entgegen, der mich mit Sicherheit einige Nerven kosten wird. Mir bleibt nicht einmal Zeit, ein kurzes „Hallo" loszuwerden, da wettert Ashleen auch schon los.

„Hast du die Fotos im *Hollywood Ticker* gesehen?! Wer ist dieses blonde Flittchen? Und warum trägt sie MEINEN Ring? Hast du Idiot eigentlich eine Ahnung, wie ich jetzt dastehe? Alle haben doch schon geahnt, dass wir uns verloben würden! Herrgott, Ian! Jedem ist doch klar, dass das auf dem Bild nicht ICH bin. Du bist so dämlich. Was hast du dir nur dabei gedacht?! Wahrscheinlich gar nichts, weil du mal wieder zugekokst warst, wie immer."

Wow. Während dieser Schimpf- beziehungsweise Beleidigungstirade hat sie nicht einmal Luft geholt. Unfassbar, dass ich mit dieser reizenden Frau und ihrem charmanten Mundwerk den Rest meines Lebens verbringen sollte. Alec wirft mir nur einen mitleidigen Blick zu. Die Stimme meiner Beinahe-Verlobten ist dermaßen laut und schrill, dass er jedes einzelne Wort mitbekommen hat. Allerdings habe ich davon jetzt die Nase voll!

„Ash? Halt die Klappe. Du nennst mich einen zugekoksten Mistkerl? Du bist doch keinen Deut besser. Wenn ich dich daran erinnern darf, hast du dir auch schon den ein oder anderen Fehltritt geleistet, wenn du mal wieder stockbesoffen warst. Also hör mir gut zu, denn das werden die letzten Worte sein, die du aus meinem Mund hören wirst. Ich weiß noch nicht, wie genau ich Sam davon überzeuge, aber eines kannst du mir glauben: Ich werde alles daransetzen, dich niemals heiraten zu müssen."

Ohne auf ihre Antwort zu warten, lege ich auf.

„Diese blöde ..." Mit voller Wucht schlage ich mit der Faust auf den Tisch, ein klirrendes Geräusch ertönt, und ein stechender Schmerz zuckt durch meine Hand.

„Verdammt." Eine warme Flüssigkeit läuft mir über die Finger, die sich bei genauerem Hinsehen als Blut entpuppt. Blöderweise habe ich in meinem Wutanfall direkt auf den Teller geschlagen, und die Scherben haben sich in meine Hand gebohrt.

„Das sieht übel aus, Mann." Alec inspiziert die Verletzung, was mir trotz seiner Vorsicht höllische Schmerzen bereitet. „Wir müssen ins Krankenhaus. Das muss genäht werden, fürchte ich ... Sam!"

Fluchend wickle ich ein Geschirrtuch um die Hand. Na das hat mir gerade noch gefehlt.

4. KAPITEL
RILEY

Eine heiße Dusche und zwei Outfitwechsel später stehe ich im Providence Saint John's Health Center auf Station 21 und notiere die Vitalwerte des letzten Patienten auf meinem Rundgang.

Immer wieder fällt mein Blick auf den riesigen Ring an meinem Finger, den ich seit Schichtbeginn versuche loszuwerden. Leider ohne Erfolg. Er scheint wie festgeklebt zu sein.

Das Tragen von Schmuck ist hier strengstens untersagt, da es gegen die Hygienevorschriften verstößt, und ich hoffe inständig, dass es niemandem auffällt. Gut, bei dem Diamanten ist das schon eine Herausforderung, doch bisher hat mich noch niemand darauf angesprochen. Seufzend schiebe ich die Hand in den unförmigen, blauen Kasack, der mir heute fast zwei Nummern zu groß ist und wie ein Sack an mir herunterhängt.

Ein Blick auf die Uhr an meinem anderen Handgelenk zeigt mir, dass ich jetzt endlich ein paar Minuten Zeit für die dringend benötigte Tasse Kaffee hätte, nach der ich mich in den letzten Stunden regelrecht verzerrt habe. Also mache ich mich auf den Weg in Richtung Schwesternzimmer, doch schon im nächstgelegenen Gang hält mich eine mir nur allzu bekannte Stimme auf.

„Riley, Schätzchen! Hast du ein paar Minuten?" Mit einem schwachen Lächeln auf den Lippen bleibe ich stehen und biege in den kleinen Aufenthaltsraum ab, den unsere Langzeitpatienten für ihre Zusammenkünfte nutzen. An einem kleinen Tisch in der hintersten Ecke des Raumes, neben dem Fenster mit dem besten Ausblick über den Stadtteil, sitzen zwei ältere Damen in gemütlich aussehenden weißen Sesseln. Vor ihnen auf dem Tisch liegt ein Kartendeck, was mir verrät, dass sie wieder am Mau-Mau-Spielen waren, als ich den Flur entlang geschlendert bin.

„Mrs. Beck, Mrs. Simpson", ich sehe die beiden nacheinander an und lasse mich in den dritten Sessel fallen, „Sie werten meinen Tag gerade um einiges auf. Was kann ich für Sie tun?"

„Also erst mal kannst du uns duzen, Liebes. Das haben wir dir schon hundertmal gesagt. Immerhin kennen wir uns inzwischen lang genug, oder nicht?"

Grinsend schüttle ich den Kopf. Die zwei können es einfach nicht lassen.

Eloise Beck und Margret Simpson warten seit etwa vier Jahren auf ein Spenderorgan. Die eine auf eine Leber und die andere auf eine Niere. Deswegen kommen sie regelmäßig für ein paar Tage zur Kontrolle hier auf die Station. Wir sind uns hier vor drei Jahren zum ersten Mal begegnet und waren uns auf Anhieb sympathisch, weshalb ich die Damen sehr schnell ins Herz geschlossen habe.

Sie selbst haben sich auch erst hier im Krankenhaus kennengelernt und eine ganze Menge Gemeinsamkeiten festgestellt. Schon bald waren sie beste Freundinnen. Beide brauchen offensichtlich ein neues Organ, um noch ein wenig weiterleben zu können. Ihre Männer sind schon lange verstorben, und ihre Familien wohnen in anderen Bundesstaaten, weshalb ihre Angehörigen eher mit Abwesenheit glänzen. Ihre neu entdeckte Freundschaft ist eine rührende Geschichte, die mir immer wieder aufs Neue das Herz erwärmt. Dabei könnten die beiden auf den ersten Blick gar nicht unterschiedlicher sein.

Eloise ist eine sehr feine, immer gut gekleidete ältere Dame. Hier im Krankenhaus weigert sie sich seit Tag eins strikt, einen Kittel zu tragen, was die ein oder andere Diskussion zwischen uns verursacht hat. Man sieht ihr einfach an, dass sie aus gutem Hause ist und eine Menge Geld hat, was nicht zuletzt dem Tod ihres Mannes geschuldet ist, der ein hohes Tier in der Filmbranche gewesen ist.

Magret Simpson dagegen ist durch und durch ein Freigeist. Auf Reichtum legt sie keinen Wert, ganz im Gegenteil: In den Siebzigern hat sie wohl eine ganze Zeit lang nur in einem alten Van gelebt und keinen festen Wohnsitz gehabt. Sie und ihr Mann waren Hippies, was man ihr heute immer noch etwas ansieht. Ihre grauen Haare reichen ihr fast bis zum Hintern, und die Kleidung in ihrer Krankenhaustasche besteht ausschließlich aus luftigen, bunten Gewändern. Wenn sie könnte, würde sie vermutlich barfuß durch die Gänge wandern, doch das habe ich schnell zu verhindern gewusst. Immerhin ist es auch in ihrem Interesse, sich nicht noch zusätzliche Infektionen einzuhandeln.

„Also, können wir ihn mal sehen?" Eloise beugt sich neugierig nach vorne und beäugt meine Hand, während ich die Stirn in Falten lege.

„Was genau wollt ihr sehen?", frage ich schließlich langsam.

„Na den Ring, Dummerchen! Den fetten Klunker." Margret wackelt anzüglich mit den Augenbrauen, was mich unter normalen Umständen amüsiert hätte, doch jetzt gerade ist mir nicht zum Lachen zumute. Woher wissen die beiden von dem Ring? Noch etwas unsicher ziehe ich meine linke Hand aus der Tasche und halte sie ihnen hin. Ganz verzückt greifen sie danach, um das Schmuckstück eingehend zu inspizieren.

„Der sieht ja noch besser aus als auf den Fotos!"

„Und wie schön der funkelt. Da hat er ganz tief in die Tasche gegriffen, Margret. Ich sag's dir!"

Moment mal. Was?

„Von welchen Fotos sprecht ihr da?" Eloise greift nach ihrem Smartphone, das neben ihr auf dem Tisch liegt, und hält es mir hin.

„Keine Sorge, dein Gesicht kann man nicht erkennen. Sonst wären hier bestimmt schon massenhaft Reporter." Sie lacht kurz auf. „Wir haben dich nur anhand des Tattoos an deinem Handgelenk erkannt. Wieso hast du uns denn nicht erzählt, dass du mit einem der berühmtesten Sänger der Gegenwart liiert bist? Meine Enkelin ist ganz vernarrt in ihn und seine Musik." Fassungslos greife ich nach dem Handy und starre auf das Display. Die beiden haben recht. Da bin ich! Mein Gesicht ist zum Glück tatsächlich nicht zu erkennen. Man sieht lediglich meine blonde Haarpracht und meine beiden Hände, die ich abwehrend in die Höhe halte. Den Ring präsentiere ich der Kamera dabei allerdings wie auf dem Silbertablett.

Auf einem weiteren Foto hat der Fotograf näher herangezoomt, um mich besser erkennen zu können, aber man kann nur mein Taubentattoo erkennen. Wobei man wirklich ganz genau hinsehen muss – so wie anscheinend die zwei. Neben mir ist ein junger Mann abgebildet, dessen Arm schützend um meine Schultern liegt. Er hat den Blick gesenkt, aber irgendwoher weiß ich, dass seine Augen grün sein müssen. Merkwürdig. Will mein Unterbewusstsein mir mit dieser Information vielleicht etwas sagen?

Auf einmal werden meine Knie weich, und ich bin froh, bereits auf einem Sessel zu sitzen. Nachdem ich ein paarmal tief durchgeatmet habe, wird mir schließlich auch klar, weshalb mein bester Freund Josh mich seit heute Morgen mit Anrufen terrorisiert. Er wird die Bilder auch gesehen und mich erkannt haben. Und wahrscheinlich tobt er innerlich vor Wut.

„Ist alles in Ordnung, Schätzchen?" Meine beiden Patientinnen schauen mich besorgt an, also nicke ich kurz und schenke ihnen ein flüchtiges Lächeln. Doch gerade, als ich alles richtigstellen will, steckt meine Kollegin Claire den Kopf zur Tür herein und sieht mich entschuldigend an.

„Martin braucht dich in der Notaufnahme, Riley. Scheint dringend zu sein." Ich nicke und stehe auf, während ich mich bei Eloise und Margret entschuldige. Die Verlobungsgeschichte hatte Zeit bis später, aber wenn Martin Aleksandrov ruft, sollte man ihn besser nicht warten lassen.

„Riley, da bist du ja. Danke, dass du es so schnell geschafft hast."

Überrascht ziehe ich die Augenbrauen hoch. Es ist sehr selten, dass Martin einen so freundlichen Ton anschlägt. Irgendwas ist hier im Busch, und vermutlich werde ich gleich erfahren, worum es sich handelt. Ich folge dem Chefarzt der Notaufnahme durch sein Areal.

Für einen normalen Mittwochvormittag herrscht hier recht viel Betrieb. Überall laufen Krankenschwestern, Pfleger und Ärzte geschäftig durch die Gegend. Fast alle Behandlungskabinen sind mit einem blauen Vorhang verschlossen, also belegt. Durch die gläserne Eingangstür kann ich einen Blick ins Wartezimmer werfen, wo noch weitere Patienten auf eine Behandlung warten oder Angehörige auf gute Nachrichten von ihren Liebsten hoffen. Martin und ich steuern auf die letzte Behandlungskabine der Notaufnahme zu.

„Was du gleich sehen wirst, erfordert höchste Diskretion, ist das klar? Deshalb habe ich gerade dich rufen lassen. Du bist bekannt dafür, sehr verschwiegen zu sein." Ich nicke, während er noch murmelt: „Aus deiner Vergangenheit machst du ja auch ein großes Geheimnis."

Genervt rolle ich mit den Augen. Dass ich, was mein Privatleben angeht, nicht so gesprächig bin wie die anderen Schwestern, war ihm schon immer ein Dorn im Auge. Vor allem zu der Zeit, als er bei mir landen wollte und ich ihn jedes Mal aufs Neue abgewiesen habe.

„Also, wir haben einen sehr prominenten Patienten, alles klar?" Mit zusammengekniffenen Augen nicke ich erneut. Was beziehungsweise wer wird mich hinter diesem Vorhang wohl erwarten?

„Mister Adams, mein Name ist Dr. Martin Aleksandrov. Ich bin für heute Ihr behandelnder Arzt. Das ist Riley, eine unserer Krankenschwestern. Sie wird mir assistieren." Ich nicke dem jungen Mann kurz zu, halte dann jedoch inne. Mit großen Augen starre ich ihn an.

Das dunkelblonde Haar. Die grünen Augen, die mich angriffslustig anfunkeln. Dieses charmante Grinsen auf seinen Lippen ... Vor mir sitzt der Typ von den Bildern! Der Besitzer des Ringes, der gerade zehn Kilo schwerer wird und meine Hand nach unten zieht. Dieser berühmte Popstar.

„Wir können später gern ein Foto machen, Süße. Nachdem du meine Hand gerettet hast, versteht sich." Ugh. Der ist ja sehr von sich überzeugt.

„Verzichte", entgegne ich schlicht und konzentriere mich auf Martin, der mich um ein Nahtset bittet. Die Wunde ist wohl tiefer, als sie auf den ersten Blick aussieht.

Also öffne ich die oberste Schublade des kleinen weißen Schrankes links von mir, wo sich alle Utensilien befinden, die man für eine Behandlung braucht. Nach zwei kurzen Handgriffen reiche ich meinem Kollegen das Set und will gerade die Schublade schließen, als der sich räuspert.

„Riley, ist das ein Ring an deinem Finger?" O verdammt! Da bin ich wohl so in Gedanken gewesen, dass ich ihm meinen kleinen Fehltritt direkt präsentiert habe. Große Klasse, Riley.

Martin wirft mir einen warnenden Blick zu, sodass ich meinen Mund direkt wieder schließe. Entschuldigungen würden jetzt ohnehin nichts bringen, und da er gut mit meinem Stationsarzt befreundet ist, kann ich sicher sein, dass er meinen Regelverstoß nach der Schicht direkt ansprechen wird.

„Da reden wir später drüber", grummelt er gereizt, was ich lediglich mit einem kurzen Nicken beantworte. Das wird auf jeden Fall noch Ärger geben.

Seine kleine Bemerkung hat allerdings weitere neugierige Blicke auf meine Hand gelenkt. Der groß gewachsene, muskulöse Mann neben meinem vermeintlichen Verlobten verfällt in besorgniserregende Schnappatmung. Unser Patient dagegen hat mit seiner gesunden Hand blitzschnell nach meinem Handgelenk gegriffen und mich näher an sich herangezogen.

„Ähm, Entschuldigung?" Ich versuche mich aus seinem Klammergriff zu befreien, jedoch vergeblich.

„Wo hast du den her?", fragt er, wobei seine Augen mich argwöhnisch anfunkeln.

„Laut Aussagen der Klatschpresse hab ich den wohl von dir", entgegne ich gereizt, während ich weiterhin versuche, mich ihm zu entziehen.

Da lässt er mich auf einmal los, um nach meiner anderen Hand zu greifen. Mann, der hat echt ein hohes Bedürfnis nach Körperkontakt! Die Hand dreht er dann so lange, bis sein Blick auf die Umrisse der kleinen Taube fällt, die direkt an meinem Handgelenk tätowiert ist.

„Du bist tatsächlich die Frau von den Fotos!" Genervt verdrehe ich die Augen. Der Hellste ist er jedenfalls nicht.

„Ich hätte gern den Ring wieder", meint er schließlich, lässt mich endlich los und lehnt sich lässig zurück.

„Der ist nämlich nicht für deinen Finger bestimmt", ergänzt seine Begleitung. Wow, es kann sprechen. Er nimmt die Sonnenbrille ab und betrachtet mich mit einem strahlend weißen Lächeln. Komischer Typ. Wer trägt denn in geschlossenen Räumen eine Sonnenbrille?

„Sorry, Kleines, aber der kurze Ausflug in die Glamourwelt ist vorbei." Hui, die beiden denken echt, sie wären der Mittelpunkt der Erde.

„Wenn ich den Ring vom Finger bekommen würde", erwidere ich zuckersüß, „würde ich ihn euch sofort zurückgeben. Das Problem ist aber: Er sitzt bombenfest. Es gibt nicht den Hauch einer Chance, ihn abzuziehen. Glaubt mir, ich habe es versucht. Also ... I am so sorry."

Wütend greife ich nach ein paar Handschuhen. Für wie blöd halten die beiden mich eigentlich? Als wäre ich nicht selbst schon auf die Idee gekommen, nach der Schicht im *Lightroom* nachzufragen, ob jemand den Besitzer des Rings kennt. Ich meine, den Angestellten werden wir gestern Abend schon aufgefallen sein.

„Riley!" Martins rasiermesserscharfer Unterton führt dazu, dass ich mir auf die Unterlippe beiße, um nicht noch weitere blöde Kommentare abzugeben.

„Ich denke, dass ich die Naht doch ohne Assistenz beenden kann. Du darfst gehen."

Mit voller Wucht schmeiße ich die Handschuhe in den Mülleimer und wende mich noch einmal in Richtung des Sängers. Kurz öffne ich den Mund, um ihn gleich darauf wieder zu schließen. Was sollte ich diesem arroganten Fatzke schon noch sagen? Es würde sowieso nichts bringen, außer dass ich mir nur noch mehr Ärger einhandeln würde wegen unangemessenen Verhaltens gegenüber Patienten.

Also mache ich einfach auf dem Absatz kehrt und verlasse wortlos die Kabine. Der wird seinen dämlichen Ring schon noch zurückbekommen.

5. KAPITEL
RILEY

Am Ende meiner Schicht bin ich absolut ausgelaugt. Nach dem Zusammentreffen mit Adrian Adams in der Notaufnahme ging es nur noch bergab. Da konnte selbst eine kleine Kaffeepause bei Margret und Eloise mich nicht aufheitern.

Natürlich hat Martin meinen Regelverstoß mit dem Ring und den Fauxpas bei der Behandlung des Sängers direkt meinem Vorgesetzten gesteckt, und so musste ich den restlichen Tag in der Notaufnahme bleiben, um die Aufgaben zu erledigen, die sonst niemand machen will. Erbrochenes aufwischen, Betrunkenen Windeln anziehen, damit sie sich nicht einnässen, oder übelriechende und vor Dreck stehende Patienten waschen, damit man sehen kann, welche Verletzung oder welchen Ausschlag man überhaupt behandeln muss.

Martin sind immer neue Aufgaben eingefallen, mit denen er meine Schicht noch unerträglicher machen konnte, und ich bin mir absolut sicher, dass ihm das große Freude bereitet hat. Wahrscheinlich hat er es als eine Art Retourkutsche gesehen, um mir die vielen

Körbe heimzuzahlen, die er in der Vergangenheit hinnehmen musste. Inzwischen ist es fast elf Uhr am Abend, und ich bin fix und fertig. Allein der Gedanke an mein Bett lässt mich fast auf der Stelle einschlafen, was auch daran liegt, dass ich in der vergangenen Nacht viel zu wenig Schlaf hatte.

Nach der zum Glück reibungslosen Übergabe an die Nachtschicht trotte ich aus dem Krankenhaus. Die Aussicht auf eine knapp vierzigminütige Fahrt mit Bus und Bahn, um nach Hause zu kommen, verleitet mich nicht gerade zu Freudensprüngen, doch ein Blick auf den Parkplatz des Krankenhauses verrät mir, dass ich vielleicht auch anders nach Brentwood Glen komme.

Direkt vor mir steht ein dunkler SUV mit getönten Scheiben, an dessen Kotflügel ein sichtlich gereizter junger Mann lehnt. Seine Arme hat er vor der Brust verschränkt, während sein dunkles Haar wirr zu allen Seiten absteht.

Diese ablehnende Haltung, gemeinsam mit dem wütenden Funkeln in den ebenfalls dunklen Augen, sagt mir, dass ich eventuell doch auf seine Anrufe hätte reagieren sollen.

„Steig ein", brummt er, worauf ich mich ohne große Widerworte auf den Beifahrersitz fallen lasse. So schlecht gelaunt habe ich Josh schon lange nicht mehr gesehen, was nur heißen kann, dass unser folgendes Gespräch unschön werden wird. Seine angespannte Körperhaltung und der finstere Blick bestätigen meine

Vermutung: Er muss den ganzen Tag vor Wut gebrodelt haben. Vorsichtig werfe ich ihm einen Blick von der Seite zu, doch er hüllt sich weiterhin in Schweigen. Vorerst zumindest. Es ist die Ruhe vor dem Sturm, wie man so schön sagt. Josh Anderson und ich kennen uns inzwischen seit sechs Jahren. Meine unglücklichen Lebensumstände haben uns zusammengeführt und zu einem unzertrennlichen Team gemacht. Er ist mein bester Freund. Mein engster Vertrauter. Die einzige Familie, die ich noch habe. Ich kann seine Stimmung erkennen, noch bevor er einen Ton sagt, und umgekehrt ist es genauso.

Sein momentanes Schweigen ist furchtbar, aber ich weiß, dass wir streiten werden, sobald er den Mund aufmacht, und das finde ich noch viel schlimmer. Aber es ist unausweichlich, denn wie ruhig das Gespräch auch beginnen mag, wir werden uns immer weiter hochschaukeln, bis alles in großem Geschrei endet. Wie bei echten Geschwistern. Zum Glück passiert uns das nicht oft, aber heute wird es unweigerlich darauf hinauslaufen.

„Hättest du die Güte, mir zu verraten, wieso du es drauf angelegt hast, auf der Startseite des *Hollywood Ticker* zu landen?"

Seine Stimme ist bedrohlich ruhig und kontrolliert. Kein gutes Zeichen. Sein Beschützerinstinkt ist geweckt – bei unserer Vergangenheit kein Wunder, allerdings sollte er sich in seiner Wortwahl zurücknehmen, sonst bin ich diejenige, die gleich explodiert.

„Ich habe es absolut nicht drauf angelegt?!", entgegne ich aufgebracht, „woher sollte ich denn wissen, wer er ist? Soweit ich mich erinnern kann, hat er sich mir nicht mit ‚Hallo, mein Name ist Adrian Adams, und ich bin berühmt' vorgestellt!" Aus den Augenwinkeln sehe ich, dass Josh ein Schmunzeln nicht unterdrücken kann.

„Jeder kennt den Namen Adrian Adams", erwidert er schließlich, nachdem er sich wieder gefangen hat.

„Aber nicht jeder liest so viel Klatschblätter wie du oder verfolgt in jeder freien Minute den *Hollywood Ticker*!"

Es ist kein Geheimnis, dass Josh sich in Sachen Promis gerne auf dem Laufenden hält, und da er aufgrund seiner gefärbten Haare mindestens genauso oft zum Friseur muss wie ich, hat er genügend Gelegenheiten dazu. Ich dagegen vertiefe mich beim Warten lieber in ein gutes Buch, als den neuesten Klatsch und Tratsch zu erfahren.

„Riley, ich will nur, dass du das Ausmaß der Situation verstehst." Mein bester Freund sieht mich eindringlich an, während er sich durch das dunkle Haar fährt.

„Du weißt genau, was hier auf dem Spiel steht." Seufzend streiche ich mir einige blonde Strähnen aus dem Gesicht, die sich aus meinem Zopf gelöst haben. Natürlich ist mir klar, was ich durch nähere Recherchen der Presse alles verlieren könnte. Im schlimmsten Fall mein Leben.

„Josh, man sieht auf den Bildern doch nur meine blonden Haare, und mein Tattoo, wobei man da ganz genau hinsehen muss, und den Ring. Mein Gesicht ist vollkommen verdeckt." Wütend schlägt Josh auf das Lenkrad, was mich zusammenzucken lässt.

„Darum geht es mir nicht! Ich weiß selbst, dass er dich anhand dieser Indizien nicht finden kann. Immerhin hast du das Tattoo erst seit einem Jahr. Aber verstehst du nicht? Adrian ist *weltberühmt*. Das bedeutet, er ist auch in Europa bekannt."

„Oh."

Ich kann spüren, wie mir jegliches Blut aus dem Gesicht weicht. Daran habe ich noch gar keinen Gedanken verschwendet. Aber natürlich wird sich nicht nur die amerikanische Presse auf eine gute Story mit dem attraktiven Sänger stürzen.

„Ja, oh. Ein Fehltritt. Ein Bild aus der falschen Perspektive, und wir können wieder von vorne anfangen. Du wirst nachlässig, Riley. *Das* ist mein Problem."

Fassungslos öffne ich den Mund und schließe ihn wieder. Heute scheinen mir des Öfteren die Worte zu fehlen.

Ich soll nachlässig sein? Das kann er nicht ernst meinen! Immerhin habe ich mein komplettes Leben aufgegeben, um eben das zu tun: zu leben. Da bin ich doch nicht so blöd und setze alles nach sechs Jahren aufs Spiel! Einige Minuten herrscht Schweigen zwischen uns. Ich muss mir regelrecht auf die Zunge beißen, um nicht etwas zu sagen, was die Situation komplett eskalieren lassen könnte.

„Wieso trägst du den Ring noch?", fragt Josh schließlich leise in einem versöhnlicheren Tonfall. Ihm ist wohl klargeworden, dass seine Wortwahl unglaublich unangebracht war.
„Weil ich ihn nicht abbekomme." Seufzend lehne ich meinen Kopf gegen die Lehne und ziehe noch einmal an dem Schmuckstück. Wieder ohne Erfolg.
„Ich habe echt alles versucht. Selbst Seife und Desinfektionsmittel haben nichts genützt."
„Soll ich ihn dir vielleicht vom Finger schießen?" Grinsend werfe ich einen Blick auf die Waffe in Joshs Holster.
„Dafür habe ich zu wenig Vertrauen in deine Schießkünste. Und außerdem ist der Ring zu wertvoll. Kannst du mich vielleicht einfach nach Hause fahren?" Grummelnd startet Josh den Motor. An so einer verrückten Aktion hätte er großen Gefallen gefunden.
„Du wirst noch drauf zurückkommen, glaub mir."

6. KAPITEL
RILEY

Die nächsten vier Tage sind recht ruhig. Am Donnerstag hole ich mir den noch anstehenden Anschiss von meinem Chef John ab. Am Mittwoch hat er es aus Zeitmangel Martin überlassen, mich angemessen zu bestrafen, nun holt er es selber nach. Die Art und Weise, wie ich mit einem wichtigen Patienten geredet habe, hat ihn dermaßen verärgert, dass er den Ring an meinem Finger vollkommen vergessen hat. Natürlich kann ich vollkommen verstehen, dass er mein Verhalten nicht toleriert, aber ... Adrian Adams hat es förmlich darauf angelegt gehabt, mich zur Weißglut zu treiben.

Aber als gute Krankenschwester habe ich meinem Chefarzt natürlich nicht widersprochen, sondern lediglich brav genickt und ihm versichert, dass so etwas nicht noch einmal vorkommen wird. Was der Wahrheit entspricht. Ich habe nicht vor, Adrian noch einmal persönlich zu treffen. Sowie ich diesen dämlichen Diamanten endlich vom Finger habe, werde ich ihn per Post seinem rechtmäßigen Besitzer zukommen lassen.

Am Freitag will ich dieses Vorhaben dann gleich in die Tat umsetzen. Zumindest versuche ich es verzweifelt. Da Seife und Desinfektionsmittel nichts gebracht haben, kommt mir die grandiose Idee, meinen Finger mit jeder Menge Handcreme einzuschmieren. *Bitte lass es funktionieren!* Doch meine Gebete werden nicht erhöht, der Ring bewegt sich lediglich wenige Millimeter. Na ja, immerhin ein kleiner Erfolg. Aber um zum gewünschten Ergebnis zu kommen, muss ich wohl zu drastischeren Maßnahmen greifen.

Gemeinsam mit Emily bereite ich eine Schüssel mit kaltem Wasser und Eiswürfeln vor. Angeblich soll der Finger dadurch abschwellen und dünner wirken. Nun ja, einen Versuch ist es wert. Nach geschlagenen fünf Minuten im Eiswasser habe ich allerdings das Gefühl, dass meine Hand jede Sekunde abstirbt, weshalb ich sie herausziehe und feststelle, dass auch dieser Versuch nichts gebracht hat. Der Ring sitzt immer noch an Ort und Stelle.

„Das ist doch wohl nicht wahr!" Frustriert raufe ich mir die Haare, während ich mich auf Emilys Sofa zurücklehne.

„Wieso funktioniert das nicht?" Meine beste Freundin schaut mich nachdenklich an. Man kann förmlich sehen, wie sich die kleinen Rädchen in ihrem Kopf in Bewegung setzen, während sie angestrengt nach einer weiteren Lösung sucht.

„Ich weiß!", ruft sie schließlich triumphierend, springt auf und verschwindet im Badezimmer, bevor sie mit einem Stück Zahnseide zurückkommt.

„Der Trick klappt immer!" Mit gerunzelter Stirn beobachte ich sie dabei, wie sie die Zahnseide unter dem Ring hindurchschiebt und mir alles bis zum Mittelgelenk um den Finger wickelt, sodass man kaum noch Haut sieht. Anschließend zieht sie mit langsamen, kreisenden Bewegungen am unteren Ende des Fadens, was den Ring eigentlich bewegen sollte. Tut es aber nicht.

„Komisch." Emily friemelt die Seide wieder ab und wirft mir einen entschuldigenden Blick zu. „Normalerweise sollte das Funktionieren."

Ich winke ab. Wahrscheinlich muss Josh mir den Ring doch vom Finger schneiden.

„Weißt du, Riley ..." Emily wirft mir einen langen Blick zu. Sie scheint zu überlegen, ob sie die nachfolgenden Worte wirklich aussprechen soll. „Vielleicht hat es einen Grund, weshalb wir ihn nicht abbekommen. Vielleicht ist das Schicksal."

Lachend lege ich den Kopf in den Nacken. Das kann auch nur von Emily kommen. Sie ist ein riesiger Astrologie-Fan, liest täglich ihr Horoskop und ist der Meinung, dass alles aus einem bestimmten Grund passiert. Ich bin das absolute Gegenteil. So was wie Schicksal und Vorhersehung gibt es nicht. Dieses Hin und Her mit dem Ring ist einfach nur lästig und sonst nichts. Also werfe ich ihr einen kurzen Blick von der Seite zu und schüttle den Kopf.

„Wenn ich mir alles vorstellen kann, Ems", meine ich amüsiert, „aber Schicksal war diese Begegnung im *Lightroom* ganz sicher nicht."

Am Samstag habe ich während einer Kaffeepause endlich Zeit, Margret und Eloise von der falschen Verlobung zu erzählen. Im ersten Moment sind die beiden furchtbar enttäuscht. Allerdings haben sie wenige Augenblicke später bereits die größte Liebesgeschichte aller Zeiten gesponnen.

Es wäre ja *so* romantisch, wenn Adrian, einer der angesehensten Sänger der heutigen Zeit, sich in eine Krankenschwester verlieben würde, hat Margret geseufzt, worauf Eloise direkt angesprungen ist.

„Hoffentlich erleben wir eure Hochzeit noch", meint sie, was mich nur die Augen verdrehen lässt. Die zwei haben eindeutig zu viel Freizeit. Es wird allmählich Zeit, dass sie wieder aus dem tristen Krankenhausalltag rauskommen und in ihr normales Leben zurückkehren. Soweit das mit einem versagenden Organ überhaupt möglich ist.

Direkt am Sonntag ist es dann so weit. Ihre Woche im Providence Saint John's ist vorbei, und die beiden verabschieden sich mit Küsschen und Umarmungen. Ach, sie werden mir schon fehlen. Sie bringen mir immer ein wenig Abwechslung in meinen stressigen Krankenhausalltag und helfen mir so, die langen Tage oder Nächte durchzustehen. Mit meinen Kollegen komme ich nämlich nur bedingt klar. Die meiste Zeit geraten wir aneinander und gehen uns dann lieber aus dem Weg, statt gemeinsam in der Pause einen Kaffee zu trinken. Kurz bevor ich an diesem Abend nach Hause gehen will, reicht mir meine Kollegin Claire im Schwesternzimmer einen Briefumschlag in die Hand.

„Hier, der wurde vorhin für dich abgegeben." Sie schaut mich neugierig an. Stirnrunzelnd drehe ich den schwarzen Umschlag in den Händen, auf dem in goldenen Buchstaben mein Name geschrieben steht. Ich stecke den Brief verwundert in meine Handtasche und breche auf. Noch an der Bushaltestelle ziehe ich die ebenso schwarze Karte heraus und überfliege sie schnell.

Sehr geehrte Miss Matthews,
wir erwarten Sie morgen um 10 Uhr im Hauptgebäude von Donovan Records.

Mit freundlichen Grüßen
Adrian Adams und Samuel Donovan

Hm. Freundliche Einladung ... mit klarem Unterton. Von diesem Treffen fernzubleiben, kann ich wohl vergessen.

Und so stehe ich heute an meinem einzig freien Tag der Woche vor dem imposanten Gebäude von *Donovan Records*. Es liegt mitten in Century City, einem der wohl angesehensten Geschäftsviertel in ganz Los Angeles.

Das Hochhaus hat schätzungsweise zwanzig Stockwerke und ist komplett verglast, sodass ich sogar von hier unten die Mitarbeiter dabei beobachten kann, wie sie geschäftig durch die Gänge hasten. Nervös knabbere ich am Nagel meines Daumens. Natürlich ist mir klar, warum ich heute hier bin, jedoch komme ich mit unerfreulichen Nachrichten. Den kompletten gestrigen Abend habe ich nochmals versucht, diesen Ring vom Finger zu bekommen, leider vergebens. Weder Olivenöl noch ein weiteres Bad im Eiswasser haben etwas gebracht. Der Ring sitzt immer noch an Ort und Stelle. Also werde ich allen Beteiligten mitteilen müssen, dass sie das teure Schmuckstück heute nicht wiederbekommen werden.

Nachdem ich noch ein paarmal tief durchgeatmet habe, trete ich durch die Drehtür und stehe in einem wahnsinnig einschüchternden Empfangsbereich. Hier ist alles in Weiß gehalten, was in mir sofort ein Krankenhausgefühl aufkommen lässt. Aber gut, manche mögen es halt steril. Die Wände sind rein weiß, wobei mir bei genauerem Hinsehen auffällt, dass in die Tapeten kleine *Ds* und *Rs* eingearbeitet sind, die zusammen das Logo der Plattenfirma ergeben sollen. Sehr stilvoll.

Der riesige Tresen am Ende des Raumes ist ebenfalls weiß, genau wie die Ledersofas, die rechts überall an der Seite stehen. Die einzigen Farbkleckse in diesem Bereich sind das goldene Logo der Firma direkt gegenüber der Eingangstür und einige Zimmerpflanzen mit grünen Blättern. Wo man auch hinsieht, alles schreit nach Geld, weshalb ich mich gar nicht erst traue, auf einer der Sitzgelegenheiten Platz zu nehmen. Stattdessen überwinde ich mit schnellen Schritten die Distanz zum Empfangstresen, wo mich eine hübsche Blondine freundlich anlächelt.

Sie ist mindestens die Dritte ihrer Sorte, die mir hier innerhalb weniger Minuten über den Weg gelaufen ist.

Die Vorliebe des Eigentümers für blonde Frauen lässt sich also nicht abstreiten. Wenn ich irgendwann mal keine Lust mehr auf kranke Menschen haben sollte, könnte ich theoretisch hier anheuern. Ich bin zwar nicht naturblond, aber bisher ist es noch niemandem aufgefallen, dass meine Haare gefärbt sind.

Gerade, als ich den Mund aufmachen will, hebt die Frau jedoch mahnend den Finger. Sehr charmant.

„Donovan Records, bitte haben Sie einen Moment Geduld." Ich brauche einen Augenblick, um zu begreifen, dass sie mit ihrem Headset redet und nicht mit mir, doch kurz darauf wirft sie mir wieder ein strahlendes Lächeln zu, das ihre geraden, weißen Zähne entblößt.

„Willkommen bei *Donovan Records*. Mein Name ist Rebecca. Wie kann ich Ihnen helfen?"

„Ich bin Riley Matthews. Ich habe um zehn Uhr einen Termin mit Mister Donovan." Die junge Frau nickt kurz, während sie im PC nachschaut und mit ihren langen, rot lackierten Gelnägeln auf der Tastatur herumtippt.

„Er erwartet Sie bereits, Miss Matthews. Nehmen Sie bitte den Aufzug zu meiner Linken und fahren Sie in den 25. Stock. Wenn sich die Türen öffnen, stehen Sie direkt vor dem Konferenzraum, in dem Ihr Meeting stattfindet."

Ich nicke und werfe ihr ein dankbares Lächeln zu, doch sie ist bereits wieder mit dem Kunden am Telefon beschäftigt. Also steige ich in den Fahrstuhl und drücke den Knopf des gewünschten Stockwerkes. In meinem Bauch rumort es. Ich bin furchtbar aufgeregt. Oder eher nervös? Vielleicht ist es auch Angst vor den Reaktionen, wenn ich allen Anwesenden beichten muss, dass der Ring noch immer an meinem Finger ist und es nicht danach aussieht, dass ich ihn in naher Zukunft loswerde.

Mit einem leisen „Pling" öffnen sich die Türen des Lifts, was mich aus meinem Gedankenstrudel reißt. Am liebsten würde ich mich jetzt übergeben.

Mister Donovan hat mit Sicherheit die Mittel, mir das Leben zur Hölle zu machen, wenn ich ihm nicht das gebe, was er will. Und durch die Hölle bin ich bereits gegangen, darauf könnte ich ein zweites Mal gut verzichten. Langsam trete ich hinaus, halte vor dem Konferenzraum allerdings noch einmal inne. Vielleicht hätte ich gar nicht herkommen sollen. Ich rufe einfach an, sage, dass es mir nicht gut geht und ich den Termin deshalb nicht wahrnehmen kann. Ja, das klingt nach einem guten Plan!

Gerade als ich auf dem Absatz kehrtmachen will, um wieder im Fahrstuhl zu verschwinden, öffnet sich jedoch die gegenüberliegende Tür, und der Mann, der Adrian im Krankenhaus begleitet hat, lächelt mich an.

Er ist mindestens einen Kopf größer als ich. Sein blondes Haar ist lässig nach hinten gestylt, und der Bart sieht aus, als wäre er frisch gestutzt worden. Vergangenen Mittwoch hat er im Gesicht tatsächlich ein wenig ungepflegt ausgesehen. Trotz seines geschäftsmäßigen Auftritts im blauen Anzug kann man erkennen, dass sich unter der Kleidung einige Muskeln verstecken, denn sein weißes Hemd spannt ziemlich über seiner breiten Brust. Wenn er nicht gerade arrogante Sänger zum Arzt begleitet, scheint er viel Zeit im Fitnessstudio zu verbringen.

Seine Augen sind wie letzte Woche hinter einer Sonnenbrille versteckt, und in mir kommt erneut die Frage auf, wozu das in geschlossenen Räumen gut sein soll. Höchst merkwürdig.

„Riley, wie schön, dass Sie es einrichten konnten. Bitte kommen Sie doch rein." Damit hat sich der Gedanke an einen Fluchtversuch wohl erledigt.

Ich folge ihm in den großen Raum und nehme am Ende des langen, ebenfalls weißen Tisches Platz. Direkt vor mit steht ein mit Wasser gefülltes Glas sowie einige Kekse, die ich am liebsten alle gleich aufgegessen hätte. In stressigen Situationen neige ich dazu mehr zu essen, als normal ist. Zu meinem Glück habe ich gute Gene und nehme nur schwer zu. Wenigstens etwas, was meine Eltern richtig gemacht haben.

Mir gegenüber sitzen zwei weitere Personen, aber bisher kenne ich nur den Mann mit der Sonnenbrille, der in der Mitte Platz genommen hat, und das nicht mal mit Namen. Allerdings soll sich das jetzt ändern, denn er ergreift sofort das Wort.

„Mein Name ist Samuel Donovan. Mir gehört diese Plattenfirma, und ich manage Adrian und seine Bandkollegen." Ich nicke kurz. Eigentlich habe ich mir schon gedacht, dass es sich bei ihm um Adrians Manager handeln muss.

„Links von mir sitzt Amanda Waller, meine Assistentin." Ich werfe ihr ein kurzes Lächeln zu. Ebenfalls eine Blondine, kein Wunder, dass sie es zur Assistenz der Geschäftsführung geschafft hat.

„Und rechts von mir sitzt Robert Brown. Er ist unser PR-Manager." Der Mann ist höchstens Mitte dreißig und wirkt mit seinem strubbeligen schwarzen Haar und der viel zu großen Hornbrille eher wie ein verwirrter Nerd denn wie ein erfolgreicher Pressesprecher. Aber gut, man soll ja vom Äußeren nicht auf die Fähigkeiten schließen.

„Hören Sie, Samuel. Wenn es um den Ring geht, dann muss ich Sie alle leider enttäuschen. Er steckt noch immer an meinem Finger, und egal, was ich versuche … ich bekomme ihn trotz aller Mühe nicht ab."

Samuel fängt an zu lachen, woraufhin seine beiden Sitznachbarn direkt mit einstimmen, doch kurz darauf schüttelt er bereits den Kopf.

„Nein. Es geht nicht um den Ring. Zuallererst möchte ich mich für mein Verhalten in der Notaufnahme entschuldigen. Das war nicht die feine englische Art. Normalerweise bin ich viel freundlicher."

Überrascht ziehe ich die Augenbrauen hoch. *Er* will sich entschuldigen? Ich bin doch diejenige, die vollkommen über die Stränge geschlagen ist. Wenn überhaupt, müsste also ich mich entschuldigen, doch dafür ist mein Stolz zu groß.

Adrian Adams hatte es absolut verdient, so von mir behandelt zu werden! Also bedeute ich Samuel mit einem kurzen Nicken, dass ich seine Entschuldigung annehme, obwohl sie mir eigentlich völlig egal ist. Wenn ich in der Notaufnahme arbeite, herrscht die meiste Zeit über ein noch viel rauerer Umgangston. Vor allem, wenn es voll ist.

„Wir würden Ihnen gerne ein Angebot machen", fährt Samuel jedenfalls fort, wird jedoch jäh unterbrochen, als die Flügeltüren des Raumes aufgestoßen werden. Sie knallen gegen die Wände, und Adrian Adams kommt hinein und zieht alle Blicke auf sich. Ich habe mich ohnehin schon gefragt, wo er ist. Immerhin stand sein Name mit auf der Einladung.

Das scheint ihn jedoch nicht weiter zu interessieren. Wortlos lässt er sich auf einen der freien Stühle sinken und sieht alle Anwesenden über den Rand seiner Sonnenbrille kurz an. An mir bleibt sein Blick einen Augenblick länger hängen, und Erkennen blitzt in seinen grünen Augen auf, bevor er die Brille wieder an Ort und Stelle schiebt und sich seinem Handy widmet. Wie reizend.

Samuel sieht aus, als hätte er auf eine Zitrone gebissen. Anscheinend findet er Adrians Verhalten ebenfalls unangebracht.

„Du bist zu spät", knurrt er leise, doch der Sänger zuckt lediglich mit den Schultern. Unglaublich. Da fehlen mir tatsächlich die Worte. Wie kann man so schlecht erzogen sein?

„Also, wie ich bereits sagte, möchten wir Ihnen ein Angebot unterbreiten ..." Samuel versucht die Aufmerksamkeit aller zurück zum Wesentlichen zu lenken.

„Ians Image muss etwas aufpoliert werden, um es simpel auszudrücken. Vor allem jetzt, da seine vermeintliche Beziehung mit Ashleen Johnson in die Brüche gegangen ist. Und Sie, als Krankenschwester, die so aussieht, als könnten Sie keiner Fliege etwas zuleide tun, eignen sich für dieses Vorhaben am besten. Also, ohne jetzt weiter um den heißen Brei herumzureden: Wir möchten, dass Sie seine Freundin spielen."

Ich muss mich wirklich sehr anstrengen, damit meine Gesichtszüge nicht entgleiten, lediglich meine rechte Augenbraue zuckt hoch. Das kann er unmöglich ernst meinen. Doch Samuel Donovan beweist mir in den kommenden Minuten das Gegenteil.

Schweigend höre ich mir an, dass Ians Image durch eine Verlobung mit Ashleen wieder ins rechte Licht gerückt werden sollte. Dass sein Ruf als Bad Boy dadurch aus den Medien verschwinden und er stattdessen als geerdeter junger Mann dastehen sollte, der in Zukunft auf Skandale verzichtet und zum netten Jungen von nebenan wird. Doch durch den kleinen Zwischenfall mit mir ist diese Version des Plans unmöglich geworden, weshalb sich die Chefetage eine neue Idee überlegt hat.

Und was begeistert die Presse mehr als die Liebe zwischen einem Star und einer Normalsterblichen? Ian und ich sollen so tun, als wären wir tatsächlich verlobt. Dates in der Öffentlichkeit, Interviews mit der Presse, Auftritte auf den roten Teppichen hier in Los Angeles. Wir sollen einfach den Schein wahren, und wer weiß, vielleicht entwickelt sich aus diesem Arrangement dann doch noch eine wahre Liebesgeschichte.

Mein Blick wandert nach und nach zu den drei Pappnasen von Donovan Records und bleibt schließlich an Adrian hängen, der sich bisher noch gar nicht geäußert hat. Seit er hier reingekommen ist, findet er sein Handy interessanter als die Unterhaltung zwischen uns Anwesenden.

Selbst jetzt nestelt er lieber an einer Coladose herum, als sich in irgendeiner Weise mal in das Gespräch einzubringen. Warum sollte ich mit einem Mann ausgehen wollen, der es nicht mal für nötig hält, „Guten Tag" zu sagen?

„Kein Interesse, danke", entgegne ich mit fester Stimme und bemerke mit Genugtuung, dass Ian sich an seiner Coke verschluckt. Überrascht zieht er die Sonnenbrille ab und sieht mich fassungslos an. Tja, nicht jeder ist scharf auf ein Date mit dir, mein Lieber.

„Ich glaube, Sie haben nicht ganz verstanden, was Sam damit sagen will, Riley." Robert meldet sich das erste Mal zu Wort, während Samuel und Amanda mich noch verblüffter ansehen als ihr Schützling.

„Wir bieten Ihnen eine Menge Geld für Ihre Dienste an. Weitaus mehr, als Sie im Krankenhaus verdienen." Langsam erhebe ich mich von meinem Stuhl und schaue alle erneut der Reihe nach an.

„Habe ich zu irgendeiner Zeit, sowohl hier als auch im Krankenhaus, den Eindruck gemacht, dass ich Ihre Almosen brauche? Ich glaube nicht. Was Sie mir hier anbieten, ist eine Beleidigung, mehr nicht. Außerdem sind Paparazzi und Fotos in der Presse nicht so mein Ding. Der kurze Ausflug in die Welt der Stars durch den *Hollywood Ticker* hat mir gereicht." Ungefähr so hatte Samuel es im Krankenhaus doch gesagt. Mit diesen letzten Worten steuere ich Richtung Ausgang, halte im Türrahmen jedoch noch einmal inne.

„Wenn ich diesen Verlobungsring jemals von meinem Finger ziehen kann, weiß ich ja, wohin ich ihn schicken muss. Schönen Tag noch."

Glücklicherweise sind die Fahrstuhltüren offen, sodass ich mich schnell ins Innere begebe und hektisch den Knopf für das Erdgeschoss betätige.

Ich will nichts sehnlicher, als aus diesem Gebäude zu verschwinden. Mein Herz pumpt wie wild. Ich atme tief durch, um mich zu beruhigen, bevor ich den Blick wieder nach vorne richte – und direkt in die tiefgrünen Augen von Adrian Adams blicke. Sie funkeln mich aufgeregt an, doch ich kann nicht genau sagen, was gerade in ihm vorgeht. Ist er beeindruckt? Oder gekränkt? Oder vielleicht beides?

„Riley ..." ist das Einzige, was er zustande bringt. Da hat wohl jemand seine Stimme endlich wiedergefunden. Wäre auch blöd, wenn nicht, denn stumme Sänger haben im Normalfall keine langen Karrieren mehr vor sich. Ein Seufzen verlässt meinen Mund, als die Türen sich zu schließen beginnen.

„Adrian", erwidere ich leise, als sein Gesicht verschwindet und ich stattdessen mein Spiegelbild in der Fahrstuhltür betrachte.

7. KAPITEL
IAN

Ich bin ehrlich gesagt immer noch baff. Das Meeting ist inzwischen fast fünf Stunden her, aber Riley Matthews geistert immer noch durch meinen Kopf.

Ich war schon überrascht, ihr im Krankenhaus über den Weg zu laufen. Eigentlich hatte ich gar nicht mehr damit gerechnet, diese mysteriöse Blonde zu finden, der ich versehentlich den Ring an den Finger gesteckt habe. Aber auf einmal stand sie vor mir. Allerdings hätte ich auf ein weiteres Treffen verzichten können, da sie ganz offensichtlich nicht angetan von mir war. Und das beruhte durchaus auf Gegenseitigkeit.

Die Art, wie sie mit mir geredet hat, ging mir jedenfalls gehörig gegen den Strich. Aber rückblickend muss ich wohl zugeben, keinen Deut besser gewesen zu sein. Als Sam mir dann die Idee offenbart hat, Riley zum Aufpolieren meines Images zu nutzen, nachdem Ashleen dank einer langen Diskussion mit meinem Manager vom Tisch war, bin ich aus allen Wolken gefallen. Ich brauche doch niemandes Hilfe, um bei meinen Fans besser dazustehen. Die lieben mich auch so, egal ob ich am Wochenende die ein oder andere Schlagzeile verursache.

Mein neues Album „Rise" wird der Hit, da bin ich mir ganz sicher. Auch wenn es aktuell mit dem Songwriting nicht ganz rund läuft. Aber auf gar keinen Fall brauche ich für die Promo eine neue Romanze. Genau deshalb habe ich mich bei dem Meeting so benommen. Sie sollte bloß nicht den Eindruck bekommen, ich wäre irgendwie auf sie angewiesen. Das bin ich absolut nicht! Und doch, als sie sich gegen das Angebot entschieden hat, sich mir nicht vor die Füße geworfen hat, hat das mein Interesse geweckt.

Jede Frau hier in Kalifornien würde töten, um einmal mit mir ausgehen zu dürfen, aber sie ... würde sich wahrscheinlich lieber eine Kugel in den Kopf jagen, als mit mir in der Öffentlichkeit gesehen zu werden. Und das macht sie so anders. So besonders. So unheimlich attraktiv.

„Hey. Erde an Ian!" Mein Drummer Greg wirft mir eine Papierkugel an den Kopf, was mich zurück in die Gegenwart katapultiert. Seit etwa einer halben Stunde sind meine Bandkollegen da, doch bisher habe ich ihnen keine große Aufmerksamkeit geschenkt. Dafür war ich zu sehr mit Riley beschäftigt.

Greg Wright, Alec Marshall, Oliver Ainsley und ich sind seit Schulzeiten beste Freunde. Wie das so lange funktionieren konnte, kann ich mir manchmal nicht erklären, denn wir sind alle so unterschiedlich wie Tag und Nacht. Greg ist der Vernünftigste von uns. Er führt seit inzwischen mehr als sieben Jahren eine stabile Beziehung, lebt mit Freundin, Haus und Hund in Beverly Hills und vermeidet, so gut es geht, den Kontakt mit der Presse. Von uns allen ist er der Unsportlichste, und egal, was wir anderen versucht haben, bisher konnten wir ihn nicht zum Sport begeistern. Aber nun ja, er muss auch keine Frauen mehr beeindrucken. Immerhin wird er seiner Sarah in den nächsten Monaten einen Ring an den Finger stecken, das habe ich im Gefühl.

Im kompletten Gegensatz zu ihm steht Olli, schon rein äußerlich: Er ist groß, schlaksig und strohblond, während unser Dummer dunkles Haar und ein paar Kilos zu viel auf den Rippen hat, die ihn aber nicht weiter zu stören schienen. Olli bereichert die Band mit seinen Fähigkeiten am Keyboard und mit dem Talent, überall Koks zu organisieren, egal in welcher Stadt wir gerade spielen. Das ist manchmal echt unheimlich, denn seine Dealer hat er bis heute nicht einmal namentlich erwähnt, und manchmal habe ich den Eindruck, dass er das Zeug selbst vertickt.

Dann wäre da noch Alec, mein bester Freund seit frühester Kindheit. Wir sind zusammen schon durch dick und dünn gegangen und nehmen uns rein äußerlich tatsächlich nicht viel. Wir haben in etwa dieselbe Größe und denselben Körperbau, einzig und allein unsere Haarfarbe unterscheidet uns voneinander. Mein Haar geht mehr in die haselnussbraune Richtung, während seines noch eine Nuance heller ist. Trotzdem haben wir die Fotografen schon das ein oder andere Mal gehörig verwirrt, wenn wir zeitgleich an zwei unterschiedlichen Orten waren.

Beim Thema Frauen geht unsere Einstellung ebenfalls etwas auseinander. Alec hat fast jedes Wochenende ein neues Groupie in seinem Bett und genießt das Singleleben in vollen Zügen. Ich hatte zwar auch den ein oder anderen One-Night-Stand, sehne mich insgeheim allerdings schon nach einer festen Beziehung wie der von Greg und Sarah. Aber da es in meinem Beruf nur wenig Privatsphäre gibt, ist es schwer, die passende Frau zu finden. Vor allem eine, die den Mann hinter dem Stardasein kennenlernen will.

So unterschiedlich wir vier auch sein mögen, die Musik verbindet uns seit der Schulzeit. Wir waren damals alle schon sehr talentiert, und als ich schließlich entdeckt wurde, stand es für mich außer Frage, den Ruhm mit den Jungs zu teilen.

Zu viert haben wir die Höhen und Tiefen des Berühmtseins durchlebt, während keiner unserer anderen Freunde verstehen kann, welchem Stress wir teilweise ausgesetzt sind.

„Lass ihn. Er träumt von seiner Krankenschwester." Grinsend lehnt Alec sich auf meinem Sofa zurück, woraufhin die Papierkugel prompt in seine Richtung fliegt. Allerdings hat er extrem gute Reflexe, sodass er sie mühelos abfangen kann, bevor sie auf sein Gesicht trifft.

„Ui, ui, ui. Eine heiße Krankenschwester? Wieso haben wir da noch keine Fotos gesehen?" Olli wirkt sichtlich angetan, als er seine schwarze Kreditkarte zückt und ein Tütchen mit weißem Pulver auf meinem Tablet-Computer verteilt.

„Schnauze", knurre ich gereizt. Das hat mir gerade noch gefehlt, dass meine Freunde anzügliche Bemerkungen über die einzige Frau machen, die sich nicht für mich interessiert.

Die Jungs kugeln sich aufgrund meiner Reaktion vor Lachen, was meine Stimmung nur noch weiter sinken lässt. Verdammte Idioten! Genervt drehe ich die Musik lauter, doch selbst das hält sie nicht davon ab, ihr Gespräch weiterzuführen.

„Ich leg uns erst mal ein paar Lines. Die Stimmung hier ist viel zu deprimierend." Schweigend sehe ich Olli dabei zu, wie er das weiße Pulver zu vier Linien zusammenschiebt. Eine länger als die andere.

„Ey, mach das vernünftig! Deine kann gern dreimal so lang sein wie unsere, aber ich brauche heute nicht so viel." Greg lehnt sich nach vorne und zieht einen 100-Dollar-Schein aus dem Portemonnaie, während Oliver murrend die Lines verkleinert. Ich kann nicht genau verstehen, was er sagt, doch das Wort „Pussys" fällt auf jeden Fall.

Der Reihe nach ziehen wir das Koks durch den Schein in die Nase, und nach nur wenigen Minuten fühle ich mich ein wenig besser. Eine der schönen Eigenschaften von Kokain.

Früher habe ich nicht viel von Drogen gehalten, aber als die Pressetermine zunahmen, die Konzerte immer öfter ausverkauft waren und der Druck generell stieg, hatte Olli die Idee, es einfach mal auszuprobieren. Immerhin ist Koks eine Leistungsdroge, die uns nur ein bisschen dabei helfen sollte, fit zu bleiben.

Also haben wir angefangen, es vor Konzerten zu schnupfen, um unsere Fans nicht zu enttäuschen und richtig abliefern zu können. Später haben wir es auch am Wochenende konsumiert, wenn wir entspannt in kleiner Runde in meinem Haus in Bel Air gechillt haben. Und seit einiger Zeit nehmen wir es ab und an auch unter Woche, wenn uns danach ist.

Allerdings hat sich Gregs und mein Konsum im Vergleich zu den anderen beiden deutlich reduziert. Ich habe nicht mehr das starke Verlangen danach, mich mit dem Zeug zu pushen – vermutlich aber wohl auch, weil momentan nicht so viele Termine anliegen wie sonst. Wenn erst das neue Album rauskommt, kann alles schon wieder anders aussehen. Jedoch habe ich den festen Vorsatz, die nächste Tour ganz ohne Drogen zu schaffen.

Bei Alec und Olli dagegen kann man schon fast von Sucht sprechen. Die beiden werden richtig nervös, wenn sie keinen Stoff haben, oder sie verharren stundenlang in meinem Haus, bis sich Ollis Dealer meldet. Sie müssen höllisch aufpassen, um nicht vollkommen abzurutschen, allerdings stellen sie auf Durchzug, sobald man versucht, mit ihnen darüber zu sprechen.

Meine Aufmerksamkeit wird auf die Musik im Hintergrund gelenkt, denn Spotify spielt gerade den neuen Song von Justin Bieber und Ariana Grande. Nicht schlecht, aber es wäre deutlich besser geworden, wenn sie ihn mit mir im Feature aufgenommen hätte. Sam hat echt alles versucht, um ihr Management davon zu überzeugen, doch letztlich haben sie sich dagegen entschieden. Mit geschlossenen Augen wippe ich im Takt zum Beat, als Alec wehleidig aufstöhnt.

„Wenn ich diesen Song höre", sagt er langsam, „habe ich direkt Lust, mir eine Überdosis Heroin zu spritzen."

Lachend werfe ich den Kopf in den Nacken. Typisch Alec ... der muss immer noch einen draufsetzen. So schlimm ist der Song durch Justin auch nicht geworden, immerhin hat er es in die Top Ten geschafft.

„Ich glaube, ich schicke Riley Blumen", denke ich plötzlich laut und schlage die Augen auf, um die entgeisterten Blicke meiner Freunde zu sehen. Olli sieht alle der Reihe nach an.

„Adrian Adams will einem Mädel Blumen kaufen? Jungs, habt ihr schon ohne mich vorgeglüht, oder was ist hier los?"

„Ich check es auch nicht", meint Alec langsam. „Die Kleine hat dich vor versammelter Mannschaft eiskalt abblitzen lassen, und zum Dank möchtest du ihr noch Blumen kaufen? Du bist doch nicht ganz dicht."

„Ich glaube, das Koks hat dir die Sinne vollkommen verhagelt", fügt Olli bekräftigend nickend hinzu.

Ganz unrecht haben die zwei nicht. Ich müsste mich nur auf die Straße stellen, mit den Fingern schnipsen, und schon wären mindestens fünfzehn Mädchen da, die mich anflehen würden, ihnen Blumen zu schenken. Aber Riley ... die hat einfach etwas an sich, was mich fasziniert.

„Bevor du dich jetzt wieder Hals über Kopf in etwas hineinstürzt ...", Alec wirft mir einen kurzen, warnenden Blick zu, „... googlen wir sie jetzt erst mal. Ich erinnere dich an das Drama mit dem brasilianischen Model." Verärgert knirsche ich mit den Zähnen. Es nervt mich jedes Mal, wenn mein bester Freund recht hat. Graciella habe ich vor etwa drei Jahren gedatet, kurz nachdem ich berühmt geworden bin. Wir haben uns kennengelernt, gut verstanden und sind schnell ein Paar geworden. Zu schnell. Ich wusste praktisch nichts über sie, habe einfach in den Moment hineingelebt, und das hat sich als fataler Fehler entpuppt. Sie hat unsere Geschichte an die Presse verkauft, was ihr den Ruhm eingebracht hat, den sie wollte, und mir großen Stress mit Sam. Eigentlich hat sie mich nur als Sprungbrett für ihre Karriere benutzt, denn inzwischen läuft sie auf den größten Fashionweeks der Welt, wie Paris, New York oder Mailand. Ihr Plan ist also wunderbar aufgegangen.

„So, wie ist der volle Name deiner süßen Krankenschwester?"

„Riley Matthews. Ob sie einen Zweitnamen hat, weiß ich nicht." Grinsend lässt Alec seine Finger über das Handydisplay fliegen, runzelt allerdings wenige Augenblicke später schon die Stirn, was sofort meine Aufmerksamkeit weckt. Alec bringt nichts so schnell aus der Fassung.

„Merkwürdig. Ich finde kein Instagram, kein Facebook, kein Twitter und kein TikTok. Sie hat nicht mal einen Google-Treffer. Wer zur Hölle hat nicht einen einzigen Google-Treffer?" Das ist schon etwas seltsam, da hat er recht. Heutzutage hat doch jeder mindestens Instagram.

„Guck doch mal auf der Website des Krankenhauses", schlägt Greg vor, doch auch da Fehlanzeige. Keine namentliche Erwähnung, geschweige denn ein Foto.

„Diese Frau scheint ein Geist zu sein. Bist du sicher, dass sie wirklich existiert, Mann?" Olli sieht mich mit zusammengekniffenen Augen an.

„Alter, ich habe mir in die Hand geschnitten und mich nicht am Kopf verletzt. Natürlich existiert sie." Ich lehne mich auf dem Sofa zurück und fahre mir mit der Hand einmal über das stoppelige Kinn.

Auch Samuel und ich haben schon vergeblich nach Spuren von ihr gesucht. Weil wir keine Adresse auftreiben konnten, mussten wir die Einladung letztlich ins Krankenhaus schicken lassen. Das alles ließ sie nur noch interessanter wirken. Irgendwie geheimnisvoll. Da fragt man sich doch, was für eine Geschichte hinter dieser Frau steckt, die sie dazu veranlasst hat, den sozialen Netzwerken komplett fernzubleiben.

„Vielleicht solltest du ihr doch einfach Blumen schicken und dabei rausfinden, ob sie überhaupt ein Handy besitzt oder ob du per Brieftaube kommunizieren musst."

Grinsend sehe ich meinen besten Freund an. So altmodisch wird sie hoffentlich nicht sein. Aber sie wird Blumen bekommen.

Scheiß auf das brasilianische Model und ihre heimtückische Art. Obwohl mir Riley Matthews erst zweimal begegnet ist, weiß ich, dass sie anders ist. Sie ist wie ein Puzzle aus tausend Teilen. Ein schwieriges Rätsel, und ich werde es zu meiner Aufgabe machen, es zu lösen.

8. KAPITEL
RILEY

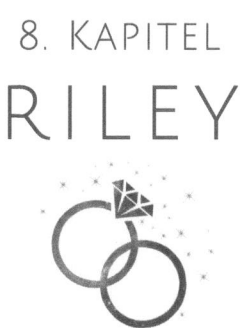

Inzwischen ist Dienstag, und ich bin noch immer nicht über das Gespräch bei *Donovan Records* hinweg. Das Angebot ist reizvoll, gar keine Frage, aber die Tatsache, dass man mich für so bedürftig hält, ärgert mich enorm. Wenn Adrian Adams sein Leben nicht im Griff hat, bin ich bestimmt die Letzte, die ihm dabei hilft, es wieder in geregelte Bahnen zu lenken.

Am Nachmittag habe ich allerdings keine Zeit mehr, mich darüber zu ärgern, da ständig die Notfallklingel geht und mich von Zimmer zu Zimmer hasten lässt. Nebenbei muss ich noch eine Menge Bürokram erledigen und stelle immer wieder fest, dass mir die Anwesenheit von Eloise und Margret wirklich fehlt. Ihre ausgelassene, fröhliche Art hat mir selbst durch die stressigsten Tage in diesem Krankenhaus geholfen, und heute ist wieder so ein Tag. Da könnte ich sie für eine kurze Kaffeepause gut gebrauchen. Doch leider wird es noch mindestens vier Wochen dauern, bis ich sie wiedersehe. Es sei denn, ihr Allgemeinzustand verschlechtert sich, und das wünsche ich keiner von beiden.

Stattdessen kommt Emily gegen sieben vorbei, was meine Laune sofort verbessert. Seit wir Freitag versucht haben, den Ring vom Finger zu bekommen, habe ich sie nicht mehr gesprochen, geschweige denn gesehen, und so weiß sie von den neuesten Entwicklungen in meinem Leben noch gar nichts. Also sitzen wir jetzt mit einer guten Tasse Kaffee im Schwesternzimmer von Station 21 und tauschen die neusten Informationen aus.

„Ich kann es echt nicht fassen!" Emily wirft mir einen ungläubigen Blick zu. „Der wollte dir Geld zahlen, damit du mit ihm ausgehst!" Ich schüttle den Kopf.

„Ne, ne. Sein Manager wollte mich dafür bezahlen. Ian hat nicht mal den Mund aufbekommen, während wir dagesessen haben." Lachend lehnt Emily sich auf dem braunen Holzstuhl zurück.

„Wir sind jetzt also schon bei Ian, ja? Ich dachte, du kannst diesen Kerl nicht leiden."

„Kann ich auch nicht", erwidere ich schnell und erröte ein wenig, „Ian geht nur schneller von den Lippen als Adrian." Meine beste Freundin muss sich ein weiteres Grinsen verkneifen und nimmt stattdessen einen Schluck Kaffee.

„Du bist echt der Hammer, weißt du das? Jede andere hätte dieses Angebot angenommen. Ganz egal, ob du diesen Sänger jetzt leiden kannst oder nicht. Einfach aufgrund des Geldes. Aber du … du schlägst es eiskalt aus. Find ich stark." Schulterzuckend fahre ich mit dem Zeigefinger über den Rand meiner Kaffeetasse.

„Ich stehe einfach nicht gern im Mittelpunkt. Und in der Öffentlichkeit schon gar nicht, weißt du doch." Emily nickt wissend. Den genauen Grund dafür kennt sie natürlich nicht, aber sie weiß, dass ich mich nicht gern in großen Menschenmengen aufhalte oder fotografiert werde. Als gute Freundin hat sie diese kleinen Macken von mir auch nie infrage gestellt, wofür ich ihr äußerst dankbar bin.

Außer Josh und seinem guten Freund Jake Carter kennt niemand meine Vergangenheit oder den Grund, warum ich überhaupt nach Los Angeles gekommen bin. Nachdenklich drehe ich den Diamantring an meinem Finger.

Abziehen kann ich ihn zwar immer noch nicht, aber seit Freitag lässt er sich immerhin etwas besser bewegen. Ein kleiner Hoffnungsschimmer, dass ich dieses elendige Ding bald nicht mehr tragen muss.

Schweigend höre ich mir währenddessen Ems Ausführungen darüber an, wie sehr es sie nervt, dass Alec sich nicht mehr meldet. Ah ja, der Typ aus dem Club, dank dem ich überhaupt erst in diesen Schlamassel geraten bin.

Wenn er Emily nicht angebaggert hätte, wären wir nie in die VIP-Lounge gekommen, ich hätte Adrian nicht kennengelernt, wäre nicht zum Topthema des *Hollywood Ticker* geworden und hätte keinen millionenschweren Ring am Finger.

Wenn man es mal nüchtern betrachtet, ist eigentlich alles Alecs Schuld. Aber irgendwie scheint er es Emily angetan zu haben. Sie hatte leider schon immer eine Schwäche für hoffnungslose Fälle, und mein Gefühl sagt mir, dass es sich bei ihrer Clubbekanntschaft um genau so jemanden handelt. Sonst hätte er sich schon längst gemeldet.

Ein Klopfen an der Tür lässt sie innehalten, auch mein Blick gleitet nach rechts. Ein junger Typ, vielleicht Anfang zwanzig, steht etwas unbeholfen im Türrahmen und sieht uns hilfesuchend an. Dem Aufdruck seiner dunkelgrünen Jacke nach zu urteilen, kommt er von der *Edelweiss Flower Boutique*, der Strauß orangefarbener Tulpen in seinem Arm bestätigt meine Annahme.

„Können wir helfen?", fragt Emily etwas unwirsch. Sie kann es gar nicht leiden, wenn man sie beim Reden unterbricht. Schon gar nicht, wenn es um Männergeschichten geht.

„Ähm, ich suche eine Riley Matthews. Kennen Sie die zufällig?" Er lächelt uns schüchtern an. Irgendwie süß.

„Wie es der Zufall so will, bin ich Riley Matthews", entgegne ich schließlich, stehe auf und nehme ihm die Blumen ab.

Nach einer kurzen Unterschrift verabschiedet er sich und verschwindet in Richtung Ausgang, während ich etwas unbeholfen den Strauß nach einem Hinweis auf den Absender absuche. Und tatsächlich steckt eine kleine, schwarze Karte mitten in dem orangenen Blumenmeer, so gut verborgen, dass ich sie beinahe übersehen hätte.

Vorsichtig ziehe ich sie hervor und sehe meinen Namen in goldenen Buchstaben vorne drauf. Das letzte

Mal, als ich eine Karte dieser Aufmachung bekommen habe, wurde ich kurz darauf extrem beleidigt, und irgendwie nervt es mich, dass Samuel Donovan anscheinend kein „Nein" versteht. Doch die Rückseite soll mich eines Besseren belehren.

Dort steht in derselben goldenen Schrift ein kleiner Text geschrieben – eigentlich nur sieben kleine Worte und eine Telefonnummer. Doch ich komme gar nicht dazu, sie richtig zu lesen, da Emily mir die Karte förmlich aus der Hand reißt. Dieses neugierige Luder!

„Du hast mich beeindruckt", liest sie langsam vor, „Ruf mich an. I."

Kreischend springt sie im Schwesternzimmer umher.

„Ich fasse es nicht! O mein Gott! Adrian Adams will, dass du ihn anrufst!" Mit der freien Hand bedeute ich ihr, etwas leiser zu sprechen. Muss ja nicht gleich das ganze Krankenhaus wissen, dass der angesagteste Popstar der Gegenwart um einen Anruf bittet.

Während Emily noch immer begeistert auf und ab hüpft, stelle ich die Blumen ins Wasser. Ist ja herrlich, wie sehr wie sie sich über diese Nachricht freut.

„Wirst du ihn anrufen? Sag bitte ja, Riley. Unser Liebesleben braucht frischen Wind." Mit verschränkten Armen lehne ich mich gegen die Küchenzeile.

„Nein, ich rufe ihn nicht an. Der arrogante Fatzke soll bloß nicht denken, dass ich springe, nur weil er ‚Hopp' sagt." Seufzend sieht Emily mich an.

„Dir ist nicht mehr zu helfen, Riley."

Doch ich bleibe nicht der einzige hoffnungslose Fall. Anscheinend gibt es in Los Angeles noch mindestens eine weitere Person, die frischen Wind in ihrem Liebesleben braucht.

Am Mittwoch folgt ein weiterer Blumenstrauß. Noch imposanter als der Erste, ebenfalls aus orangefarbenen Tulpen bestehend und mit derselben Karte. Donnerstags wird ein weiterer geliefert, ebenso freitags. Auf einmal stehen hier so viele Blumen, dass ich gar nicht weiß, wohin damit. Mit nach Hause nehmen kann ich die auf jeden Fall nicht. Da platzt mein Apartment ja aus allen Nähten. Die Patienten dagegen freuen sich über die bunten Tulpen, die Ärzte allerdings weniger.

„Gott, Riley. Egal wer dein heimlicher Verehrer ist. Ruf den armen Kerl endlich an, damit dieser Tulpenterror aufhört!" Doktor John Hunter wirft mir einen genervten Blick zu. Er ist der Chefarzt unserer Station, und anscheinend geht ihm das hier ziemlich gegen den Strich.

„Wir sind ein Krankenhaus und kein verdammter Blumenladen!" Reflexartig verdrehe ich die Augen. Der Mann gönnt einem nicht den geringsten Spaß. Er ist fast genauso schlimm wie Martin.

„Ach, John. Sieh das doch nicht so verkniffen." Meine Kollegin Rosalie legt ihm die Hand auf den Unterarm und zwinkert ihm kurz zu. „Riley hat jemanden halt extrem beeindruckt."

Verwundert ziehe ich die Augenbrauen hoch. Dass sie für mich Partei ergreift, ist schon höchst ungewöhnlich, denn normalerweise versuchen wir uns aus dem Weg zu gehen. Aber wieso kennt sie den Inhalt der Grußkarte?

„Und wie kommst du darauf?" Unser Oberarzt wirft ihr einen fragenden Blick zu, während er ihre Hand von sich schiebt und sich stattdessen lieber seinem Kaffee widmet.

„Na, weil orangefarbene Tulpen für Faszination stehen. Weiß doch jeder." Mmh, ich bisher nicht. Aber gut zu wissen.

Um zehn Uhr abends habe ich Feierabend und einen Bärenhunger. Also schnappe ich mir mein Zeug, sammle die restlichen Blumen ein, die ich nicht auf der Station verteilen konnte, und mache mich auf den Weg nach Hause. Allerdings nicht ohne einen kleinen Zwischenstopp.

Mit dem Taxi fahre ich zum Santa Monica Pier, wo sich das beste Restaurant in ganz Los Angeles befindet. Auf der Ecke, wo sich der Ocean Front Walk und die Moss Avenue kreuzen, steht das *Joe's*. Ein kleines, unscheinbares Diner, das als Geheimtipp für Burger in den Reiseführern gehandelt wird.

Kurz nach meiner Ankunft in Los Angeles habe ich es durch Zufall gefunden und lieben gelernt. Genau wie seinen Besitzer. Joe Armstrong ist neben Josh ein Teil meiner kleinen, neuen Familie geworden hier in der Stadt der gefallenen Engel.

Die kleine Klingel oberhalb der Eingangstür läutet, als ich den Laden betrete. Für einen Freitagabend ist nicht sehr viel Betrieb. Ein älteres Ehepaar sitzt rechts von mir an einem Tisch in der Ecke. Daneben kämpft sich ein Student mit Laptop und einem Stapel Bücher durch ein Manuskript, und am Tresen sitzt ein junger Mann mit dem Rücken zu mir. Seine Haare werden durch ein dunkles Basecap verdeckt, und als ich etwas näher an die Theke komme, bemerke ich die große Sonnenbrille in seinem Gesicht. Merkwürdiger Typ. Automatisch muss ich an Samuel Donovan denken. Der hat ja auch eine Vorliebe für Sonnenbrillen in geschlossenen Räumen.

„Riley! Schön dich zu sehen." Joe kommt aus der Küche und strahlt, als er mich sieht. Dabei treten die Fältchen an Augen und Mund stark hervor, als er zu lächeln beginnt.

Seine grauen Haare stehen wirr zu allen Seiten ab, was zeigt, dass er bis eben im Stress gewesen sein muss. Sonst sind sie immer akkurat nach hinten gekämmt. Da habe ich den großen Ansturm wohl gerade verpasst. Trotz seiner 65 Jahre legt Joe immer noch viel Wert auf sein Äußeres, was wohl daran liegt, dass er die Hoffnung auf eine neue Liebe noch nicht gänzlich aufgegeben hat.

Vor acht Jahren ist seine Frau gestorben, was ihn beinahe hat vereinsamen lassen, denn Kinder haben die beiden nie gehabt. Nur dank des Restaurants und einiger guter Freunde, die er mir gegenüber nie namentlich erwähnt hat, ist er wieder auf die Beine gekommen. Der ständige Kontakt zu seinen Gästen hat ihn aus seinem dunklen Loch geholt. Zu meinem

Glück, denn ich bin mehr als froh, vor drei Jahren hier hereingestolpert zu sein.

„Schöne Blumen. Hast du etwa einen heimlichen Verehrer, von dem ich noch nichts weiß?" Grinsend drückt er mir einen Kuss auf die Schläfe, wobei mich der Geruch von Fritteuse und Grill einhüllt. Anschließend geht er wieder hinter den Tresen.

„Nein, kein heimlicher Verehrer. Ich weiß schon, wer es ist, ignoriere ihn aber." Amüsiert schüttelt der Koch den Kopf.

„Riley, es wundert mich sowieso, dass du mir noch keinen Mann vorgestellt hast. Du musst den Männern doch reihenweise den Kopf verdrehen." Lachend werfe ich ihm einen langen Blick zu.

„Joe, falls jemals jemand in die engere Auswahl kommen sollte, bist du der Erste, dem ich ihn vorstellen werde, Deal?"

„Deal."

Zufrieden grinsend nimmt er meine Bestellung auf und will gerade in die Küche verschwinden, als ich ihn noch mal aufhalte.

„Kann ich ein paar Tulpen hierlassen? Zu Hause habe ich schon genug stehen, im Krankenhaus will mein Chef sie nicht mehr sehen, und zu deiner Einrichtung würden sie fabelhaft passen." Immerhin sind seine Sitzbänke, Stühle und Barhocker mit orangenem Leder überzogen, da würden die Blumen sich gut einfügen.

Er nickt kurz und lässt mich dann allein, um mein Essen zuzubereiten. Ich dagegen fange an, nach einigen passenden Vasen zu suchen, in die ich die Tulpen stellen kann, was sich als große Herausforderung entpuppt. Doch schließlich werde ich fündig, bestücke die Vasen und verteile sie im gesamten Gastraum.

Ein Strauß kommt auf den großen Tisch mit der Eckbank links vom Tresen. Zwei andere stelle ich auf die kleinen Tische im rechten Teil des Restaurants, an denen meistens nur ein bis zwei Leute sitzen, so wie am heutigen Abend auch. Und den letzten Strauß drapiere ich an der linken Ecke des Tresens.

Immerhin kann die braune, trostlose Theke auch ein bisschen Farbe vertragen. Zufrieden stemme ich die Hände in die Hüften und sehe mich um. Joe sollte öfter Blumen auf die Tische stellen, das wirkt gleich viel einladender. Ansonsten ist in seinem Laden nicht viel Deko zu finden. Das einzige Highlight, das alle Gäste – mich eingeschlossen – immer wieder begeistert, sind die Bilder an den Wänden.

Mit jedem Star, der bisher im Diner gegessen hat, hat Joe ein Foto gemacht, es eingerahmt und aufgehängt. Im Laufe der Jahre sind viele Bilder entstanden, teilweise auch noch mit seiner Frau Regina. Stars wie Arnold Schwarzenegger, Ryan Gosling, Jessica Alba und sogar der ehemalige US-Präsident Ronald Reagan und seine Frau strahlen hier von den Wänden. Und das ist nur ein Bruchteil der Berühmtheiten, die dieses Restaurant besucht haben.

Die ganze Zeit über, die ich hier herumhantiere, spüre ich einen Blick auf mir, doch jedes Mal, wenn ich unauffällig über die Schulter schaue, kann ich niemanden erkennen, der mich unverhohlen anstarrt. Lediglich der mysteriöse Mann an der Theke sitzt wie versteinert da. Ein ungutes Gefühl breitet sich in meiner Magengegend aus, da ich nicht einschätzen kann, was für eine Person sich unter Basecap und Sonnenbrille verbirgt.

Drei Jahre habe ich hier in Frieden und ohne große Sorgen gelebt, aber jedes Mal, wenn ich den Mann anschaue, habe ich das Gefühl, ihn irgendwo schon einmal gesehen zu haben, und das lässt meine Alarmglocken schrillen.

Kann es wirklich sein, dass meine Vergangenheit mich jetzt tatsächlich eingeholt hat?

9. KAPITEL
IAN

Ich musste einfach mal raus.

Sams ständiges Gequatsche, dass ich endlich mein neues Album fertig schreiben soll, geht mir tierisch auf den Sack. Was soll ich denn machen, wenn mir momentan keine neuen Songs einfallen? Ich kann keinen Nummer-1-Hit aus dem Hut zaubern wie manch anderer Künstler hier in Kalifornien. Mir fehlt einfach die Inspiration. Eine Muse, die mich daran erinnert, warum ich überhaupt mit der Musik angefangen habe. Aber leider ist es nicht so einfach, so jemanden zu finden.

Dann ist da noch die ständige Anwesenheit der Jungs. Klar ist es cool, Zeit zusammen zu verbringen, Blödsinn zu machen und zuzulassen, dass sie mich auf andere Gedanken bringen. Aber in manchen Augenblicken wünschte ich mir, wir könnten einfach mal produktiv sein. Wenn wir mal wieder eine entspannte Jamsession im Studio abhalten würden wie früher, könnte das meiner Kreativität den neuen Anstoß geben, den ich brauche. Aber nein, stattdessen vertreiben sie sich die Zeit mit Videospielen, Sport, Koksen und damit, mir dumme Sprüche wegen Riley an den Kopf zu werfen.

Seit vier Tagen schicke ich ihr jeden Tag Blumen ins Krankenhaus, gemeinsam mit meiner Telefonnummer, doch bisher habe ich keinen Anruf von ihr erhalten. Das ist natürlich ein gefundenes Fressen für meine besten Freunde, die von der Idee von Anfang an nicht begeistert waren.

„Wir haben es dir von vornherein gesagt", meinte Alec schulterzuckend.

„Du machst dich durch die Aktion nur zum Deppen", ergänzte Olli mit einem derart schadenfrohen Lächeln auf den Lippen, dass ich ihm am liebsten eine verpasst hätte.

Nur Greg scheint auf meiner Seite zu sein. Immerhin einer, der den Glauben daran nicht verloren hat, dass sie sich noch melden könnte. Trotzdem wird es Zeit, dass ich mal ein paar Stunden abschalte, und das geht am besten bei einem Burger im *Joe's*.

Es ist jetzt fast acht Jahre her, seit ich das erste Mal durch die Türen des kleinen, unscheinbaren Restaurants mit dem gewissen Etwas am Santa Monica Pier gekommen bin.

Joe, seine Frau Regina und ich haben uns auf Anhieb gut verstanden, und so kam es dazu, dass ich fast täglich mit meinen Freunden bei ihnen gegessen hatte. Als 18-jähriger Junge war ich damals noch recht grün hinter den Ohren. Die Highschool hatte ich gerade beendet, und ich bin ohne meine Familie nach Los Angeles gezogen, um hier an der UCLA zu studieren. Da war das familiäre Beisammensein im Diner genau das Richtige.

Joe ist neben meinen besten Freunden zu meiner Ersatzfamilie geworden, die ich nicht mehr missen möchte. Gemeinsam sind wir in den letzten Jahren durch Höhen und Tiefen gegangen. Ich habe gesehen, wie Regina gegen den Krebs gekämpft und leider verloren hat. Habe Joe beigestanden, als er sich am schlimmsten Punkt seines Lebens befand. Eine Zeit lang habe ich sogar im Restaurant gejobbt, damit es irgendwie weitergeht und er nicht auch noch um seine Existenz bangen muss.

Ich war stolz, als er sich mithilfe seines Lokals und seinen Gästen wieder berappelt und neuen Lebensmut gefunden hat. Anschließend hat er meinen Aufstieg im Showbusiness miterlebt. Er hat mir dabei geholfen, auf dem Boden zu bleiben, wofür ich ihm sehr dankbar bin. Ohne ihn, seine herzliche Art und seinen Zuspruch wäre meine Karriere bestimmt anders verlaufen.

Jetzt sitze ich also seit zwei Stunden mit Basecap und Sonnenbrille auf meinem Stammplatz ganz rechts am Tresen, während ich lustlos die letzten Pommes auf meinem Teller hin und her schiebe. Eigentlich bin ich viel zu vollgefressen, um die noch in mich reinzustopfen, andererseits bin ich auch zu geizig, um sie in den Mülleimer zu werfen.

Seufzend lasse ich den Kopf nach vorne fallen. Es wird Zeit, mich wieder der Realität zu stellen. Ich werde mein Album fertig schreiben und alle Gedanken an Riley beiseiteschieben. Wenn sie sich für was Besseres hält und meint, meine Aufmerksamkeiten nicht annehmen zu wollen, dann ist es so. Ihr Pech.

Doch mein Vorhaben soll sich in wenigen Sekunden schon wieder in Luft auflösen, als ich ihre Stimme hinter mir höre. Sofort erinnere ich mich wieder, weshalb ich ihr die Tulpen habe zukommen lassen. Ihr frecher Unterton hat es mir einfach angetan. Unauffällig drehe ich den Kopf zur Seite und fange an, sie zu beobachten.

Joe nimmt sie fest in den Arm, woraus ich schließe, dass er sie gut zu kennen scheint. Das eröffnet mir eine ganz neue Tür. Endlich könnte ich ein paar Informationen bekommen, die mir bisher verwehrt geblieben sind. Immerhin war das Internet keine große Hilfe.

Ich beobachte, wie ihre zarten Hände die Blumen in den Vasen anrichten, bevor sie sie nacheinander auf den Tischen des Diners verteilt. Sie sieht wirklich gut aus heute. Eigentlich sah sie bisher immer gut aus, wenn wir uns getroffen haben. Selbst in diesem unförmigen Outfit im Krankenhaus. Jetzt kann ich immerhin ihre Figur mal genauer betrachten.

Ihre Beine stecken in einer Jeans, die die Rundung ihres Hinterns stark hervorhebt. Obenrum trägt sie ein weißes Langarmshirt, das eng an ihrem Oberkörper anliegt. Diese Frau hat Kurven, von denen ein Mann nur träumen kann! Das ist mir bei *Donovan Records* gar nicht aufgefallen, da war ich eher von ihrem frechen Mundwerk angetan.

Ihre langen, blonden Haare hat sie zu einem wüsten Knoten auf ihrem Kopf zusammengebunden, lediglich vereinzelte Strähnen fallen in ihr hübsches Gesicht. Doch, sie ist definitiv heiß. Und der Diamantring steht ihrem Finger echt gut. Vielleicht sollte ich Sam überreden, ihn ihr zu überlassen. Sie kann das Geld aus dem Verkauf bestimmt gut gebrauchen, auch wenn sie in der Plattenfirma deutlich gemacht hat, keine Almosen zu wollen.

Während ich sie dabei beobachte, wie sie durch das Diner wirbelt, scheint sie sich mit jeder Sekunde unwohler zu fühlen. Immer wieder wirft sie kurze Blicke über ihre Schulter, die manchmal auch in meine Richtung gleiten. Ich dagegen lasse mir nicht anmerken, dass ich sie tatsächlich betrachte. Allerdings fällt mir auf, dass sie auf einmal irgendwie ängstlich wirkt. Fast schon gehetzt. Also werfe ich einen kurzen Blick zu den anderen Gästen, bevor ich die Sonnenbrille abnehme und mich somit zu erkennen gebe. Die drei im hinteren Teil des Lokals sind ohnehin viel mehr mit sich selbst beschäftigt, sodass sie mich gar nicht beachten.

„Weißt du, ich habe schon gedacht, ich hätte die Tulpen an das falsche Krankenhaus geschickt. Oder dass da mehr Schwestern mit deinem Namen arbeiten." Sobald sie mich erkennt, entspannt sich ihre Muskulatur merklich. Ihre Schultern fallen wieder locker nach unten, ihre Mundwinkel heben sich zu einem leichten Grinsen, und dieser spitzbübische Ausdruck kehrt in ihre dunkelbraunen Augen zurück. So gefällt mir das schon viel besser!

„Keine Sorge. Ich habe jede einzelne deiner Tulpen bekommen, plus Grußkarten."

„Und trotzdem hast du nicht angerufen. Jede andere Frau wäre ausgeflippt bei einem Blumenstrauß von mir." Riley verdreht die Augen, bevor sie sich über den Tresen lehnt und mir tief in die Augen sieht. Unsere Gesichter sind sich so nah, dass ich ihren warmen, nach Pfefferminz riechenden Atem spüren kann. Auf einmal ist mein Mund staubtrocken. Mein Herzschlag nimmt an Tempo zu, und ich versuche wenigstens, meine Atmung unter Kontrolle zu bringen, damit sie nicht merkt, wie sehr sie mich gerade aus dem Konzept bringt.

„Vielleicht hast du es noch nicht mitbekommen", meint sie leise, wobei mein Blick auf ihre vollen, rosafarbenen Lippen fällt, „aber ich bin nicht wie andere Frauen."

Oh, Baby. Du hast ja keine Ahnung, *wie* klar mir das ist. Genau deswegen bin ich ja auch so fasziniert von dir. Aber das würde ich im Leben nicht vor ihr zugeben. Zumindest noch nicht. Sie hat momentan die Oberhand, und dessen ist sie sich durchaus bewusst.

Sie ist mir gerade so nah, dass ich die goldfarbenen Sprenkel in ihren dunklen Augen bemerke. Interessant, dabei sehen sie von Weitem fast schwarz aus. Zu meinem Pech scheint sie just in dem Moment ebenfalls bemerkt zu haben, dass sie ihren persönlichen Sicherheitsbereich überschritten hat. Also entfernt sie sich ein paar Schritte und lehnt sich gegen die Anrichte hinter ihr.

„Wie lange hättest du das mit den Blumen noch durchgezogen?" Mit der Zungenspitze befeuchtet sie ihre Lippen, während sie an dem Ring herumspielt. Ist sie etwa nervös? Wie niedlich.

„Vermutlich so lange, bis du dich gemeldet hättest", erwidere ich schulterzuckend. Dadurch, dass sie sich so rarmacht, wird sie für mich nur noch interessanter. Ob ihr das bewusst ist, weiß ich allerdings nicht. Trotzdem ändert das nichts an der Tatsache, dass ich gerne mit ihr ausgehen würde. Ihre lockere, offene Art ist erfrischend, und es wäre schön, mal wieder jemanden zu daten, der nicht berühmt ist, sondern ganz normal.

„Geh mit mir aus", meine ich schließlich und schaue ihr direkt in die Augen. Die weiten sich daraufhin für den Bruchteil einer Sekunde, bevor sie fassungslos den Kopf schüttelt.

„Du checkst es nicht, oder? Ich habe doch deutlich gemacht, dass ich kein Interesse an einem Date mit dir und zwanzig Paparazzi habe." Ich kann mir ein Grinsen nicht verkneifen. Nein, die Aussage habe ich nicht vergessen, wobei die Vorstellung einer derartigen Verabredung schon lustig wäre.

„Das meine ich nicht. Nur du und ich. Sonst niemand. Was sagst du?" Nachdenklich kaut sie auf ihrer Unterlippe herum, was mich beinahe wahnsinnig macht. Irgendwann will ich das machen.

„Ich arbeite im Schichtdienst", meint sie schließlich langsam, „das wird mit deinem Terminkalender bestimmt schwierig zu koordinieren sein." Geräuschvoll atme ich aus. Mit der Ausrede lasse ich mich ganz sicher nicht abspeisen.

„Wie spontan bist du?", frage ich stattdessen, woraufhin sie zu lächeln beginnt. Anscheinend sehr spontan.

„Wie wäre es mit jetzt?" Riley zwirbelt eine Haarsträhne um ihren Zeigefinger, während sie über mein Angebot nachdenkt. Für mich vergeht dabei eine halbe Ewigkeit, und ich halte gespannt den Atem an. Wenn sie jetzt wieder „Nein" sagen sollte, muss ich wohl ganz andere Geschütze auffahren, um sie zu beeindrucken.

„Geht klar", meint sie schließlich, und ich klatsche triumphierend in die Hände, „ich muss mich nur kurz frisch machen."

Gerade als sie auf der Toilette verschwinden will, kommt Joe mit ihrem Essen aus der Küche. Sie bedeutet ihm, es auf dem Tresen abzustellen, und verlässt den Gastraum. Das ist meine große Chance. Nachdem die Tür hinter ihr ins Schloss gefallen ist, winke ich Joe zu mir heran und lehne mich gespannt in seine Richtung.

„Okay, was weißt du über sie?"

„Sie scheint es dir angetan zu haben, was?" Der alte Restaurantbesitzer lacht, als er bemerkt, dass ich seinem Blick ausweiche.

„Ian, mir ist nicht entgangen, dass sie die Frau auf den Fotos im *Hollywood Ticker* ist. Ihr Tattoo hat sie verraten. Demnach bist du wahrscheinlich der Tulpenkavalier, hm?" Joe sieht mich ernst an. Riley ist ihm wohl wirklich wichtig, sonst spräche er nicht in diesem Ton mit mir.

„Sie ist ein gutes Mädchen, das solltest du immer im Hinterkopf behalten." Ich nicke, und dann erzählt er mir, wie Riley vor drei Jahren an einem seltenen regnerischen Herbstabend in sein Lokal gestolpert kam. „Sie war völlig fertig. Ich weiß bis heute nicht, was sie so zum Weinen gebracht hat, aber ich konnte dieses Häufchen Elend nicht einfach hier sitzen lassen."
Gebannt hänge ich an seinen Lippen. Ich kann mir gar nicht vorstellen, dass Riley solch schwachen Momente hat. Bisher habe ich sie nur als sehr starke und selbstbewusste Frau erlebt. Allerdings haben damals, wie Joe erzählt, ein Burger und eine große Portion Pommes ihre Tränen letztlich getrocknet, was mir ein leises Lächeln entlockt. Das macht sie gleich noch sympathischer. Ich selbst tröste mich auch am liebsten mit einem von Joes Burgern, wenn es mir nicht gut geht.
„Familie hat sie meines Wissens nach nicht mehr. Meistens kommt sie mit ihrem besten Freund Josh vorbei. Die beiden sind wie Geschwister. Er ist Polizist und hat einen sehr ausgeprägten Beschützerinstinkt, was Riley betrifft, also solltest du dich gut mit ihm stellen, wenn sich zwischen euch etwas Ernsteres entwickeln soll." Nachdenklich nehme ich das Basecap ab und fahre mir mit der Hand durchs Haar, bevor ich Mütze und Sonnenbrille wieder aufsetze.
Riley scheint eine Frau mit einer sehr interessanten Geschichte zu sein, und obwohl Joe recht wenig Informationen zu bieten hatte, hat er meinen Ehrgeiz, das Rätsel um Riley zu lösen, aufs Neue entfacht. Sie fas-

ziniert mich, und es ist lange her, dass eine Frau das geschafft hat.

„Also, meinetwegen können wir los." Lautlos ist Riley wieder neben mir aufgetaucht, was in mir die Frage aufwirft, wie viel sie von der Unterhaltung zwischen mir und Joe mitbekommen hat.

„Gut. Als erstes zeige ich dir den schönsten Ort hier am Santa Monica Pier, da kannst du dann auch erst mal essen. Das wird eine Nacht, die du bestimmt nicht so schnell vergessen wirst."

Durch das kleine Hinterzimmer des Restaurants, das Joe als Büro nutzt, kommen wir über eine Treppe auf das Dach des Gebäudes. Von hier hat man einen grandiosen Ausblick über den gesamten Pier. In unmittelbarer Nähe befindet sich das Santa-Monica-Karussell, von dem noch immer Musik erklingt. Es scheinen die letzten Fahrten heute zu sein. Langsam, aber sicher leert sich der attraktive Touristenspot, immer mehr Autos verlassen die Parkplätze und biegen auf die Colorado Avenue, um den Weg nach Hause anzutreten.

„Das ist ja der Wahnsinn!" Trotz des spärlichen Lichts auf dem Dach kann ich sehen, dass Rileys Augen vor Begeisterung glänzen. Zufrieden grinsend schnappe ich mir die beiden Klappstühle, die hier immer bereitstehen, und stelle sie am Rand des Gebäudes auf.

Sofort lässt sie sich auf einen sinken, packt ihren Burger aus und beißt genüsslich hinein, während ich sie gebannt dabei beobachte. Ich weiß, dass es unhöflich ist, Leute beim Essen zu beobachten, doch ich habe selten eine Frau gesehen, die so reinhaut wie Riley. Gefällt mir.

Die meisten Frauen, mit denen ich bisher ausgegangen bin, haben sich sehr geziert, überhaupt vor mir zu essen. Und wenn, dann waren es nur Gerichte, mit denen sie sich ihr Outfit nicht ruinieren konnten. Unser liebes Supermodel Graciella zum Beispiel hat immer nur an einem Salatblatt geknabbert, wenn wir unterwegs waren.

Riley dagegen hat überall Ketchup und Senf im Gesicht, was sie jedoch nicht im Geringsten zu stören scheint. So eine Frau ist mir viel lieber!

In Rekordzeit verputzt sie den Burger samt Pommes und lehnt sich schließlich zufrieden seufzend in ihrem Stuhl zurück.

„Tut mir echt leid", meint sie einige Augenblicke später, bevor sie mir einen kurzen Blick zuwirft, „aber außer Kaffee habe ich den ganzen Tag noch nichts zu mir genommen."

Lässig winke ich ab. Ich kann mir gut vorstellen, dass es in einem Krankenhaus an manchen Tagen so stressig ist, dass man das Essen durchaus mal vergisst.

„Frauen mit gesundem Appetit gefallen mir ohnehin viel besser als die, die nur an einer Reiswaffel knabbern. Von daher, kein Ding." Sie lächelt erleichtert, wobei mir ein kleiner Rest Ketchup an ihrem linken Mundwinkel auffällt. Den muss sie beim Saubermachen eben übersehen haben.

Langsam beuge ich mich in ihre Richtung und wische ihn mit dem Daumen vorsichtig weg. Riley lässt mich dabei nicht aus den Augen, und ich könnte schwören, dass ihre Atmung für einen Moment aussetzt, als ich sie berühre. Nach einem leisen „Danke" lächelt sie mich erneut an, bevor sie den Blick wieder abwendet und die Aussicht bewundert. Ist sie etwa rot geworden? Süß.

„Also, wie hast du diesen Platz gefunden? Joe hat mir noch nie davon erzählt, und ich kann mir nicht vorstellen, dass er dich irgendwann mal darum gebeten hat, etwas auf dem Dach zu erledigen." Lachend schüttle ich den Kopf. Amüsante Vorstellung, aber so ist es nicht ganz abgelaufen.

„Nein, nein. Regina, seine Frau, hat es mir vor einigen Jahren gezeigt. Wir haben hier viele Stunden verbracht, vor allem nachdem sie krank geworden ist."

Riley wirft mir einen langen Blick zu, den ich so lange erwidere, bis sie ihn wieder abwendet.

„Du hast sie gut gekannt, was?" Ich nicke, während ich den Blick nach vorne richte. Inzwischen hat die Musik aufgehört. Vereinzelte Stimmen von Besuchern werden durch den leichten Wind zu uns heraufgetragen, und ganz in der Ferne kann ich das Rauschen des Pazifiks hören.

„Sie hat immer für mich gekocht, weißt du. Wenn ich mal keine Lust auf den Studentenfraß hatte." Ein Lächeln umspielt meine Lippen bei dem Gedanken an die untersetzte Köchin mit ihrer mütterlichen und herzlichen Art.

„Als sie gestorben ist, war das sehr schlimm für mich. Es war fast so, als würde ein Familienmitglied sterben. Aber für Joe musste ich stark sein. Immerhin konnten wir nicht beide den Kopf hängen lassen." Ein warmes Gefühl breitet sich in meinem Körper aus, als Riley ihre Hand auf meinen Unterarm legt.

„Das tut mir sehr leid", meint sie leise, „sie ist bestimmt eine tolle Frau gewesen."

„O ja, das war sie. Frag Joe bei Gelegenheit mal nach ihr. Er kann dir stundenlang Geschichten erzählen, die dich umhauen werden." Sie lächelt mich sanft an, bevor sie ihre Hand wieder wegnimmt und mir so die Gelegenheit gibt, mich ein wenig zu sammeln.

Die Gefühle, die gerade in mir aufkommen, sollte man bei einer Verabredung nicht zeigen. Schon gar nicht, wenn es die erste ist. Ich möchte Riley nicht mit der Trauer, die mich zu überwältigen droht, verschrecken, also räuspere ich mich kurz, um sicherzugehen, dass meine Stimme mich nicht im Stich lässt, wenn ich wieder zu sprechen beginne.

„Harter Tobak für ein erstes Date, mhm?", meine ich schwach grinsend, um die triste Stimmung ein wenig aufzulockern, doch sie zuckt lediglich mit den Schultern.

„Das zeigt mir nur, dass anscheinend doch ein bisschen mehr in dir steckt als das arrogante Arschloch, das ich bisher kennengelernt habe. Von daher ... gefällt es mir bisher ganz gut." Innerlich vollführe ich einen Freudensprung. Ich habe wohl einige Sympathiepunkte gesammelt. Sehr gut.

„Also, was hast du noch so vor mit mir?", fragt Riley schließlich, während sie mir einen erwartungs-

vollen Blick zuwirft, „die Nacht ist immerhin noch jung."
Verlegen kratze ich mich am Kopf. Vielleicht hätte ich den Mund nicht so voll nehmen sollen, immerhin muss ich mir das komplette Date aus dem Ärmel schütteln.
„Schon mal im Pacific Park gewesen?" Sie schüttelt den Kopf, weshalb ich aufstehe und ihr die Hand hinhalte.
„Dann gehen wir da jetzt hin."
„Hm, ich will ja nicht klugscheißen oder so, aber es ist fast halb zwölf. Denkst du nicht, dass schon alles zu ist? Wir Normalsterblichen haben nämlich so was wie Feierabend, weißt du?"
Ich rolle kurz mit den Augen. Wir werden das jetzt einfach rausfinden. Entweder haben wir Glück oder eben nicht.
Ohne weitere Diskussionen abzuwarten, schnappe ich mir ihre Hand und führe sie wieder nach unten, bis wir schließlich vor dem Diner stehen. Da immer noch einige Nachtschwärmer unterwegs sind, ziehe ich mir vorsichtshalber die Kapuze über das dunkelblonde Haar und will gerade die Sonnenbrille aufsetzen, als ich Rileys hochgezogene Augenbrauen bemerke.
„Findest du das nicht ein bisschen übertrieben?", fragt sie, wobei sie die Hände in die Hüften stemmt.
„Ich meine, es ist dunkel. Niemand wird damit rechnen, dich hier zu treffen. Da brauchst du bestimmt keine Sonnenbrille. Oder hast du in deiner Tasche noch einen falschen Schnurrbart, den du dir gleich an-

kleben willst?" Ein amüsiertes Schmunzeln tritt auf meine Lippen, bevor ich ihr das Basecap zuschmeiße und die Sonnenbrille wegstecke.

„Setz die auf", erwidere ich schlicht. Sie als „Normalsterbliche" kann natürlich nicht verstehen, was für ein Risiko es für mich ist, ohne Verkleidung in der Öffentlichkeit rumzulaufen.

„Das sind reine Vorsichtsmaßnahmen. Du bist doch diejenige, die vermeiden will, erneut in der Boulevardpresse zu landen. Oder habe ich das falsch verstanden?"

Das hat gesessen. Ohne ein weiteres Wort öffnet sie ihren wirren Knoten auf dem Kopf, sodass ihre blonde Haarpracht in großen Wellen um ihre Schultern fällt. Anschließend setzt sie das Basecap auf und dreht sich einmal im Kreis.

„Verkleiden wir uns eben", meint sie, und ein keckes Grinsen erscheint auf ihren Lippen, „steht mir ohnehin viel besser als dir." Da kann ich ihr nicht widersprechen.

Selbst mit einer Kopfbedeckung, die fast ihr halbes Gesicht verdeckt, ist sie immer noch weitaus attraktiver als die meisten anderen, die ich kenne.

Wir schlendern über die fast leeren Parkplätze, bis wir das Tor zum Pacific Park durchqueren. Natürlich hatte sie recht. Alle Fahrgeschäfte sind dunkel, und weit und breit ist keine Menschenseele mehr zu entdecken. Immerhin besitzt sie so viel Anstand, es mir nicht unter die Nase zu reiben, wofür ich ihr sehr dankbar bin.

Eigentlich hätte mir klar sein müssen, dass um diese Zeit kein Mensch mehr auf einer Kirmes arbeitet. Trotzdem lasse ich es mir nicht nehmen, den Spaziergang fortzusetzen. Wann hat man schon einmal die Möglichkeit, durch einen menschenleeren Vergnügungspark zu laufen? Wir kommen an Inkie's Wave Jumper und Inkie's Air Lift vorbei, zwei Fahrgeschäften für Kinder. Rechts von uns leuchtet noch ein schwaches Licht am Popcornopolis und auch am West Coaster, der großen Achterbahn, blinken noch vereinzelte bunte Lichter.

„Vielleicht kommen wir irgendwann noch mal vorbei, wenn die Geschäfte offen haben", schlägt Riley vor. Den Wunsch würde ich ihr nur zu gerne erfüllen, doch leider kann ich mich hier nicht blicken lassen, wenn der Park voller Menschen ist. Das wäre quasi eine Einladung für Paparazzi.

Gerade als ich ihr erklären will, dass das nicht geht, nehme ich eine Bewegung am Pacific Wheel wahr. Mit gerunzelter Stirn versuche ich, etwas zu erkennen, und will schon aufgeben, als ein alter Mann um die Ecke kommt. Das ist meine Chance! Ich setze die Sonnenbrille auf, bedeute Riley einen Augenblick zu warten und gehe auf den Mann zu.

„Entschuldigung?" Mit einem breiten Lächeln winke ich ihm, um auf mich aufmerksam zu machen.

„Was kann ich für dich tun, Junge?" Mit seinem wettergegerbten Gesicht, den weißen Haaren und dem ebenso weißen Bart sieht er aus wie ein alter Seemann.

„Ich gebe Ihnen 100 Dollar, wenn Sie dieses Rad noch eine Runde laufen lassen würden." Die Augen des alten Mannes weiten sich fast um das Doppelte. Anscheinend denkt er, er habe sich verhört.

„Hören Sie", ich komme noch einen Schritt näher, „sehen Sie die Frau hinter mir? Wir haben so was wie ein erstes Date, und ich würde sie gern beeindrucken. Was meinen Sie? Könnten Sie mir dabei helfen?"

Er wirft einen Blick über meine Schulter. Ich dagegen sende ein Stoßgebet zum Himmel, denn für einen Augenblick sieht er aus, als würde er ablehnen. Doch schließlich nickt er leise brummend.

„Eine Runde, mehr kann ich nicht machen."

„Ich danke Ihnen tausendmal!"

Schnell winke ich Riley zu mir heran, schiebe sie in eine der Gondeln und schließe die Tür hinter uns. Nach einigen Minuten fangen die Lichter wieder an zu blinken. Leise Musik kommt aus den kleinen Lautsprechern in der rechten Ecke der Gondel. Als das Riesenrad sich dann schließlich in Bewegung setzt, strahlt Riley übers ganze Gesicht.

„Wie hast du das denn gemacht?" Begeistert sieht sie mich an. Ihre dunklen Augen funkeln vor Freude, was ein warmes, wohliges Gefühl in mir auslöst. Mit dieser überschwänglichen Reaktion hätte ich nicht gerechnet.

„Es hat einfach Vorteile, wenn man einen Megastar datet, weißt du?" Lachend boxt sie mir gegen die Schulter, bevor sie ihren Blick aus dem Fenster richtet und vergnügt in die Hände klatscht.

„Man kann von hier oben ja echt alles sehen", stellt sie begeistert fest, weshalb ich meinen Blick von ihr loseise, um ebenfalls die Umgebung zu bewundern.

„Ich glaube, da hinten sehe ich das Logo vom *Joe's*!" So hingerissen habe ich sie noch nicht erlebt. Ununterbrochen liegt ein Lächeln auf ihren Lippen. Ihre Augen funkeln mit jeder Minute mehr, was mir zeigt, dass es definitiv die richtige Entscheidung war, sie heute nach diesem Date zu fragen.

„Das ist echt der Wahnsinn", murmelt sie schließlich und dreht sich zu mir um, „vielen Dank."

Die Gondel ist recht klein, sodass nicht viel Platz zwischen uns ist. Sie legt ihre Hand auf meinen Oberschenkel und senkt kurz den Blick, ehe sie mich wieder ansieht und unsicher auf ihrer Unterlippe herumkaut.

„Ein Riesenrad hat bisher noch niemand für mich wieder in Betrieb gebracht." Mein Herz hämmert so stark in meiner Brust, dass ich Angst habe, dass sie es hören könnte. Diese Blicke, die sie mir zuwirft, bringen meine Atmung ganz durcheinander. *Sie* bringt mich ganz durcheinander!

„Jederzeit", erwidere ich ebenso leise und nehme ihr das Basecap ab. Verlegen streicht sie sich einige Strähnen aus dem Gesicht, während ich ihr langsam näherkomme.

Plötzlich ist die Luft zum Zerreißen gespannt. Es knistert gewaltig, und ich kann mich nicht länger zurückhalten. Mit zwei Fingern greife ich nach ihrem Kinn, als die Gondeltür aufgerissen wird und wir auseinanderschrecken. Etwas unkoordiniert setzt Riley das Cap wieder auf, während ich hastig mit der Brille meine Augen bedecke.

„So, Kinder", der alte Mann grinst uns wissend an, „das war ja jetzt 'ne ganz süße Aktion, aber ich will Feierabend machen." Wir verlassen die Gondel, wobei ich ihm unauffällig das Geld zustecke und mich dann noch mal offiziell bei ihm bedanke.

„Junge Liebe", murmelt er nur leise, bevor er die Lichter wieder ausschaltet und sich zum Gehen wendet. „Muss schön sein."

Riley kann sich ein leises Lachen nicht verkneifen, und auch ich sehe ihm schmunzelnd nach. Dieser Kerl ist echt in Ordnung.

„Also, ich muss jetzt nach Hause." Mit ihren Worten zieht Riley meine Aufmerksamkeit wieder auf sich.

„Klar, ist ja auch schon spät." Sie nickt und weicht meinem Blick aus. Wahrscheinlich ist sie genauso verwirrt wie ich von dem, was eben beinahe passiert wäre. Ich habe mich einfach hinreißen lassen. Das passiert mir sonst eher selten.

„Ähm, ich würde dich gern wiedersehen. Vielleicht morgen Abend gegen acht Uhr?" Zu meiner Enttäuschung schüttelt sie den Kopf.

„Ich habe wieder Spätdienst, das heißt, ich könnte erst gegen elf." Erleichtert atme ich aus. Sie hat zumindest nicht abgelehnt. Dann muss ihr der heutige Abend wohl gefallen haben.

„Na, das ich ist doch kein Problem. Ich hol dich einfach um Viertel nach elf ab. Deine Adresse kriege ich schon raus."

Jetzt ist sie diejenige, die ein Grinsen nicht verbergen kann. Aus ihrer Tasche fördert sie einen Stift zutage, schnappt sich meinen Unterarm und kritzelt etwas darauf.

„Damit du bei deiner Suche nicht verzweifelst", sagt sie augenzwinkernd, bevor sie mir das Basecap zurückgibt.

„Wir sehen uns morgen, Adrian Adams. Ich bin gespannt, was du dir diesmal einfallen lässt."

„Das kannst du auch sein, Riley Matthews." Lachend schiebt sie sich zwei Finger in den Mund, stößt einen schrillen Pfiff auf und macht sofort ein Taxi auf sich aufmerksam. Beeindruckend. Das muss sie mir unbedingt beibringen!

Während sie sich auf die Rückbank sinken lässt, drücke ich dem Fahrer fünfzig Dollar in die Hand.

„Bringen Sie sie gut nach Hause. Der Rest ist für Sie." Begeistert steckt er das Geld ein und nickt mir kurz zu, bevor ich meinen Blick erneut zu Riley lenke.

„Gute Nacht", meine ich leise und lächle sie kurz an.

„Schlaf gut, Ian", erwidert sie ebenso leise, ehe sich das Taxi in Bewegung setzt und davonfährt.

10. KAPITEL
RILEY

Gegen Viertel vor elf komme ich am darauffolgenden Abend in meine Wohnung. Sie befindet sich in der umschwärmten Gegend Brentwood Glen, wo sich ein Riesengrundstück an das andere reiht. Dieses Viertel ist beliebt bei Leuten, die viel Geld haben, gehoben leben wollen, sich jedoch keine Häuser in Beverly Hills oder Bel Air leisten können.

Natürlich falle ich als Krankenschwester nicht in die Gehaltsklasse derjenigen, die sich hier mal eben ein Haus kaufen könnten. Aber zu meinem Glück gehört das Grundstück dem Freund eines Freundes von Josh, der seine Angestellten in einem kleinen, süßen Bungalow wohnen lässt. Und wie es der Zufall so wollte, wurde die Wohnung im ersten Stock gerade frei, als ich nach Los Angeles gekommen bin.

Sie ist nicht groß, doch für mich allein reicht sie vollkommen aus. In dem Apartment unter mir leben die Garcías, eine spanische Familie mit zwei Kindern, die mich am Wochenende gern zum Essen einlädt, wenn ich nicht gerade arbeiten muss. Alfonso, der Familienvater, ist neben seinem Beruf als Gärtner ein begnadeter Koch, und ich bin aufgrund meiner spanischen Wurzeln ein großer Fan dieser Küche. Von daher kann ich fast nie Nein sagen, wenn mal wieder eine Einladung kommt.

Heute jedoch musste ich sie ausschlagen, da meine Schicht die normalen Essenszeiten um einiges überschreitet. Dabei würde ich für ein gutes spanisches Essen gerade töten.

Mein heutiger Arbeitstag war furchtbar anstrengend. Durch mein Fehlverhalten Ian gegenüber in der Notaufnahme, den Ring, der noch immer an meinem Finger ist, und den „Tulpenterror", wie mein Chef ihn bezeichnet hat, bin ich ziemlich in Ungnade gefallen, weshalb John und Martin mich heute wieder durch die Notaufnahme gescheucht haben. Und die war unheimlich überfüllt. Ein klassischer Samstag eben.

Genau aus dem Grund bin ich jetzt wirklich in Zeitnot. In fünfzehn Minuten kommt Ian mich abholen, und dass ich keine Ahnung habe, was wir vorhaben, stellt mich vor ein großes Outfitproblem. In Rekordzeit durchforste ich meinen Kleiderschrank, und nach gut fünf Minuten liegt ein riesiger Berg Klamotten auf meinem Schlafzimmerfußboden. Nebenbei löffle ich noch schnell eine Schale Cornflakes leer, um nicht mit knurrendem Magen zu meinem Date zu erscheinen. Das wäre schon sehr peinlich. Immerhin musste ich gestern auch erst mal was essen, bevor wir richtig durchstarten konnten.

Letztlich entscheide ich mich für eine klassische, dunkle Jeans, die meine Beine und meinen Hintern betont, und ein blutrotes Langarmshirt, das eng an meinem Oberkörper anliegt. Etwas unentschlossen betrachte ich verschiedene Jacken, die fein säuberlich auf einer Kleiderstange aufgereiht sind. Nachts kann es in Los Angeles momentan noch sehr kalt werden, und ich überlege hin und her, ob ich vorsichtshalber eine mitnehme. Wenn ich doch nur wüsste, was wir machen werden! Um die Entscheidung noch einige Minuten hinauszuzögern, wende ich mich vorerst meinem Schuhregal zu. In einer Nische meines Schlafzimmers konnte ich mir eine Art begehbaren Kleiderschrank einrichten, dessen gesamte Frontseite voller Schuhe ist. Der wahr gewordene Traum einer jeden Frau! Da mir High Heels für den heutigen Abend jedoch recht unpassend erscheinen, entscheide ich mich für schlichte, weiße Sneaker, die das gesamte Outfit abrunden sollen.

In den restlichen zehn Minuten bringe ich mein inzwischen wieder nachgefärbtes, blondes Haar in Ordnung und frische mein Make-up ein wenig auf. Adrian Adams mag berühmt und manchmal auch arrogant sein, und ich lege es bestimmt nicht drauf an, ihn zu beeindrucken ... und doch spornt mich eine leise Stimme in meinem Kopf dazu an, verdammt gut auszusehen.

Zufrieden betrachte ich das Endergebnis im Spiegel meines Schminktisches, als ein klackendes Geräusch die Stille durchbricht. Verwirrt runzle ich die Stirn. Was war das denn? Ganz langsam drehe ich mich zum

Fenster. *Klack. Klack.* Da ist es wieder. Klingt so, als träfe etwas Kleines, Festes auf Glas. Ich stehe auf und schleiche näher zum Fenster, immer darauf bedacht, nicht genau in der Schusslinie zu stehen.

Ein Blick auf die Straße zeigt mir dann aber, dass ich aufatmen kann. Dort unten steht Ian und wirft kleine Steine gegen mein Schlafzimmerfenster. Lächelnd öffne ich es, lehne mich ich gegen die Fensterbank und stecke den Kopf nach draußen.

„Ich habe auch eine Klingel, weißt du?" Schulterzuckend lehnt er sich gegen das mattschwarze Motorrad hinter ihm.

„Ist doch viel ausgefallener so. Nächstes Mal kann ich ja die Klingel benutzen, wenn du Sorge um das Fenster hast."

Grinsend beiße ich mir auf die Unterlippe. Er geht also schon von einem nächsten Mal aus? Interessant. Vielleicht sollten wir erst mal dieses Date über die Bühne bringen und sehen, wie er sich diesmal schlägt. Gestern hat er immerhin schon einen guten Start hingelegt.

„Kommst du jetzt runter, oder muss ich die ganze Nacht hier warten?" Amüsiert schüttle ich den Kopf. Ungeduldig ist er also auch noch.

„Du kannst auch dein Haar herunterlassen, Rapunzel, und ich klettere zu dir hoch, das wäre die Alternative."

Ich fange an zu lachen, schlage mir aber im nächsten Moment die Hand vor den Mund. Hier sind die Häuser so nah aneinandergebaut, dass ich aufpassen muss, niemandem aus seinem kostbaren Schlaf zu wecken. Das kann gewaltigen Ärger bedeuten.

„Also, was ist?" Ian sieht erwartungsvoll zu mir nach oben, was meinen Herzschlag ungewollt beschleunigt.

„Wenn du dich für Variante eins entscheidest, zieh am besten eine Lederjacke über, sofern du so was besitzt." Alles klar. So einfach kann man die unbeantwortete Kleiderfrage auch lösen.

„Ich bin in einer Minute unten."

Nur wenige Augenblicke später stehe ich auf der Straße

„Hey", meine ich lächelnd, während ich die Hände in den Taschen meiner schwarzen Lederjacke vergrabe und interessiert das Motorrad betrachte. Jetzt, wo ich näher an seiner Maschine stehe, kann ich erst erkennen, um was für ein Modell es sich handelt, weshalb meine Augen um einiges größer werden.

„Ist das eine Ducati Panigale Superleggera V4?", frage ich beeindruckt, während ich mit den Händen ehrfürchtig über die Sitzfläche streiche. Überrascht zieht Ian die Augenbrauen hoch und nickt.

„Ist das deine?" Als Antwort schüttelt er den Kopf.

„Leider nicht. Wenn ich so eine Maschine hätte, fänden die Paparazzi extrem schnell mein Kennzeichen heraus, und dann wäre der Spaß vorbei."

Mitgefühl steigt in mir auf. Von der Seite habe ich sein Leben noch gar nicht betrachtet. Im Gegensatz zu mir kann er nicht einfach mal über den Santa Monica Pier schlendern oder sich in irgendein Café setzen, ohne erkannt zu werden. Berühmtsein hat auch seine Schattenseiten. Vielleicht ist es also gar nicht so schlecht, dass wir uns zu einer Zeit treffen, in der die meisten Leute schon schlafen."

„Die gehört Olli, einem meiner besten Freunde. Er hat einen ganzen Fuhrpark in seiner Garage – Autos und Motorräder. Die Ducati ist das kleine Stückchen Freiheit, das ich mir ab und an gönne."

Freiheit. Ein schwaches Lächeln umspielt meine Lippen. Ich wünschte, dass ich mir diesen Luxus auch hin und wieder leisten könnte, doch leider ist mir das nicht vergönnt. Los Angeles ist nach drei Jahren mehr zu meiner Heimat geworden, als andere Städte es je sein könnten, doch an manchen Tagen fühlt es sich an wie ein Gefängnis, aus dem ich nicht entfliehen kann. Für mich ist Freiheit eines der kostbarsten Dinge, die der Mensch haben kann, und je weniger man davon hat, desto wertvoller wird sie in meinen Augen.

„Hätte nicht gedacht, dass du in einer Gegend wie Brentwood lebst." Ian kratzt sich kurz am Hinterkopf, was mich aus meinen Grübeleien reißt und erneut zum Lachen bringt.

„Wieso, weil ich nur eine arme Krankenschwester bin?"

„Nein. Also ... deswegen natürlich nicht. Es ist nur ... mmh ..." Etwas unbeholfen stammelt er vor sich hin.

„War nur ein Scherz", werfe ich ein, um ihn wieder zu beruhigen. „Ich bin nur hier aufgrund von Vitamin B, wenn du verstehst, was ich meine. Natürlich könnte ich mir diese Gegend sonst nicht leisten."

Ian nickt langsam, bevor er einen Blick auf seine Maschine wirft und die Fassung zurückerlangt.

„Also, wie sieht's aus? Traust du dich?" Grinsend schnappe ich mir den Helm, den er mir hinhält. Natürlich traue ich mich! Es ist Jahre her, seit ich das letzte Mal Motorrad gefahren bin, und ein freudiges Kribbeln breitet sich in meiner Magengrube aus, als ich hinter ihm auf die Ducati steige.

„Halt dich gut fest", rät er, bevor er den Motor startet. Ich habe gerade noch genug Zeit, das Visier meines Helms herunterzuklappen und meine Arme um Ians Körpermitte zu schlingen, bevor er auch schon Gas gibt und wir die Straße entlangfliegen.

Wir rasen über die Interstate 405, Adrenalin schießt durch meinen Körper, als wir auf den Santa Monica Freeway abbiegen und die Kurven ein bisschen zu knapp nehmen. Wenn ich jetzt den Mumm hätte, eine meiner Hände von ihm zu lösen, könnte ich mit den Fingerspitzen über den Asphalt streichen. Stattdessen verstärke ich meinen Griff um ihn noch ein wenig, und betrachte den Farbrausch aus blinkenden Lichtern der Stadt, den Scheinwerfern der vorbeifahrenden Autos und der Laternen am Straßenrand.

Geschickt schlängelt er sich zwischen den Fahrzeugen hindurch, die ihm zu langsam sind, und bringt uns sicher zu unserem Ziel. Ich bin fast ein bisschen enttäuscht, als wir von der Hauptstraße abbiegen und etwas langsamer durch eine eher spärlich beleuchtete Seitenstraße fahren, bis wir schließlich auf einem Parkplatz halten.

Als ich den Helm abnehme, brauche ich einen Augenblick, um mich zu orientieren, stelle jedoch schnell fest, dass wir uns in Venice befinden. Um die Zeit sind hier allerdings kaum noch Leute unterwegs. Vereinzeltes Gelächter wird zu uns herangetragen, kommt vermutlich vom belebteren Teil des Strandes, wo sich auch der Muscle Beach befindet.

Nachdem wir die Helme verstaut haben, setzt Ian sich sein Cap auf, verzichtet diesmal allerdings direkt auf die dämliche Sonnenbrille, wofür ich ihm wirklich dankbar bin. Ich dagegen habe jegliche Verkleidung zu Hause gelassen, drehe mich in Richtung Ozean und atme ein paarmal tief ein.

Der frische, salzige Duft des Meeres, gepaart mit dem Adrenalin, das noch durch meinen Körper rauscht, bewirkt ein Hochgefühl, das mich den ganzen Stress des vergangenen Tages vergessen lässt. Ich sollte definitiv öfter an den Strand!

„Ich weiß, es ist nichts Besonderes ... aber ich dachte, ein kleiner nächtlicher Spaziergang am Meer ist eine willkommene Abwechslung zum Alltag. Und da wir gestern schon in Santa Monica waren, ist heute eben Venice dran. Wobei wir da ja nicht wirklich am Strand gewesen sind."

Lächelnd drehe ich mich zu ihm um. Er wirkt etwas unbeholfen und scheint nicht ganz so überzeugt von seiner Idee zu sein, wie zuerst angenommen.

„Wir können natürlich auch noch woanders hinfahren, wenn dir das hier zu langweilig ist", fügt er schnell hinzu, doch das fege ich mit einem kurzen Kopfschütteln direkt vom Tisch. Stattdessen nehme ich seine Hand und drücke sie kurz.

„Es ist perfekt", erwidere ich leise, was ihm ein erleichterndes Seufzen entlockt.

„Du planst deine Dates selten selbst, oder?", frage ich, während ich aus Socken und Schuhen schlüpfe und meine Füße in den weichen, noch warmen Sand schiebe. Ian tut es mir gleich, während er verlegen meinem Blick ausweicht.

„Macht normalerweise mein Management, ja", gibt er schließlich zu und wird tatsächlich ein wenig rot! Wie niedlich.

Dafür, dass er so was normalerweise seine Mitarbeiter erledigen lässt, schlägt er sich recht gut, muss ich sagen. Mal schauen, was er sich sonst noch so einfallen lassen wird.

Der Vollmond steht hoch am Himmel, als wir unseren Spaziergang beginnen, und gibt uns ausreichend Licht. Eine ganze Weile gehen wir schweigend nebeneinander her. Nur das Rauschen des Pazifiks und die entfernten Stimmen einiger Promenadenbesucher sind zu hören. Doch die Stille ist keineswegs unangenehm, sie hilft mir dabei, mich nach der adrenalingeladenen Motorradfahrt wieder ins Gleichgewicht zu bringen.

„Du saßt nicht das erste Mal auf einem Bike, oder?" Ian durchbricht unser Schweigen, als ich gerade näher ans Wasser herantrete, sodass die Wellen meine Knöchel umspielen können.

Nach einem kurzen Blick in seine Richtung wird mir klar, dass er über diesen Einleitungssatz lange herumgegrübelt haben muss. Also schüttle ich den Kopf, halte an und drehe mich zu ihm um. Das Wasser hat dank dem vorangegangenen, heißen Sonnentag noch eine angenehme Temperatur.

„Meine letzte Fahrt ist bestimmt schon dreizehn oder vierzehn Jahre her", antworte ich, während ich mich wieder in Bewegung setze. „War schön, mal wieder alles an mir vorbeifliegen zu sehen."

Ein Lächeln umspielt meine Lippen bei dem Gedanken an eine längst vergangene, unbeschwerte Zeit. Als alles noch in Ordnung war und ich noch nicht wusste, in was für schlimme Dinge meine Familie verstrickt ist. Bevor das größte Drama meines Lebens seinen Lauf nahm.

„Hast du selbst einen Führerschein?" Interessiert sieht Ian mich an, doch ich muss ihm erneut mit einem Kopfschütteln antworten.

„Ich war immer nur Beifahrer. Mein Vater hatte genau die gleiche Ducati wie dein Freund und ist viel gefahren, als ich noch klein war."

Auf einmal wird mein Hals ganz trocken, und ich muss mich räuspern, um weitersprechen zu können. Das ist einer der seltenen Momente, in denen ich überhaupt über meine Familie spreche. Im Normalfall tue ich das nur mit Josh, denn mir ist klar, dass ich mich dadurch auf ganz gefährliches Terrain begebe. Jedes

Wort muss jetzt ganz genau durchdacht sein, damit ich nicht zu viel verrate. Ian nickt kurz, bevor er das Basecap abzieht und sich einmal durch das dunkelblonde Haar wuschelt.

„Ich musste meine Eltern furchtbar lang bequatschen, bis sie mir den Führerschein endlich erlaubt haben." Er lacht leise, weshalb auch meine Mundwinkel leicht nach oben gehen. „Mum war der härtere Brocken von beiden. Sie war strikt dagegen. Mein Dad musste echt mit Engelszungen auf sie einreden. Wahrscheinlich hatte sie einfach Angst, dass ich mich irgendwann um eine Palme wickle."

Ich kann ein leises Seufzen nicht verhindern. Klingt so, als hätte er eine Familie, der wirklich etwas an ihm liegt. Im Gegensatz zu mir. Beneidenswert. Eigentlich müsste ich mich nach neun Jahren damit abgefunden haben, eine verkorkste Familie zu haben, aber in manchen Augenblicken – so wie jetzt – schlägt die Realität einfach brutal zu.

„Bei deiner Fahrweise sind ihre Bedenken durchaus berechtigt", werfe ich ein und fange mir daraufhin einen leichten Schlag gegen die Schulter ein.

„Einzelkind?", frage ich schmunzelnd, während ich mir den Oberarm reibe, und versuche, mir meine Stimmung nicht anmerken zu lassen. Dieses Date will ich auf keinen Fall in den Sand setzen, denn langsam ich muss mir eingestehen, dass Ian mir sehr gut gefällt.

Wer hätte das am Anfang der Woche für möglich gehalten?

„Mehr Einzelkind geht gar nicht." Grinsend wirft Ian mir einen Blick von der Seite zu, und irgendwie ist seine gute Laune ansteckend. Mit aller Kraft versuche ich die negativen Gedanken in den hintersten Teil meines Kopfes zu verbannen und mich ganz auf das Hier und Jetzt zu konzentrieren.

„Hätte mir eigentlich klar sein müssen", entgegne ich lachend. „Die arrogante Art, die du im Krankenhaus und bei *Donovan Records* gezeigt hast, kann nur von einem Einzelkind kommen."

„Jetzt wird sie auch noch frech, unglaublich!" Noch bevor ich reagieren kann, hat Ian seine Schuhe beiseite geworfen und mich hochgehoben, sodass ich den Boden unter den Füßen verliere. Mit mir auf dem Arm watet er immer tiefer ins Wasser, was meine schlimmsten Befürchtungen wahr werden lässt.

„Wag es nicht, mich loszulassen, Adrian Adams!" So gut ich kann, klammere ich mich an ihm fest, denn auf eine nächtliche Badeaktion bin ich nicht vorbereitet. Falls er mich aber doch fallen lassen sollte, werde ich ihn mitreißen, ob er will oder nicht.

Das Wasser reicht ihm inzwischen schon bis zu den Knien, sodass seine Hose schon vollkommen durchnässt ist, was ihn aber nicht zu stören scheint.

„Ich könnte mich dazu hinreißen lassen, dich wieder am Strand abzusetzen ...", meint er langsam, was mich erleichtert aufatmen lässt. Es ist nicht so, dass ich nicht schwimmen könnte oder Angst vor Wasser hätte, ich habe einfach nur keine Lust, vollkommen nass nach Hause zu kommen.

„Was müsste ich denn dafür tun?", frage ich, wobei mir auffällt, dass wir uns relativ nah sind. Jetzt bemerke ich auch zum ersten Mal, dass seine Augen gar nicht so grün sind, wie ich immer dachte. Bei genauerem Hinsehen sind sie vor allem im unteren Teil sogar ein bisschen blau. Wirklich schön.

„Du müsstest mir eine Frage beantworten." Ich schlucke und bemerke, dass Ians Blick sofort nach unten schnellt, als ich mit der Zungenspitze über meine Lippen fahre.

„Würdest du, Riley Matthews, noch mal mit mir ausgehen?" Mein Herz klopft wie wild. Hoffentlich kann er das nicht spüren. Für einen Augenblick tue ich so, als würde ich ernsthaft über diese Frage nachdenken.

„Ja, das würde ich tatsächlich." Mit einem triumphierenden Lächeln trägt er mich zurück zum Strand, wo er mich auf dem warmen Sand abstellt und seine Hose ein Stück hochkrempelt. Anscheinend ist der nasse Stoff doch schwerer als gedacht.

„Was ist mit dir?", fragt er schließlich, nimmt meine Hand und schlendert langsam Richtung Parkplatz zurück, „hast du Geschwister?"

Wieder schüttele ich den Kopf, während er seine Finger mit meinen verflicht. Ein schönes Gefühl, was in meinem Bauch ein aufregendes Kribbeln auslöst. Es fühlt sich fast so gut an wie nach der Motorradtour, nur noch ein bisschen besser.

„Nein, ich bin auch Einzelkind. Aber mein bester Freund Josh ist so was wie ein Bruder für mich. Er ist meine Familie." Ian nickt verständnisvoll.

„Meine Jungs sind auch so was wie Familie für mich. Es tut mir gut, dass sie hier sind. Meine Eltern sind es nämlich nicht." Ich schürze die Lippen, während ich ihn lange von der Seite anschaue. Schon sind wir wieder beim Thema Familie.

„Sie fehlen dir bestimmt sehr, hm?"

„An manchen Tagen mehr als an anderen", entgegnet er lächelnd.

„Was ist mit deiner Familie?" Seine Stimme ist merklich leiser geworden. Anscheinend ist ihm klar, dass es sich hierbei um eine gefährliche Frage handelt.

„Sie sind vor einigen Jahren gestorben", antworte ich kurz angebunden. Entspricht zwar nicht ganz der Wahrheit, aber für mich sind sie tot.

„Das tut mir echt leid, Riley." Sofort hebe ich meine freie Hand, um weitere Beileidsbekundungen abzuwehren.

„Alles gut. Es ist schon lange her. Ich habe es verarbeitet."

Inzwischen sind wir wieder am Parkplatz der Ducati angekommen, als Ian mich erneut zu sich heranzieht und mir tief in die Augen sieht.

„Wenn du trotzdem mal reden willst, kannst du mich jederzeit anrufen. Meine Nummer hast du ja hoffentlich noch."

In seinen grünen Augen kann ich das Mitgefühl erkennen, das er mir und meiner Situation entgegenbringt, weshalb direkt das schlechte Gewissen an mir nagt. Aber ich kann ihm nicht die Wahrheit sagen, zu meinem und vor allem zu seinem Schutz.

Mit der rechten Hand streicht er mir sanft über die Wange, und plötzlich nimmt dieses angenehme Kribbeln in meinem Bauch zu. Mir wird ganz heiß, und meine Haut prickelt genau an den Stellen, an denen seine Hände mich berühren. Es fühlt sich genau wie gestern Abend in der Gondel an. Die Luft zwischen uns ist wie elektrisiert und knistert, was das Zeug hält, und ich mache noch einen Schritt auf ihn zu, um den Abstand weiter zu verringern. Seine Finger finden wieder ihren Platz an meinem Kinn und greifen fest zu, was meinen Atem zum Stocken bringt.

Mein Herz schlägt so schnell, dass ich Angst habe, es könnte mir jede Sekunde aus der Brust springen. Ian sieht ebenfalls aus, als übermannten ihn tausend Gefühle gleichzeitig. Seine Mundwinkel heben sich zu diesem charmanten Grinsen, das er schon im *Lightroom* zur Schau gestellt hat, während er mir immer näherkommt. Meine Sinne werden von dem Geruch seines Bodysprays vollkommen vernebelt. Eine Mischung aus Zedernholz, Moschus, Zitrone und Lavendel steigt mir in die Nase und lässt mich wohlig aufseufzen.

Ich habe die Augen schon fast geschlossen, als ein greller Schrei mich aufschrecken lässt.

„O mein Gott, Mädels! Da vorne ist Adrian Adams!" Panik steigt in mir auf. Hier wird es gleich vor Menschen nur so wimmeln.

Blitzschnell reiße ich ihm das Cap vom Kopf, setze es auf, ziehe den Schirm tief ins Gesicht und verschwinde im Schatten eines nahestehenden Gebäudes. In den letzten sechs Jahren habe ich die Fähigkeit perfektioniert, mich unsichtbar zu machen, wenn es nötig wird. Und diese Menschenansammlung, die Ian gerade umringt, macht es definitiv nötig. Mit Sicherheit werden hier gleich Paparazzi auftauchen.

Aus sicherer Entfernung beobachte ich, wie Ian mit jedem seiner Fans geduldig Fotos macht, Autogramme schreibt und sich nett mit ihnen unterhält. Allerdings entgeht mir nicht, dass sein Blick zwischendurch immer wieder suchend nach rechts und nach links gleitet. Mein plötzliches Verschwinden scheint ihn sehr überrumpelt zu haben, auch wenn er es sich vor seinen Fans nicht anmerken lässt. Dieser abrupte Wechsel zwischen einfühlsamem Mann und professionellem Popstar ist wirklich beeindruckend. Aber gut, auch er hatte einige Jahre Zeit, sich in diese Rolle einzufügen. Nach einer guten halben Stunde lichtet sich das Grüppchen schließlich, doch ich warte vorsichtshalber noch einige Minuten, bevor ich wieder aus dem Schatten hervortrete, das Basecap noch immer tief ins Gesicht gezogen. Man weiß ja nie, wo noch ein Fotograf lauern könnte.

„Hey, da bist du ja wieder!" Erleichtert atmet Ian aus, was mir ein kleines Lachen entlockt.

„Hast du etwa gedacht, dass ich ohne dich verschwinde? Ich laufe doch nicht den ganzen Weg nach Hause", witzle ich und bin überrascht, als er darauf nicht anspringt.

„Du steckst voller Überraschungen, Riley. Von daher hätte es mich nicht gewundert, wenn du ein Taxi genommen hättest. Inzwischen bin ich auf alles gefasst, was dich betrifft."

Ich entspanne mich, als ein Lächeln auf seinen Lippen erscheint. Er ist mir also nicht böse, dass ich einfach so verschwunden bin. Sehr beruhigend.

Nachdem ich den Blick noch einmal über die Umgebung habe gleiten lassen, tausche ich das Basecap schnell mit dem Motorradhelm und setze mich hinter den Superstar auf die Ducati.

Bisher habe ich keinen Fotografen sehen können, doch mich lässt das Gefühl nicht los, den Auslöser einer Kamera gehört zu haben. Vielleicht werde ich langsam auch nur paranoid. Viel Zeit zum Nachdenken bleibt mir allerdings nicht mehr, denn kurz darauf startet Ian den Motor, und wir rasen über die Rose Avenue direkt nach Hause.

11. KAPITEL
RILEY

Als ich am nächsten Abend von der Spätschicht nach Hause komme, steht am Straßenrand vor meinem Haus ein dunkler SUV mit ebenso dunklen Scheiben. Am Kennzeichen erkenne ich, dass es sich um einen Wagen des LAPD handelt. Mein Freund Josh scheint mir einen unangekündigten Besuch abzustatten, was in den meisten Fällen nichts Gutes bedeutet.

Mit gemischten Gefühlen betrete ich meine Wohnung. Klirrend landen die Schlüssel in der kleinen Schale auf der Kommode neben der Tür, und dann auf einmal halte ich inne. Was riecht hier denn so gut? Ich recke die Nase in die Höhe und schnuppere ein paarmal, bis ich den Geruch von Pizza erkenne, der mir das Wasser im Mund zusammenlaufen lässt.

Wie schon in den letzten Tagen, bin ich auch heute mal wieder nicht zum Essen gekommen. Außer dem Müsli am Morgen und einem Apfel zwischen Tür und Angel am Nachmittag habe ich nichts zu mir genommen, weshalb ich Josh umso dankbarer bin, dass er spontan vorbeigekommen ist. Und das auch noch mit Pizza! An solchen Tagen werde ich stets daran erinnert, wieso wir beste Freunde geworden sind. Denn ich würde ebenfalls mit Pizza oder Burgern von *Joe's* vor der Tür stehen, wenn er einen harten Tag gehabt hätte.

„Ich liebe dich!", rufe ich in Richtung Küche, lasse meine Tasche achtlos auf den Boden fallen und streife meine Schuhe eilig von den Füßen. Anschließend sprinte ich beinahe in den Raum rechts am Ende des Flurs, öffne den Karton der Familienpackung und verspeise genüsslich das erste Stück der Salamipizza mit Jalapeños.

Für mich kann Essen nicht scharf genug sein, während Josh eher der der milde Genießer ist. Einmal hat er eine meiner Bestellungen probiert, was ihm Tränen in die Augen getrieben hat. Seitdem habe ich mein Essen für mich. Joe hat vor einem Jahr sogar eine neue Kreation nach mir benannt: den „Riley Spezial". Einen Burger, dessen Soße Tabasco und Chili enthält und der anstatt der üblichen Gewürzgurken mit Jalapeños belegt ist. Ein absoluter Renner für jeden, der gerne scharf isst. Josh hat damals beinahe Feuer gespuckt, als er ihn aus Kulanz probiert hat. Ein amüsantes Spektakel für alle Anwesenden.

Heute scheint er allerdings nicht gut gelaunt zu sein, denn er hat noch keinen Ton gesagt, seit ich die Wohnung betreten habe. Das verstärkt das ungute Gefühl in mir, dass das hier kein freundschaftlicher Besuch ist. Schweigend sitzt er auf einem der alten, weißen Holzstühle im Shabby-Chic-Stil, die Ems und ich vor Kurzem auf einem Flohmarkt erworben haben, und beobachtet mich. Seufzend lasse ich mich ebenfalls auf einen der Stühle sinken. Sie sind nicht gerade bequem, sehen aber gut aus, und da ich die Küche nicht allzu oft nutze, erfüllen sie ihren Zweck.

Während die Stille immer unangenehmer wird, knabbere ich an meinem zweiten Stück Pizza. Am besten, ich esse so viel wie möglich, denn mein Appetit könnte schnell vergehen, sobald das Gespräch beginnt.

„Ich dachte, wir hatten darüber gesprochen, dass du vorsichtig sein sollst?" Verwirrt lege ich die Stirn in Falten.

„Ich kann dir grad nicht folgen", sage ich, bin mir aber sicher, dass er mein Date mit Ian meint. Ohne ein weiteres Wort schiebt er mir sein Handy über den Tisch. Nachdem ich mir die Finger am Saum meines T-Shirts abgewischt habe, greife ich danach und schlucke, als ich sehe, dass der *Hollywood Ticker* wieder über uns berichtet hat.

In dicken Großbuchstaben prangt die Überschrift „Das Rätseln geht weiter: Wer ist Adrian Adams' geheime Freundin?" über einem Foto von uns beiden. Es muss entstanden sein, kurz nachdem seine Fans ihn wieder verlassen haben, denn ich trage bereits sein dunkles Basecap.

Ungewollt strahlt Ian direkt in die Kamera, während man mich zum Glück nur von hinten sieht. Bloß mein langes, blondes Haar und meine Figur sind auf dem Foto zu erkennen. Nervös fange ich an, mein drittes Stück Pizza zu essen, während ich Fotos hastig nacheinander durchscrolle. Auf keinem davon erkennt man mein Gesicht. Das ist schon mal gut. Ansonsten hätte

Josh mir vermutlich den Hals umgedreht. Man sieht lediglich mein Haar, das Taubentattoo an meinem Handgelenk und den Diamantring. Der Fotograf hat wirklich alles gegeben, um mich irgendwie vor die Linse zu bekommen. Es gibt Fotos aus sämtlichen nur vorstellbaren Perspektiven, doch mein Gesicht hat er nie erwischt. Anscheinend hat mich mein gestriges Gefühl kurz vor der Abfahrt nicht getäuscht, weshalb ich mich intuitiv immer so in Ians Richtung gedreht habe, dass man mich im Falle des Falles nicht erkennen könnte.

Im darunter stehenden Text wird weiterhin die Frage erörtert, wer die Frau sein könnte, mit der Adrian Adams nun schon zweimal gesichtet wurde. Könnte sich da etwas Festes anbahnen? Ist sie vielleicht der Grund für seine Trennung von Ashleen Johnson? Deutet der Ring gar eine bevorstehende Hochzeit an? Wird der Frauenheld nun endlich sesshaft? Fragen über Fragen, auf die niemand eine Antwort bekommen wird. Zumindest nicht in näherer Zukunft. Trotzdem diskutieren seine Fans ausgelassen in den Kommentaren.

„Du spielst mit dem Feuer, Riley. Ich hoffe, das ist dir klar." Nachdenklich schiebe ich den Unterkiefer nach links und rechts.

„Hast du dich wenigstens ein bisschen über ihn informiert?" Schuldbewusst schüttle ich den Kopf. Ich habe im Krankenhaus ein paar Zeitschriften nach ihm durchforstet, aber mehr Zeit dann doch nicht investiert. Außerdem sollte man der Klatschpresse nicht jedes Wort glauben, das sie über ihn schreiben. In den letzten zwei Tagen hat er mir schon ein völlig anderes Bild vermittelt, als ich bis dato von ihm hatte. Seufzend lehnt Josh sich auf seinem Stuhl zurück.

„Wie kannst du dir denn sicher sein, dass er nicht derjenige war, der den Paparazzi den Tipp gegeben hat, wo ihr seid?" Unsicher beiße ich mir auf der Unterlippe herum. Sicher sein kann ich mir da nicht ... und die Tatsache, dass er so direkt in Richtung Kamera blickt, als wüsste er genau, wo sie ist, lässt Zweifel in mir aufkommen.

„Eigentlich halte ich das für unwahrscheinlich", meine ich langsam, klinge aber nicht so überzeugt, wie ich es gern wäre.

„Wenn das wirklich Absicht war, hätte er auch schon Freitagabend die Presse kommen lassen können." Josh sieht aus, als käme ihm jeden Moment die Pizza wieder hoch.

„Was genau habt ihr denn am Freitag getrieben?"
Ups. Davon habe ich ihm ja noch gar nichts erzählt.

„Ähm, wir haben uns zufällig bei Joe getroffen und waren spontan am Santa Monica Pier unterwegs." Ich werfe meinem besten Freund ein entschuldigendes Lächeln zu, was er nur mit einem Kopfschütteln abtut.

„Er nimmt Drogen, Riley, wusstet du das? Drogen! Das ist genau der Scheiß, vor dem du, vor dem *wir* seit sechs Jahren flüchten."

Bei seinen Worten bleibt mir ein Stück Pizza im Hals stecken, und ich fange stark an zu husten. Er hat ihn tatsächlich durchs System laufen lassen! Unerhört, aber offensichtlich informativ.

„Was nimmt er?", frage ich leise und nehme ihm dankend das Wasserglas ab, das er mir hinhält.

„Kokain. Man hat ihn wohl schon das ein oder andere Mal mit geringen Mengen erwischt, aber seine Anwälte haben ihn jedes Mal wieder rausgeboxt. Bisher ist er nie verurteilt worden." Ich lege das Handy weg. Damit hat sich die Sache wohl ohnehin erledigt. Kokain, ja Drogen jeglicher Art sind für mich ein absolutes No-Go.

„Tut mir leid, Riley. Wirklich." Mit voller Wucht knalle ich den Pizzakarton zu.

„Tut es dir nicht, aber ist okay. Es wäre doch ohnehin nie gut gegangen. Ich meine, sieh mich an. Meine Familie ist derart kriminell und verkorkst, dass ich jedem erzählen muss, sie sei tot. Ich habe so oft neue Leben angefangen, um selbst zu überleben, und musste dabei alles zurücklassen. Komplizierter kann es doch nicht werden." Seufzend fahre ich mir mit der Hand durchs Haar.

„Ian hat mir in den letzten beiden Tagen das Gefühl gegeben, normal zu sein, was wirklich schön war und vielleicht genau das, wonach ich mich gesehnt habe." Josh zieht seinen Stuhl näher an meinen heran, greift nach meiner Hand und drückt sie fest.

„Er hat etwas in mir ausgelöst. Ein Gefühl, das ich schon lange nicht mehr gespürt habe." Mein bester Freund nickt mitfühlend. Auch er hat in den letzten Jahren keine anständige, feste Beziehung mehr geführt. Kein Wunder, wie soll man sich auf jemanden einlassen, wenn die Gefahr besteht, dass man kurz darauf in einer Nacht- und Nebelaktion für immer verschwinden muss? Keiner kann das so gut verstehen wie er.

„Hey", Josh legt seine freie Hand an mein Kinn und zwingt mich somit, ihn anzusehen, „wir haben uns. Und ich bin immer für dich da, okay? Wir gehen seit sechs Jahren gemeinsam diesen Weg. Ich habe mich für dich und dieses Leben entschieden. Mir war klar, was ich dafür alles aufgeben muss. Also, wenn ich jemandem auf die Fresse schlagen muss, damit er dich in Ruhe lässt ... sag Bescheid."

Lächelnd drücke ich ihm einen Kuss auf die Fingerknöchel. Manchmal muss er mich tatsächlich daran erinnern, dass ich nicht allein mit diesem Problem bin, denn eines ist sicher: Egal wohin ich gehe, Josh wird mich immer begleiten, und dafür liebe ich ihn.

12. KAPITEL
IAN

Es ist Dienstagnachmittag, was bedeutet, dass es fast drei Tage her ist, seit ich Riley zuletzt gesehen habe. Unser gemeinsamer Abend in Venice Beach hat mir gezeigt, dass ich komplett richtig lag. Diese Frau ist etwas Besonderes. Sie ist undurchsichtig, geheimnisvoll und abenteuerlustig. Aber was noch viel wichtiger ist: Sie liegt mir nicht direkt zu Füßen wie alle anderen Frauen, denen ich so begegne. Es ist erfrischend, irgendwie reizvoll, dass ich mich anstrengen muss, damit sie mir ein bisschen Aufmerksamkeit schenkt, und das Lächeln, das ich am Ende dafür bekomme, ist all die Mühe wert.

Sie gibt mir das Gefühl, ein normaler junger Mann zu sein, der sich wie alle anderen ins Zeug legen muss, um die Frau seines Begehrens zu beeindrucken. Riley sieht tatsächlich die Person hinter dem ganzen Ruhm, und das ist eine Eigenschaft, die den meisten Frauen fehlt.

Eine Sache will mir jedoch nicht ganz in den Kopf gehen. Seit Sonntagabend beantwortet sie keine meiner Nachrichten mehr. Dabei bin ich mir sicher, dass ihr unsere beiden Dates genauso gut gefallen haben wie mir.

Vielleicht liegt die Funkstille an den neuen Fotos, die im *Hollywood Ticker* veröffentlicht wurden. Immerhin hat sie mehrfach deutlich gemacht, wie ungern sie ein weiteres Bild von ihr in der Boulevardpresse sehen würde. Selbst auf den neuen Blumenstrauß, den ich ihr diesmal nach Hause habe schicken lassen, gab es keine Reaktion. Die Frau ist ein einziges Rätsel.

Gestern Abend habe ich mir ein wenig Zeit genommen, um das Internet auf eigene Faust nach ihr zu durchsuchen. Abermals ohne Erfolg. Es ist, wie Alec gesagt hat: Kein einziges Bild, kein einziger Google-Treffer, sie wird nicht einmal namentlich auf der Website des Saint John Health Center erwähnt, wenn man sich über ihre Station erkundigen will. Das ist alles höchst merkwürdig.

„Alter, wenn du noch länger auf dein Handy starrst, ist gleich ein Loch im Display." Alec boxt mir gegen die Schulter, woraufhin ich nur mit einem leisen Brummeln reagiere.

Auf blöde Sprüche von meinen Freunden kann ich derzeit echt verzichten. Meine Gedanken kreisen ausschließlich um die Frage, was in den letzten Tagen passiert sein könnte, dass sie sich wieder so rarmacht.

„Vielleicht hat sie gemerkt, dass du doch nicht so geil bist, wie zuerst angenommen", beantwortet Alec die unausgesprochene Frage.

Genervt werfe ich ein Kissen nach meinem besten Freund, damit er endlich Ruhe gibt. In Sachen Beziehungen ist er echt der Letzte, den ich um Rat fragen würde. Alec stillt mit One-Night-Stands seine Bedürfnisse und hat bisher keine Freundin gehabt, die es länger als vier Wochen mit ihm ausgehalten hat.

„Ich glaube, du musst dich einfach ein bisschen entspannen, Ian." Olli grinst mich an, während er in seine Jacke greift und ein kleines Tütchen mit weißem Pulver hervorholt.

„Ich kann dir dabei helfen." Alec ist sofort Feuer und Flamme, während Greg und ich dankend ablehnen. Momentan habe ich echt keinen Bock, mich wegzukoksen.

„Diese Riley bringt keine guten Seiten an dir zum Vorschein", witzelt Olli, als er mit seiner schwarzen Kreditkarte zwei Lines vorbereitet, die locker für uns vier gereicht hätten.

„Du hast dich voll verändert", ergänzt Alec daraufhin grinsend. „Das sagen alle."

„Ihr seid so dämlich." Ich schüttle den Kopf und werfe einen erneuten Blick auf mein Handy. Noch immer keine Nachricht.

„Vielleicht solltest du einfach mal mit Köpfchen an die Sache rangehen", schlägt Greg vor. „Du hast doch erzählt, dass ihr bester Freund bei der Polizei ist, richtig?"

Ich nicke. „Schon mal dran gedacht, dass er dich durchs System gejagt und Riley mit den Ergebnissen konfrontiert hat? Ich meine, du bist kein unbeschriebenes Blatt, Ian. Deine Drogeneskapaden sind zwar immer gut ausgegangen, aber das heißt nicht, dass sie nicht vermerkt wurden."

Shit. Daran habe ich noch überhaupt nicht gedacht! Die Antwort ist so naheliegend! Sie hat einfach ein Problem mit meiner ausschweifenden Vergangenheit. Diese Sache könnte ich ganz einfach aus der Welt schaffen, aber dafür werde ich Hilfe benötigen. Wenn Riley es vorzieht, mich zu ignorieren, anstatt mich direkt darauf anzusprechen, muss eben ein Plan B her! Ohne ein weiteres Wort verschwinde ich in der Küche und rufe die Person an, die mir als Einzige dabei helfen könnte.

„Joe, hey." Lässig lehne ich mich gegen die Kücheninsel, als der Restaurantbesitzer ans Telefon geht.

„Du musst mir einen Gefallen tun. Kannst du Riley unter irgendeinem Vorwand heute Abend ins Restaurant locken?" Er brummt irgendwas, was ich nicht richtig verstehe, aber die Worte „Mist gebaut" waren definitiv dabei.

„Ja, ich habe eventuell Mist gebaut. Das muss ich mit ihr klären, aber sie beantwortet keine meiner Nachrichten." Das tiefe Lachen lässt mich aufseufzen. Er macht sich lustig über mich, na super.

„Vermutlich wirst du ihr Schweigen verdient haben, Ian", entgegnet er schließlich, was mich nur die Augen verdrehen lässt. Ja, sie wird wohl ihre Gründe haben, das ist mir auch klar.

„Aber seit ich dich kenne, habe ich nie erlebt, dass dich eine Frau so fasziniert wie Riley. Und ich liebe sie wie eine eigene Tochter ... Wenn du es also wirklich ernst mit ihr meinst, werde ich dafür sorgen, dass sie um neun Uhr da ist, und schließe das Diner ausnahmsweise mal früher."

Triumphierend recke ich die Faust in die Luft. Ich wusste, dass ich auf ihn zählen kann!

„Joe, du bist der Beste. Vielen Dank!"

„Jaja. Wenn ich junger Liebe helfen kann zu wachsen, tue ich das natürlich gern."

Um kurz vor neun warte ich nervös im *Joe's*. Die Jalousien der breiten Fensterfront sind heruntergelassen, und an der Tür hängt ein großes Schild mit dem Aufdruck „Geschlossene Gesellschaft".

Damit niemand auf die Idee kommt, hier unangekündigt hineinzuschneien, werde ich die Tür allerdings abschließen, sobald Riley da ist. Sofern sie damit einverstanden ist, versteht sich. Auf unangenehme Überraschungen kann ich heute verzichten.

Laut Joes Aussage ist Riley immer pünktlich, weshalb ich Himmel und Hölle in Bewegung gesetzt habe, um noch rechtzeitig mit allem fertig zu werden.

Einen der Zweiertische auf der rechten Seite des Lokals habe ich in die Mitte gezogen, damit sich unser Sitzplatz ein wenig von den anderen abhebt. Um alles ein wenig eleganter wirken zu lassen, verdeckt eine weiße Tischdecke die schon recht abgenutzte Tischplatte, und eine brennende Kerze steht direkt in der Mitte.

Links und rechts davon befinden sich zwei Teller mit den heutigen Gerichten, jeweils warmgehalten durch eine silberne Speiseglocke, die zudem noch geheim hält, zu welchen kulinarischen Höchstleistungen ich in der Lage bin.

Es ist sehr lange her, seit ich wegen einer Frau so aufgeregt war, aber Riley geht mir nicht mehr aus dem Kopf. Vielleicht ist genau das der Ansporn, der mich antreibt, damit heute Abend alles perfekt wird.

Um Punkt neun Uhr läutet die kleine Glocke über der Eingangstür. Diese Pünktlichkeit ist wirklich beeindruckend.

Ein Lächeln breitet sich auf meinen Lippen aus, friert jedoch sofort ein, als ich ihren Blick bemerke. Freude sieht anders aus. Ihre dunkelbraunen Augen wirken hart und dumpf. Von dem aufregenden Glitzern von Samstagnacht keine Spur.

„Was machst du denn hier? Wo ist Joe?" Etwas betreten wende ich den Blick zu Boden. Dass ich unseren gemeinsamen Freund als Lockvogel benutzt habe, scheint ihr gar nicht zu gefallen.

„Er ist nicht hier", erwidere ich schlicht, woraufhin Riley fassungslos den Kopf schüttelt und sich zum Gehen wendet.

„Riley, warte!" Ich mache einen Satz nach vorne, um ihr Handgelenk zu packen und sie somit wieder in meine Richtung zu drehen.

„Er hat mir nur geholfen, okay? Du hast meine Anrufe, Nachrichten und Geschenke ja durchweg ignoriert!"

„Denkst du echt, dass du nur ein paar Blumensträuße schicken musst, damit ich dir vor die Füße falle? Da hast du dich aber gewaltig getäuscht. Falls du es vergessen haben solltest, das hat beim letzten Mal schon nicht funktioniert."

Seufzend lasse ich sie los. Eigentlich dachte ich, ich hätte inzwischen deutlich gemacht, dass ich genau diese Eigenschaft an ihr schätze. Mein Schweigen scheint sie allerdings nur noch mehr zur Weißglut zu treiben.

„Weißt du, was ich hasse?" Ich schüttle den Kopf. Momentan vermutlich mich.

„Lügen und Drogen. Und du scheinst dich mit beidem sehr gut auszukennen." Fuck. Ihr Polizistenfreund hat ihr tatsächlich von meinen Drogeneskapaden erzählt. Verdammt!

„Riley, hör zu ..." Mit hochgezogenen Augenbrauen sieht sie mich an. „Seit ich mit dir ausgehe, habe ich kein Milligramm Koks mehr zu mir genommen, das schwöre ich!"

Dass ich allerdings zwei Tage vorher noch ordentlich geschnupft habe, muss sie ja nicht wissen. Zweifelnd wirft sie mir einen Blick zu. Kein Wunder, wieso sollte sie mir glauben. Immerhin habe ich Joe dazu gebracht, sie anzulügen, nur um sie wiederzusehen. Auch wenn es nur eine Notlüge war.

„Okay, ähm ... Vorschlag zur Güte: Du isst mit mir zu Abend. Ich habe extra gekocht. Na ja, eigentlich kann man es nicht wirklich kochen nennen, aber ich habe etwas Essbares zustande gebracht." Mein Versuch, die Stimmung aufzulockern, gelingt nicht so recht, denn sie sieht immer noch so aus, als wäre sie lieber woanders.

„Komm schon, du kannst mir doch nicht erzählen, dass unsere Verabredungen nichts in dir ausgelöst haben. Mich haben sie komplett aus den Socken gehauen! Du hast mich umgehauen." Sofort wird ihr Blick weicher, und ich sehe, wie ihre Mundwinkel ganz leicht in die Höhe gleiten. Aha! Von ihrer Seite ist da also auch etwas.

„Iss mit mir." Flehend sehe ich sie an. „Wenn du danach immer noch der Meinung bist, dass ich ein verlogenes Arschloch bin, das deine Zeit nicht wert ist, kannst du gehen, und wir sehen uns nie wieder. Deal?"

Ich halte den Atem an, während ich auf eine Antwort warte. In ihren Augen kann ich erkennen, dass sie noch immer nicht ganz überzeugt ist, doch zu meinem Glück nickt sie schließlich. Sehr gut. Am Ende dieses Abends wird sie mich lieben, da bin ich mir sicher.

Ganz gentlemanlike nehme ich ihr die dünne Jacke ab und stelle fest, dass sie selbst in Leggings und viel zu großem T-Shirt unglaublich aussieht.

„Wenn ich gewusst hätte, was mich hier erwartet, hätte ich was anderes angezogen", murmelt sie verlegen, doch ich winke nur ab. „Du siehst super aus, ehrlich."

Lächelnd lässt sie sich auf dem Stuhl mir gegenüber nieder und bindet sich ihre lange, blonde Mähne zu einem Pferdeschwanz. Dadurch kommen ihre zarten Gesichtszüge noch sehr viel besser zur Geltung.

„Du bist keine Amerikanerin, oder?" Zu meiner Überraschung verschluckt sie sich beinahe an ihrem

Wasser. Mit dieser Erkenntnis scheint sie nicht gerechnet zu haben.

„Kann es sein, dass du spanische Verwandte hast?" Sie beißt sich kurz auf die Unterlippe, was in mir wieder den Wunsch weckt, sie an mich zu reißen und zu küssen.

„In meiner Familie tummeln sich Spanier und sogar Italiener, ja." Interessant. Ich komme der Lösung des Rätsels immer ein Stück näher.

„Dann sind deine blonden Haare bestimmt nicht echt, oder? Ich meine, sie stehen dir wirklich gut, keine Frage, aber sie passen nicht ganz zu deinem Typ." Lachend lehnt sie sich auf dem Stuhl zurück und spielt mit den Spitzen ihres Pferdeschwanzes.

„Meine Friseurin hat es beim letzten Mal mit der Farbe wohl etwas zu gut gemeint", erwidert sie lediglich, während sie interessiert die Essensglocke betrachtet. Auf mehr Antworten kann ich im Moment wohl nicht hoffen.

„Was kannst du denn Tolles kochen? Da bin ich sehr gespannt drauf." Ein leicht verlegenes Grinsen tritt auf meine Lippen, als ich die Glocke über ihrem Teller lüfte.

„Käsetoast mit extra Käse", präsentiere ich das Essen triumphierend, „zu mehr bin ich nicht in der Lage."

Die meiste Zeit kocht Maria für mich, und wenn sie nicht da ist, nutze ich Lieferdienste. Wie man richtig kocht, habe ich nie gelernt. Bei mir würden sogar Nudeln in Flammen aufgehen. Anhand von Rileys Gesichtsausdruck stelle ich fest, dass sie nicht so recht weiß, ob sie lachen oder lieber weinen soll.

„Das sieht wirklich gut aus", sagt sie vorsichtig, was schon nichts Gutes bedeuten kann, „aber ich bin laktoseintolerant."
Noch bevor ich es verhindern kann, fällt mir alles aus dem Gesicht. Das darf doch nicht wahr sein! Das einzige Gericht, das ich zubereiten kann, darf sie nicht mal essen! Große Klasse. Da hätte Joe mir ruhig mal einen Tipp geben können, immerhin kennt er sie deutlich länger als ich. Dann wäre ich nämlich auf seine Kochkünste zurückgekommen. Ein leises Lachen reißt mich plötzlich aus meinen Gedanken. Mit einem verschmitzten Grinsen sieht Riley mich an.

„Kleiner Scherz", meint sie schließlich lachend und betrachtet ihr Essen genauer.

„Du bist wirklich ein Schlitzohr", murmle ich leise, bevor ich mein Glas anhebe und mit ihr anstoßen will.

„Komm schon. Ein bisschen Spaß muss sein", erwidert sie noch immer belustigt, bevor sie ebenfalls ihr Glas hebt, „auf was trinken wir denn?"

„Auf zweite Chancen", erwidere ich, „und Alecs ewige Jugend!" Verwirrt zieht sie die Stirn in Falten.

„Auf Alecs ewige Jugend? Das musst du mir erklären." Lachend stoße ich mit ihr an, bevor ich einen Schluck trinke und das Glas dann wieder abstelle.

„Es gibt ein Video von ihm. Wo er volltrunken erklärt, dass er nach seinem Studium die Wirtschaft auseinandernehmen wird." Allein bei dem Gedanken muss ich schon wieder grinsen. „Am Ende trinkt er dann auf uns, also seine Freunde, und seine ewige Jugend. Seitdem ist das so ein Running Gag geworden, wenn wir unterwegs sind." Amüsiert nippt sie an ihrem Wasser, was mich innerlich ein wenig aufatmen lässt. Anscheinend hat sie mir die kleine Notlüge, um sie herzulocken, bereits verziehen.

„Ihr seid also alle zum Studieren hierhergekommen? Oder hattest du schon immer vor, ein Star zu werden?" Interessiert wirft sie mir einen langen Blick zu, was mir ein leichtes Schmunzeln entlockt.

„Nicht wirklich", gestehe ich schließlich, „ursprünglich bin ich zum Studieren gekommen, genau. Mein eigentlicher Plan war es, in Ruhe an der UCLA zu lernen, um irgendwann mal Lehrer zu werden."

Mit der Antwort scheint sie nicht gerechnet zu haben. Für einen kurzen Moment sieht es so aus, als wollte sie mir eine Frage stellen, dann hält sie sich doch zurück und lässt mich fortfahren.

„Auf einer Party hat ein damaliger Kommilitone eine Karaoke-Anlage organisiert. Komplett betrunken haben wir uns daraus natürlich einen riesigen Spaß gemacht. Abwechselnd haben wir ein Lied nach dem anderen geträllert, und irgendjemand hat das Ganze gefilmt. Lange Rede, kurzer Sinn: Mein Video ist irgendwie auf YouTube gelandet und viral gegangen. Über drei Millionen Klicks in zwei Tagen."

Während ich erzähle, verschränke ich die Arme vor der Brust.

„Ich bin quasi über Nacht zur Internetsensation geworden, und dann ging alles superschnell. Sam hat mich ausfindig gemacht, ich habe den Vertrag bei *Donovan Records* unterschrieben und meine erste Single aufgenommen."

Interessiert lehnt sich Riley weiter vor, nachdem sie die Hände unter ihrem Kinn verschränkt hat. Gebannt hängt sie an meinen Lippen, was eigenartig ist, da sie sich sonst so gar nicht für den ganzen Promikram interessiert.

Doch diese Geschichte scheint sie regelrecht zu faszinieren. Dabei hat wirklich jeder in Amerika meinen kometenhaften Aufstieg vor drei Jahren mitbekommen. Mit Ausnahme von ihr. Heißt das vielleicht, dass Riley sich zu der Zeit gar nicht in den USA aufgehalten hat?

„Wie ist es denn bei dir gewesen? Wolltest du schon immer Krankenschwester werden?" Lächelnd lehnt sie sich auf ihrem Stuhl zurück, bevor sie den Kopf schüttelt.

„Nicht direkt Krankenschwester. Ich wollte schon immer etwas machen, was Menschen hilft und irgendwie bin ich dann in diesen Beruf reingerutscht." Schulterzuckend schiebt sie sich den Rest Käsetoast in den Mund, den sie mal wieder in Rekordzeit verputzt hat.

„Aber es ist das Beste, was mir passieren konnte. Ich würde nichts anderes machen wollen." Mit einer schnellen Bewegung löst sie ihren Pferdeschwanz wieder, sodass ihr langes Haar ihr locker um die Schulter fällt.

„Wie haben deine Eltern deine lebensverändernde Nachricht eigentlich aufgenommen?", fragt sie kurz darauf, womit sie sich geschickt davor drückt, selbst weitere Fragen beantworten zu müssen.

„Die waren ganz aus dem Häuschen." Lächelnd erinnere ich mich an den Tag, als ich ihnen davon erzählt habe.

„Sie haben mir sofort ihre vollkommene Unterstützung zugesichert, wollten aber trotzdem nicht zu mir nach Los Angeles ziehen. Sie besuchen mich, so oft sie können, und bei jeder Tour, die ich spiele, kommen sie zum Auftaktkonzert. Ganz egal, in welcher Stadt es stattfindet."

„Das klingt ganz toll", meint Riley leise, was mich wieder daran erinnert, dass sie keine Familie mehr hat.

„Hey ..." Ich schiebe die Kerze beiseite, um über den Tisch hinweg nach ihrer Hand zu greifen. „... meine Eltern würden dich lieben, das kannst du mir aber glauben."

Mit einem schwachen Lächeln auf den Lippen drückt sie meine Hand.

„Ich bin der Traum aller Schwiegereltern", entgegnet sie trocken, „ich meine, sieh mich an." Lachend stehe ich auf, wobei ich sie mitziehe, sodass wir uns gegenüberstehen.

„Das tue ich, Riley. Glaub mir." Mit meiner freien Hand streiche ich ihr eine widerspenstige Strähne aus dem Gesicht, die sich immer wieder dorthin verirrt.

„Du bist eine ganz außergewöhnliche Frau, weißt du das?" Für einen kurzen Moment geht ihr Blick gen Boden, doch ich hebe ihr Kinn an, damit sie mich wieder ansehen muss.

„Ich habe noch nie jemanden wie dich getroffen." Ihre vollen Lippen sind leicht geöffnet, und ich kann ihren leicht unregelmäßigen Atem hören.

Plötzlich ist die Luft um uns wieder wie elektrisiert, ähnlich wie die letzten Male, wenn wir uns so nah waren.

Ihre dunkelbraunen Augen strahlen mich an, und mein Herz klopft so schnell, dass es sich beinahe überschlägt. Sie scheint ebenso wie ich darüber nachzudenken, was der angemessene nächste Schritt sein könnte, denn sie fängt an, auf ihrer Unterlippe zu kauen, was mich schon beim ersten Mal fast in den Wahnsinn getrieben hat.

Ohne weiter darüber nachzudenken, ziehe ich sie mit einem Ruck näher an mich heran und presse meinen Mund auf ihren. Um nichts in der Welt würde ich es zulassen, dass uns diesmal jemand dazwischenkommt.

Ein wohliges Seufzen ihrerseits verliert sich in meiner Mundhöhle, als meine Hände über ihre Hüften bis hin zu ihrem Hintern wandern, ich umgreife ihn fest und hebe sie hoch. Sofort schlingt sie ihre Beine um mich und keucht, als ich beginne, ihren Hals zu küssen.

Vorsichtig gehe ich einige Schritte nach vorne, setze sie auf einem der freien Tische ab und schiebe meine Hände unter ihr Oberteil. Ihre Haut fühlt sich genauso weich an, wie sie aussieht, und im nächsten Moment liegt ihr T-Shirt schon auf dem Boden, während sie bereits dabei ist, meinen Gürtel zu öffnen.

Die ganzen Gefühle für sie und die Leidenschaft, die sich in den letzten Tagen in mir aufgestaut hat, entladen sich, blitzschnell schäle ich mich aus meinem Shirt und schmeiße es unachtsam hinter mich.

Meine Gedanken und Sinne sind dabei überwältigt von Riley. Von ihrem schönen Körper, der halbnackt und einladend auf mich wartet. Von ihrem betörenden Lächeln, das mein Herz beinahe zum Explodieren bringt, und von ihrem süßen Duft nach Vanille und Orange, der mir inzwischen so vertraut ist. Gierig küsse ich sie erneut und will gerade den Verschluss ihres BHs öffnen, als plötzlich etwas laut gegen die große Fensterfront kracht.

Erschrocken fahren wir auseinander und sehen uns um, doch da die Jalousien unten sind, kann ich nicht erkennen, was es war. Unser leidenschaftlicher Moment ist allerdings vorbei, jegliches Knistern aufgrund des Krachs verschwunden.

Ich räuspere mich kurz und fahre mir mit der Hand einmal durch das verwuschelte Haar, während Riley hastig nach ihrem T-Shirt greift und es sich wieder überzieht. Ich schließe langsam meinen Gürtel, schnappe mir mein Shirt und werfe ihr einen kurzen Blick zu.

Ihre Lippen sind vom vielen Küssen leicht geschwollen, was in mir sofort den Wunsch erweckt, es wieder zu tun. Meine Brust hebt und senkt sich so schnell wie ihre. Sie ist also ebenso außer Atem wie ich. Sehr gut.

„Ich sollte jetzt los", meint sie leise und schnappt sich ihre Jacke, doch ich kann sie nicht einfach so gehen lassen. Ich greife nach ihrer Hand.

„Ich singe Donnerstagabend auf einem Benefizkonzert. Ich möchte, dass du kommst." Nachdenklich streicht sie mit dem Daumen über meinen Handrücken.

„Ich weiß nicht ...", sie verzieht den Mund zu einer leichten Grimasse, „da ist doch bestimmt viel Presse." Seufzend lasse ich ihre Hand los, um ein laminiertes Papierstück aus meiner Jackentasche hervorzukramen.

„Das ist ein Backstage-Pass. Hinter der Bühne wird nicht ein Fotograf sein, das verspreche ich dir." Sie sieht noch immer nicht überzeugt aus, als sie mir den Pass abnimmt.

„Bitte versprich du mir dafür, dass du wenigstens mal vorbeischaust." Etwas gedankenverloren dreht sie die Karte in den Händen.

„Ich werde es versuchen", entgegnet sie lächelnd und drückt mir einen Kuss auf die Wange. Tja, mit dieser Antwort muss ich mich wohl zufriedengeben.

13. KAPITEL
RILEY

Am Donnerstag wird es turbulent auf Station. Ständig läuten die Notfallklingeln in den Patientenzimmern, sodass ich beinahe die gesamte Schicht nur von A nach B laufe, um allen Belangen gerecht zu werden.

Gegen zwölf schaffe ich es zum ersten Mal, mich hinzusetzen, um einen Kaffee zu trinken, doch meine Pause ist nicht von langer Dauer. Die Tasse ist gerade mal zur Hälfte geleert, als eine mir nur zu bekannte Stimme durch die Flure hallt.

„Wo ist meine Lieblingskrankenschwester?" Mit gerunzelter Stirn stehe ich auf.

„Hat jemand Riley gesehen? Sie muss doch hier irgendwo sein!" Langsam gehe ich zur Tür und stecke den Kopf aus dem Schwesternzimmer.

Und tatsächlich, meine Ohren haben mich nicht getäuscht. Mit einer Reisetasche von Louis Vuitton steht Eloise Beck mitten im Gang und hält Ausschau nach mir. Wie immer ist sie von Kopf bis Fuß perfekt gestylt. Ihre fast weißen Haare sind zu einem akkuraten Knoten frisiert, von dem nicht ein Härchen absteht. Ein schwarzer Pelzmantel verdeckt ihr heutiges

Outfit, sodass lediglich ein Teil ihrer dunklen Hose und die ebenfalls schwarzen Stiefelletten aus Leder zu sehen sind. Wenn man sie so sieht, denkt man eher, sie wäre auf dem Weg zu einem großen Event und nicht ins Krankenhaus.

Doch in ihrem Gesicht kann ich erkennen, dass sie in den zwei Wochen, die wir uns jetzt nicht gesehen haben, stark abgebaut hat. Ihre Wangen sind eingefallen, und sie hat abgenommen. Kein gutes Zeichen.

„Ich bin hier." Lächelnd trete ich in den Flur und winke der alten Dame zu.

„Was machst du hier? Deine Kontrolle ist doch erst in zwei Wochen." Mit einer Handbewegung wischt sie meine Worte beiseite, während sie mit kleinen Schritten zu mir stöckelt und sich bei mir einhakt.

„Meine Nieren wollen nicht mehr so arbeiten, wie ich es gern hätte, Schätzchen. Sei froh, dass du das noch nicht durchstehen musst." Sie stellt ihre Tasche an die Seite, und wir schlendern in gediegenem Tempo den Gang entlang.

„Ich habe keinen Hunger mehr, weil mir ständig übel ist. Und wenn ich etwas esse, kommt es sofort wieder raus. Ich bin müde, matt und kraftlos. Kannst du dir vorstellen, dass ich nicht mal eine Treppe hochlaufen kann, ohne nach Luft zu japsen? Unglaublich ist das. Von meinen Beinen will ich gar nicht erst anfangen. Die sind so dick wie die eines Elefanten! Zumindest kommt mir das so vor."

Seufzend senke ich den Kopf. Das sind alles Anzeichen von akutem Nierenversagen.

„Na ja, auf jeden Fall muss ich jetzt an die Dialyse, weil meine Blutwerte ganz schlecht geworden sind. Vor allem der Kreatininwert." Sie tätschelt mir aufmunternd die Hand.

„Weißt du, Riley, ich sehe das so: Wenn der gute Herr da oben will, dass ich in meinem Alter noch eine Niere bekomme, dann wird es so sein. Und wenn er der Meinung ist, dass ich lange genug hier auf Erden gewesen bin, dann ist das auch in Ordnung. Er weiß ganz genau, was er da tut."

Ein bitteres Lachen verlässt meinen Mund. Mit Gott habe ich schon vor vielen Jahren abgeschlossen, obwohl ich streng religiös erzogen wurde. Bei uns in der Familie gehört es zum guten Ton, jeden Sonntag in die Kirche zu gehen. Meine Großeltern aus Italien haben sogar eine eigene Kapelle auf ihrem Grundstück! Zu hören, dass diese unsagbar kranke Frau ihr ganzes Vertrauen auf ein zweites Leben in die Hände eines Gottes legt, der meine Gebete zu meinen schlimmsten Zeiten nicht erhört hat, stimmt mich nicht gerade glücklich.

„Aber das ist jetzt alles nebensächlich. Was mich viel mehr interessiert ist, wie es mit deinem Musiker läuft. In den Klatschblättern wird ja heiß diskutiert, wer die neue Frau an seiner Seite ist."

Sie wackelt anzüglich mit den Augenbrauen, doch ich schlürfe nur wortlos meinen Kaffee. Um ehrlich zu sein, weiß ich nicht recht, was ich darauf antworten soll. Immerhin habe ich selbst keine Ahnung, wie wir zueinander stehen. Nach dem Abendessen im *Joe's* am Dienstag besteht zumindest kein Zweifel mehr daran, dass etwas zwischen uns ist. Ich bin mir allerdings noch nicht ganz sicher, ob das nur sexuelle Anziehungskraft ist oder für eine Beziehung ausreicht.

„Komm schon, Riley. Tu einer alten Frau einen Gefallen und gib ihr ein paar Insiderinformationen, die nicht im Internet stehen." Lachend halte ich inne und werfe meiner Patientin einen belustigten Blick zu. Wie kann man in so hohem Alter noch so penetrant sein?

„Wir waren dreimal aus", gestehe ich also, während ich den Diamantring betrachte, „und heute Abend soll ich ihn zu einem Benefizkonzert begleiten. Aber ich weiß nicht ... es ist alles ein bisschen komplizierter, als es vielleicht den Anschein hat."

Was vor allem an mir liegt. Diesmal ist es Eloise, die stehen bleibt und mir einen strengen Blick zuwirft. Dabei entgeht mir nicht, dass sie diese Gelegenheit für eine Verschnaufpause nutzt. Die paar Meter, die wir zurückgelegt haben, scheinen sie enorm angestrengt zu haben, denn ihre Lunge pfeift ganz schön.

„Ihr jungen Dinger verkompliziert die Dinge selbst, das ist ein großes Problem eurer Generation. Es ist doch ganz einfach: Magst du diesen Jungen?"

Nach kurzem Zögern nicke ich schließlich. Ian löst etwas in mir aus, was ich mit Worten nicht beschreiben kann. Er bringt Gefühle in mir zum Vorschein, die ich in meinem bisherigen Leben noch nie bewusst empfunden habe. Mein Herz schlägt jedes Mal schneller, wenn er in der Nähe ist. Wenn er mich anlächelt, muss ich mich konzentrieren, ruhig weiterzuatmen, weil ich sonst wahrscheinlich in Ohnmacht fiele. Und wenn er mich küsst … das fühlt sich an, als explodierte das größte Feuerwerk der Welt in mir.

Er gibt sich Mühe, mich zu beeindrucken, was mir zusätzlich imponiert. Dank der ganzen Blumen und der vielen Nachrichten fühle ich mich wie etwas Besonderes. So sehr hat sich noch kein Mann für mich ins Zeug gelegt. Doch zeitgleich ängstigt mich das auch. Wahrscheinlich mache ich es ihm deshalb so schwer, um mich nicht frühzeitig in etwas zu verrennen, was sowieso keine Zukunft hat. Selbstschutz nennt man so was, glaube ich.

„Siehst du. Dann gibt es da doch nicht viel drüber nachzudenken. Du gehst heute Abend auf dieses Konzert und wirst Spaß haben. Danach vielleicht sogar noch mit deinem Musiker privat."

Mit einem letzten anzüglichen Zwinkern lässt Eloise mich los, um zurück zu ihrer Tasche zu schlendern, während ich nur fassungslos mit dem Kopf schütteln kann. Diese Frau hat es wirklich faustdick hinter den Ohren!

Aufgrund eines plötzlichen Krankheitsfalles habe ich an meinem letzten Arbeitstag in der Woche die Frühschicht übernehmen müssen. Für meinen Schlafrhythmus war das eine große Umstellung, immerhin ist er seit fast zwei Wochen an die Spätschicht gewöhnt. Umso dankbarer bin ich jetzt, als ich um drei in mein Bett falle und noch einige Stunden schlafen kann, bevor ich anfangen muss, mich für den heutigen Abend herzurichten.

Da Ian mir nicht verraten hat, für welchen Zweck das Benefizkonzert überhaupt ausgerichtet wird, habe ich mich outfittechnisch für die elegante Version entschieden.

In einem schwarzen Jumpsuit mit riesigem Rückenausschnitt und ebenso schwarzen Peeptoes, die verboten hoch sind, stehe ich jetzt also vor dem Spiegel und überprüfe mein Make-up zum hundertsten Mal. Es sitzt noch immer genauso gut wie vor fünf Sekunden, allerdings bin ich so aufgeregt, dass meine perfektionistische Seite die Führung übernimmt. Alles muss einwandfrei sitzen, ansonsten bin ich nicht zufrieden.

Zuletzt fahre ich durch meine blonden Locken, die locker um meine Schultern fallen, und trage ein wenig Lipgloss auf, damit meine vollen, rosigen Lippen noch mehr betont werden.

Anschließend überprüfe ich erneut, ob der Backstage-Pass auch wirklich in meiner Handtasche ist, bevor ich mit einem vorfreudigen Kribbeln im Bauch meine Wohnung verlasse. Eloise' Worte haben etwas in mir verändert. Ich bin viel zuversichtlicher, was eine gemeinsame Zukunft mit Ian angeht, auch wenn meine Vergangenheit mir jederzeit diesen Plan verderben könnte. Aber vielleicht ist es an der Zeit, endlich mal was zu riskieren, und inzwischen bin ich mir sicher, dass Ian es wert ist, meine Bedenken über Bord zu werfen.

Bester Laune ziehe ich die Haustür hinter mir zu und will gerade Richtung Straße gehen, um mir ein Taxi zu rufen, als zwei Männer in dunklen Anzügen aus einem schwarzen SUV steigen. Beide tragen Sonnenbrillen, und bei genauerem Hinsehen fällt mir auf, dass sie Waffen tragen. Sofort fangen alle Alarmglocken in meinem Kopf an zu schrillen. Die Kerle sehen nicht aus, als kämen sie aus Los Angeles, dafür ist ihre Haut zu hell. Jeder Mensch in Kalifornien hat aufgrund der Sonne wenigstens etwas Bräune im Gesicht, die beiden aber nicht. Das aufregende Kribbeln in meinem Bauch schlägt augenblicklich in ein ungutes Gefühl um, als sie direkt auf mich zukommen.

„Riley Matthews?" Der blonde Mann zieht seine Sonnenbrille ab und sieht mich an, als ich widerwillig stehen bleibe. Eigentlich liegt mir nichts ferner, als mich mit denen zu unterhalten.

„Wer will das wissen?" Unauffällig taste ich nach dem Verschluss meiner Handtasche. Sie sieht zwar klein und unscheinbar aus, aber für den Notfall ist dort immer eine Dose Pfefferspray versteckt, und irgendwie habe ich das Gefühl, dass sie gleich zum Einsatz kommt.

„Ich bin Special Agent Angus Dean, und das ist mein Partner Special Agent Lucian Roberts. Wir kommen von der Drug Enforcement Administration, Standort New York." Argwöhnisch ziehe ich die Augenbrauen zusammen. New York … das würde zumindest die helle Haut erklären.

„Können Sie sich ausweisen?", frage ich schließlich und nehme Agent Dean die Marke aus der Hand, die er schon vorsorglich aus der Innentasche seines Jacketts geholt hat.

Sie weist ihn tatsächlich als Special Agent der Drogenvollzugsbehörde aus. Der goldene Adler trägt den Schriftzug „Departement of Justice", und sie fühlt sich genauso schwer an wie die von Josh. Ich glaube nicht, dass die Marke eine Fälschung ist, aber wieso tauchen die beiden hier auf, ohne dass ich darüber informiert wurde? Das ist doch seltsam.

Gerade als ich dem blonden Polizisten seine Marke zurückgebe, fährt ein weiterer SUV vor, aus dem ein ziemlich gehetzter Josh springt. Wenn man vom Teufel spricht ...

„Tut mir wirklich leid, Jungs. Der Verkehr war furchtbar. Ah, wie ich sehe, habt ihr Riley schon gefunden."

Kopfschüttelnd sehe ich meinen besten Freund an. Wie kann man ein so katastrophales Zeitmanagement haben? Vor allem, da er anscheinend von diesem Treffen wusste. Im Gegensatz zu mir.

„Mit Pünktlichkeit hattest du es ja noch nie." Agent Dean grinst, was für mich weitere Fragen aufwirft. Woher kennen die sich denn jetzt? Das muss Josh nachher unbedingt aufklären.

„Da wir jetzt vollzählig sind, könnten wir uns vielleicht an einem weniger öffentlichen Ort unterhalten?" Agent Roberts scheint wohl der Einzige zu sein, der sich hier an einen Zeitplan hält. Auch ich teile seine Meinung, dass der Bürgersteig in Brentwood Glen nicht gerade ein angemessener Ort ist, um über wichtige Dinge zu sprechen. Hier haben die Bordsteinkanten Ohren.

Also steigen wir in den Wagen der New Yorker Beamten. Die beiden Agents vorne, Josh und ich auf der Rückbank, und ich warte gespannt auf weitere Erklärungen. Die werden ja nicht nur gekommen sein, um mich mal kennenzulernen oder um Josh wiederzusehen.

„Also, Ms. Matthews ..." Sofort hebe ich, für ihn im Rückspiegel sichtbar, die Hand. So fangen wir gar nicht erst an.

„Riley bitte", sage ich lächelnd, was er mit einem Nicken zur Kenntnis nimmt.

„Okay, Riley. Wir wissen, wer Ihre Eltern und wer Sie in Wirklichkeit sind." Jetzt wird es interessant.

„Sie sind jetzt seit drei Jahren gemeinsam mit Agent Anderson hier in Los Angeles im Zeugenschutz. Das ist unseren Aufzeichnungen nach die längste Zeit, die Sie unerkannt leben konnten, ohne dass Ihre Eltern Sie gefunden haben."

So sieht's aus. Drei Jahre ohne Schusswechsel, Feuer oder erneute Flucht. Sehr erfrischend, wie ich finde.

„Wir in New York arbeiten eng mit den europäischen Kollegen zusammen, die sich um die Zerschlagung der spanischen Drogenclans kümmern. Wenn wir Ihren Vater endlich ins Gefängnis bekommen, wäre das ein großer Erfolg im Kampf gegen die spanischen und italienischen Clans. Immerhin ist Ihr Großvater ebenfalls einer der bekanntesten Drogenbosse Italiens." Ich nicke erneut. Es ist mich durchaus bekannt, was Agent Dean mir da erzählt.

„Okay, worauf genau wollen Sie hinaus?", frage ich schließlich direkt, nach einem kurzen Blick auf die Uhr. Immerhin bin ich noch verabredet und habe keine Lust, zu spät zu kommen. Im Gegensatz zu Josh ist mir Pünktlichkeit nämlich enorm wichtig.

„Wir denken, dass es an der Zeit ist, dass Sie endlich aussagen." Überrascht lehne ich mich in meinen Sitz zurück. Das habe ich nicht erwartet.

„Es war ein kluger Schachzug von Josh, mit Ihnen in die Vereinigten Staaten zu gehen. Niemand hat damit gerechnet, dass Sie den Kontinent verlassen würden."

Erneut hebe ich die Hand, um ihn zu unterbrechen. Jetzt brauche ich doch einen Moment, um durchzuatmen.

Natürlich ist mir klar, dass irgendwann der Tag kommen wird, an dem ich meine Eltern in den Knast bringe für das, was sie seit Jahren tun. Aber jetzt? So schnell und plötzlich? Ich habe mich gerade an ein normales Leben als Riley Matthews gewöhnt. Verdammt, ich bin gerade dabei, mich zu verlieben! Und jetzt soll ich das alles aufgeben, um nach der Verhandlung mithilfe eines neuen Zeugenschutzprogrammes erneut unterzutauchen? Mit neuer Identität und neuem Wohnsitz? Das ist doch ein bisschen zu viel.

„Hey." Josh greift nach meiner Hand, um sie sanft zu drücken. „Es ist ja nicht so, dass du sofort in den nächsten Flieger nach Madrid steigen musst. Du sollst dich nur schon mal darauf einstellen, dass es in den nächsten Monaten so weit sein kann."

Mehr als ein weiteres Nicken kriege ich nicht zustande. Das muss ich erst mal verarbeiten, und leider dämpft es auch meine Vorfreude auf das anstehende Konzert.

„Gut, fürs Erste war es das." Agent Dean zieht seine Sonnenbrille wieder auf. „Alle weiteren Informationen lassen wir Agent Anderson zukommen, in der Hoffnung, dass er dran denkt und sie weiterleitet."

Grinsend dreht er sich nach hinten. „Josh, wir sehen uns morgen Abend hoffentlich noch auf ein Bierchen, bevor es für mich wieder nach New York geht."

Der Angesprochene nickt, bevor wir nach einer kurzen Verabschiedung aus dem Wagen steigen und zusehen, wie er in der Ferne verschwindet.

„Woher kennt ihr euch?", frage ich schließlich, während ich an meinem Outfit herumnestle. Durch das lange Sitzen ist es leicht zerknittert.

„Aus New York. Hab früher mit ihm zusammengearbeitet, bevor ich auf dich angesetzt wurde. Gegenfrage: Wieso bist du so schick angezogen?"

Er fährt sich seufzend mit der Hand durch das dunkle Haar, als ich verlegen zu Boden gucke. „Hast du etwa schon wieder ein Date mit Adams?"

Vorsichtig antworte ich mit „Ja, so was Ähnliches", was mein Gegenüber nur die Augen verdrehen lässt.

„Unglaublich", murmelt er leise, „und das nach dem, was wir gerade besprochen haben."

Für einen kurzen Moment plagt mich das schlechte Gewissen. Es ist gefährlich für mich, mit Ian gesehen zu werden, vor allem wenn Paparazzi in der Nähe sind, was heute definitiv der Fall sein wird. Aber bisher habe ich immer aufgepasst, und diese Achtsamkeit werde ich heute nicht verlieren. Da kann Josh sich zu hundert Prozent sicher sein. Gerade weil auf diesem Konzert eine Menge Leute sein werden.

„Fährst du mich bitte hin?", frage ich zuckersüß, während ich mit den Wimpern klimpere und hoffe, dass diese Masche zieht. „Dann kannst du dich vergewissern, dass mich kein Fotograf vor die Linse bekommt, wenn ich reingehe."

Josh sieht nicht gerade glücklich aus, doch nach kurzem Zögern stimmt er schließlich zu, was mich triumphierend in die Hände klatschen lässt.

„Ich kann dir ohnehin nichts abschlagen", knurrt er leise. Grinsend hake ich mich bei ihm unter, als wir zu seinem Auto gehen.

„Und genau deshalb bist du mein bester Freund."

14. KAPITEL
RILEY

Nach gut zwanzig Minuten sind wir in Downtown Los Angeles angekommen. Meinen Informationen nach findet das Konzert im Staples Center statt, einer der größten Multifunktionshallen der Stadt. Den Wagen stellen wir nebenan auf dem Gilbert Lindsay Plaza ab, bevor wir den Hintereingang suchen, um in den Backstage-Bereich zu kommen.

Überrascht stelle ich fest, dass selbst vor diesen Türen Paparazzi mit ihren Kameras lauern. Vor dem Haupteingang habe ich damit gerechnet, aber hier? Eher weniger. Doch zum Glück fällt Josh schnell eine Lösung ein, um ihnen aus dem Weg zu gehen.

Mit seiner Sonnenbrille auf der Nase und dem dunkelblauen Basecap mit gelbem LAPD-Aufdruck kann ich mich unerkannt an den Fotografen vorbeischleichen. Auf weitere Presse kann ich gut und gerne verzichten, vor allem wenn demnächst der Prozess beginnen soll. Dank meines Backstage-Passes werde ich an der Tür sofort durchgewinkt, und auch Josh hat aufgrund seiner Marke keine Probleme, mir zu folgen. Mit einem Cop will sich wohl niemand anlegen.

„So arbeitet also ein Rockstar." Anerkennend pfeift mein bester Freund durch die Zähne, als er die vielen Menschen sieht, die geschäftig durch die Gegend laufen. Viele von ihnen tragen Kleidung oder Instrumente umher, scheuchen Kollegen von einer Ecke in die andere, notieren hektisch Dinge auf einem Klemmbrett oder geben Anweisungen durch das Headset an ihrem Ohr. Hier herrscht wirklich großer Trubel, was ein mulmiges Gefühl in mir auslöst.

Große Menschenmengen gehören nicht zu meinen Lieblingsaufenthaltsorten, doch ich versuche mir das nicht anmerken zu lassen. Ich bin hier, um Ian zu unterstützen, da muss ich meine Bedenken ein wenig in den Hintergrund rücken.

Also knuffe ich Josh lachend in die Seite und konzentriere mich vollkommen auf ihn. Dass er von diesem ganzen Rummel beeindruckt sein würde, war mir schon vorher klar. So was erlebt man eben nicht jeden Tag.

„Er ist kein Rockstar, sondern einfach nur ein erfolgreicher Musiker." Augenrollend gebe ich ihm das Cap und die Sonnenbrille zurück.

„Also bleib locker, wir sind hier nicht bei Queen."

„Ein Konzert von Queen hätte ich selbst gern mal besucht. Wenn Freddy Mercury noch leben würde, hätte ich uns sofort Karten besorgt." Lächelnd drehe ich mich um. Direkt hinter uns steht Ian, der mich mit einem breiten Grinsen ansieht, sodass mir die Knie weich werden.

In seiner dunklen Jeans, dem weißen T-Shirt und dem ebenso dunklen Jackett sieht er zum Anbeißen aus! Seine Haare sind ein wenig wilder frisiert als sonst, aber selbst das steht ihm ausgezeichnet. Wahrscheinlich kann er gar nicht schlecht aussehen.

„Hey!" Ich mache einige Schritte auf ihn zu, um ihm einen kurzen Kuss auf die Lippen zu drücken. Ich freue mich, dass du da bist", meint er leise, während er mir einen intensiven Blick aus seinen grünen Augen zuwirft. „Ich war mir nicht ganz sicher, ob du wirklich kommst."

Sofort nagt das schlechte Gewissen an mir. Immerhin wusste ich bis heute Mittag selbst noch nicht, ob ich tatsächlich hier sein würde. Jetzt allerdings zu sehen, wie erleichtert er über mein Kommen ist, zeigt mir, wie recht Eloise mit ihren Worten hatte. Ich selbst bin diejenige, die alles verkompliziert. Dabei ist es doch so einfach: Er ist glücklich, wenn ich bei ihm bin, und andersrum ist es genauso. Ich fühle mich unbeschwert in seiner Nähe, irgendwie sicher. Das sind Gefühle, die ich bisher nur kannte, wenn ich in Joshs Nähe war. Sie jetzt durch jemand anderen zu erfahren, der mein Herz zusätzlich noch höherschlagen lässt, ist ein ganz neues Erlebnis.

Ein Räuspern hinter mir erinnert mich daran, dass wir nicht allein sind. Also drehe ich mich wieder in Joshs Richtung und finde mich prompt als Puffer zwischen den beiden Männern wieder.

„Ian, das ist mein bester Freund Josh. Josh, das ist Ian." Die beiden Männer geben sich die Hand und tauschen einige höfliche Floskeln aus, doch an Joshs prüfendem Blick erkenne ich, dass er keinerlei Sympathie für Ian hegt.

Nach so vielen Jahren an seiner Seite kann ich ihn lesen wie ein offenes Buch. Dass Ian in der Öffentlichkeit steht, die ich, so gut es geht, meiden soll, erschwert es ihm deutlich, irgendetwas Positives in unserer Verbindung zu sehen.

Aber auch Ian scheint nicht angetan von seinem Gegenüber zu sein. Sobald die Begrüßung vorbei ist, legt er seinen Arm um mich, wie um einen Besitzanspruch geltend zu machen. Verwundert schürze ich die Lippen. Mit so einer Reaktion hätte ich nicht gerechnet. Aber anscheinend ist Josh nicht gerade seine Wunschvorstellung eines besten Freundes.

„Hat mich echt gefreut, dich kennenzulernen", meint der gerade und bringt mich dadurch wieder ins Hier und Jetzt zurück. „Aber ich muss los. Es wartet noch eine Menge Papierkram auf mich."

Mit einem letzten warnenden Blick zu mir verschwindet er Richtung Ausgang, woraufhin Ian sich augenblicklich entspannt.

„LAPD, hm? Da muss ich mich wohl in Acht nehmen." Grinsend sieht er mich an, woraufhin ich ihm leicht gegen die Brust klopfe.

„O ja, du solltest mich besser nicht unglücklich machen. Er kann dich verschwinden lassen, ohne dass es jemand mitbekommt."

„Beängstigend", murmelt Ian, während wir langsam Richtung Garderobe schlendern. Lachend lege ich den Kopf zur Seite und sehe ihn an.

„Keine Sorge. Ich passe schon auf dich auf."

„Hey, hey, hey! Was für eine Schönheit hast du denn da im Schlepptau?" Noch bevor Ian irgendetwas antworten kann, taucht ein groß gewachsener blonder Typ vor uns auf und entblößt eine Reihe strahlend weißer Zähne, als er mir ein charmantes Lächeln zu wirft.

„Riley, das ist Alec. Mein bester Freund, aber ihr kennt euch ja bereits aus dem *Lightroom*." Ach ja. Emilys blonder Schönling, der sich nie wieder gemeldet hat. Nach seinem jetzigen Auftritt ist mir auch klar, warum. Der lässt nichts anbrennen, so viel ist klar.

„Freut mich", entgegne ich zögernd und reiche ihm höflich die Hand, was Alec jedoch vollkommen ignoriert und mich stattdessen sofort in die Arme nimmt. Wie liebenswert …

„Kommt, die Jungs sind auch schon ganz heiß drauf, die Frau kennenzulernen, die unseren lieben Ian ins Schwitzen bringen konnte." Mit einem amüsierten Schmunzeln auf den Lippen folge ich den beiden Freunden in einen großen hellen Raum. Ich muss ja ein häufiges Gesprächsthema gewesen sein, wenn alle so gespannt auf mich sind. Interessant.

In der persönlichen Garderobe der Jungs sitzen zwei weitere junge Männer auf roten Sofas, die sofort aufspringen, als wir eintreten.

„Da ist sie ja!" Der Schmalere von beiden stellt sich als Oliver Ainsley vor und nimmt mich ebenfalls in den Arm, was ich relativ steif erwidere. Umarmungen mit fremden Menschen sind echt nicht so mein Ding, da fühle ich mich jedes Mal unbehaglich. Das scheint dem hageren Typen allerdings gar nicht aufzufallen, denn er textet mich ohne Punkt und Komma zu. Bisschen aufgedreht, der Gute.

Ein Blick in seine Augen zeigt mir dann auch, wieso. Seine Pupillen sind unfassbar groß, sodass beinahe die gesamte Farbe seiner Augen verschwunden ist. Der ist voll drauf. Unglaublich.

Unauffällig werfe ich einen Blick in Ians Richtung. Seine Pupillen sehen normal aus. Dann hat er bei *Joe's* nicht gelogen, als er meinte, er hätte den Drogen abgeschworen. Beruhigend.

Der brünette Mann neben Olli stellt sich in einer kurzen Redepause seines Freundes als Greg Wright vor und reicht mir lediglich die Hand, nachdem er seine Drumsticks in der hinteren Hosentasche verstaut hat. Dankbar erwidere ich seinen Händedruck, bevor Ian mich wieder an sich zieht. Greg ist mir auf Anhieb sympathisch. Er scheint nicht ganz so aufgedreht zu sein wie die anderen beiden, was mir gut gefällt.

„Sie sieht noch besser aus, als du sie beschrieben hast." Alec boxt seinem besten Freund in die Seite.

„Fotos kann man von dir ja nicht finden. Wenn man dich online sucht, könnte man fast meinen, du wärst ein Geist."

Ein nervöses Lachen verlässt meinen Mund. Sie haben mich im Internet gesucht, große Klasse. Dieses Thema muss ich umgehend im Keim ersticken.

„Ja ... ich halte nicht viel von Social Media. Aber hey, ich bin schon total gespannt darauf, euch heute spielen zu hören!"

„Das kannst du auch sein." Olli grinst mich an. „Wir haben es voll drauf."

Höflich lachend lehne ich mich gegen Ian. Ein gesundes Selbstvertrauen hat sein Keyboarder schon mal, was unter normalen Umständen echt bewundernswert wäre, aber so zugedröhnt, wie der gerade ist, kann ich ihn einfach nicht ernst nehmen.

Greg scheint zu merken, dass ich von seinem Bandkollegen nicht gerade begeistert bin, und er versucht, das Gesprächsthema in eine andere Richtung zu lenken.

„Du hast unseren Ian ja mächtig zappeln lassen. Das hat ihm ganz schön zugesetzt." Er lässt einen seiner Drumsticks lässig in der Hand wirbeln, während er mir einen verschmitzten Blick zuwirft. Ihm scheint es durchaus zu gefallen, dass sein Kumpel sich etwas anstrengen musste, um an mich ranzukommen.

„Tja, was soll ich sagen?" Langsam verschränke ich meine Finger mit denen von Ian. „Man muss sich schon etwas ins Zeug legen, wenn man mich beeindrucken will."

Die Jungs fangen an zu lachen, doch Ian drückt mir lediglich einen Kuss auf den Scheitel.

„Ja, sie ist schon etwas Besonderes", bestätigt er, was mich erneut zum Lächeln bringt. In seiner Nähe muss ich immer aussehen wie ein verdammtes Honigkuchenpferd!

Wir frotzeln noch ein wenig herum, und schon nach wenigen Minuten wird klar, dass seine Freunde kein Problem mit mir haben. Es imponiert ihnen, dass ich mir nicht die Butter vom Brot nehmen lasse und in der Lage bin, auch mal Kontra zu geben, wenn es angebracht ist. Falls Ians frühere Freundinnen nur graue Mäuse waren, hat er mit mir das komplette Gegenteil erwischt.

„Jungs, ihr müsst raus. Die Menge verlangt nach euch!" Samuel Donovan steckt den Kopf zur Tür herein und schiebt die Sonnenbrille ein Stückchen runter, um alle der Reihe nach anzusehen. An mir bleibt sein Blick eine Sekunde länger hängen, und er zieht überrascht die Augenbrauen nach oben, als er mich erkennt, sagt jedoch kein Wort.

Die Band dagegen ist plötzlich Feuer und Flamme, was mich schmunzeln lässt. Man merkt ihnen die Leidenschaft für die Musik und die Vorfreude, gleich auf die Bühne zu dürfen, richtig an. Irgendwie süß.

„Du bleibst bei Sam, okay?" Ian sieht mir kurz in die Augen, bevor er sich vorbeugt und mich unter dem Gejohle seiner besten Freunde lange küsst.

„Viel Spaß", murmle ich an seinen Lippen, als er sich wieder löst.

„Den werde ich haben, Baby. Bis später!" Lächelnd beiße ich mir auf die Unterlippe, während ich ihnen hinterhersehe und dann gemeinsam mit Samuel zum Rand der Bühne gehe.

„Von hier aus haben wir den besten Blick, ohne selbst gesehen zu werden", erklärt er augenzwinkernd, was mich erleichtert aufatmen lässt. Anscheinend hat er nicht vergessen, dass ich keinen Kontakt mit Paparazzi oder anderer Presse möchte.

Als ich dann aber einen Blick nach draußen wage, japse ich sofort nach Luft. Das ist ja riesig! Vor mir breitet sich ein Meer von Menschen aus, die alle hier sind, um Ian singen zu hören. Diese Anzahl an Leuten hat eine Dimension, die ich mir in meinen kühnsten Träumen nicht vorstellen kann.

„Schon mal auf einem Konzert gewesen?" Kopfschüttelnd sehe ich den Musikproduzenten an.

„Ist quasi eine Premiere."

„Hier passen ungefähr 20.000 Menschen rein, und das Konzert ist bis auf die letzte Karte ausverkauft."

Geräuschvoll atme ich aus. Das ist echt beeindruckend!

„Aber dazu später mehr, denn jetzt geht es los."

Gespannt beobachte ich, wie die Menge ausrastet, als die vier Jungs die Bühne betreten. Einer schreit lauter als der andere, und ich bin mir fast sicher, dass einige Mädchen sogar in Ohnmacht fallen, nachdem Ian ihnen zugewinkt hat. Wahnsinn. Wie konnte ich diesen Hype in den letzten Jahren nicht mitbekommen? Gut, ich höre wenig Radio, lese keine Klatschblätter und arbeite fast die ganze Zeit, aber irgendwo hätte ich seinen Namen doch mal vernehmen müssen? Vor allem, wenn er solche Reaktionen bei jungen Mädchen auslöst!

Auf einmal wird mir schlagartig bewusst, *wie* berühmt Ian wirklich ist und bei wie vielen Teenagern er als Poster im Schlafzimmer hängen muss. Doch dann habe ich keine Zeit mehr, darüber nachzudenken, denn das Konzert beginnt – und ist ein voller Erfolg!

Während seines Auftritts versucht Ian immer wieder seine Fans zu animieren, viel zu spenden, da die ganze Veranstaltung immerhin für einen guten Zweck ist. Doch die feiern ihn so sehr, dass er kaum zwei Worte hintereinander sprechen kann, was die Bitte um Geld zunehmend erschwert.

In einem kurzen Nebensatz erklärt mir Sam, dass der Erlös bedürftigen Kindern hier in Los Angeles zugutekommen soll. Damit sollen mehr Einrichtungen gebaut werden können, in denen sie sich nach der Schule treffen können, wenn sie noch keine Lust haben, nach Hause zu gehen. So sollen weniger von ihnen auf der Straße herumlungern oder in Gangs aufgenommen werden. Eine sehr gute Idee.

Seit wir zusammen am Bühnenrand stehen, hat Samuel nicht viel gesagt. Stattdessen wirft er mir immer wieder komische Blicke zu, die ich nicht richtig deuten kann. Vielleicht fragt er sich, wie Ian und ich doch noch zusammengekommen sind. Wobei ich eigentlich dachte, dass er darüber in Kenntnis gesetzt wurde. Ich kann mir nicht vorstellen, dass Ian einen Schritt machen kann, ohne dass sein Manager davon weiß.

Außerdem habe ich das Gefühl, dass Samuel mich nicht besonders gut leiden kann, allerdings beruht das auf Gegenseitigkeit, weshalb ich versuche, seine Blicke, so gut es geht, zu ignorieren. Immerhin bin ich wegen Ian hier, und der gibt wirklich alles auf der Bühne.

Sie spielen Songs wie „Falling", „The Way She Walks" und „She Should Be Loved", die die Menge zum Toben bringen. Das gesamte Publikum singt mit, 20.000 Leute, was eine Gänsehaut über meinen Körper jagt. Ich kenne natürlich keine einzige Zeile, doch schon nach dem ersten Song tippt mein Fuß im Takt mit. Die Lieder sind echt mitreißend! Nachdem ihre wohl bekanntesten Hits alle gespielt wurden, grölen die Zuschauer nach mehr, was ich absolut verstehen kann. Also zieht Ian sich einen Hocker heran und beruhigt die Menge mit den Händen.

„Okay, okay, Leute. Ihr wollt eine Zugabe? Geht klar." Begeisterungsrufe aus dem Publikum.

„Wir arbeiten da gerade an was Neuem", erklärt er und wirft einen kurzen Blick in meine Richtung. Ich ziehe die Augenbrauen zusammen.

„Ich hoffe, es gefällt euch. Hier ist ‚Hard to Get'."

Mir fällt die Kinnlade herunter, als die ersten Töne erklingen und Ian zu singen beginnt.

Der Song ist wesentlich ruhiger als die drei anderen, hat aber irgendwas an sich, was direkt ins Ohr geht. Er handelt von einem Jungen, der so fasziniert von einem Mädchen ist, dass er alles daransetzt, ein Quäntchen ihrer Aufmerksamkeit zu bekommen. Gerührt schlage ich die Hände vor den Mund, während sich Tränen in meinen Augenwinkeln sammeln.

Der Song ist über mich! Er hat mir tatsächlich einen Song geschrieben. Die Zuschauer sind genauso emotional und begeistert wie ich, denn es ist mucksmäuschenstill im Raum. Alle hängen gebannt an seinen Lippen und brechen in tosenden Applaus aus, als der Schlussakkord verklungen ist.

„Scheint so, als wäre das sein neuer Nummer-eins-Hit", murmelt Samuel neben mir, bevor er die Jungs der Reihe nach abklatscht, als sie von der Bühne kommen.

„Ihr wart der Wahnsinn! ‚Hard to Get' wird die Charts im Sturm erobern!" Die vier fallen sich freudestrahlend in die Arme, was mich amüsiert schmunzeln lässt. Männerliebe ist schon etwas Besonderes.

Mit breitem Grinsen kommt Ian schließlich auf mich zu und nimmt mich fest in den Arm.

„Adrian Adams", sage ich tadelnd und lege den Kopf in den Nacken, um ihm in die Augen schauen zu können, „du hast mir komplett verschwiegen, *wie* berühmt du bist."

Lachend zieht Ian mich fester an sich heran.

„Also hat es dir gefallen?", fragt er vorsichtig, was mich diesmal zum Grinsen bringt.

„Ob es mir gefallen hat? Ich bin hin und weg!", erwidere ich und küsse ihn, um meine Aussage noch einmal zu unterstreichen.

„Ich muss noch duschen", murmelt Ian wenige Augenblicke später an meinen Lippen, doch ich will ihn noch nicht gehen lassen.

„Riley, ich bin ganz verschwitzt."

„Stört mich nicht im Geringsten", brummle ich leise, bevor ich ihn erneut zu küssen beginne.

„Nehmt euch ein Zimmer, Mensch!" Alecs Stimme zerstört die Blase, in der wir uns bis eben befunden haben, weshalb ich mich grummelnd von ihm löse.

„Gib mir fünfzehn Minuten, dann gehöre ich ganz dir." Meine Mundwinkel bewegen sich leicht nach oben. Diese Vorstellung gefällt mir äußerst gut! Also lasse ich ihn widerwillig in Richtung Garderobe ziehen, doch auf halber Strecke dreht er sich noch mal um.

„Was für eine Schicht hast du morgen?"

„Keine. Ich habe die nächsten drei Tage frei."

„Perfekt!" Mit einem letzten anzüglichen Grinsen verschwindet Ian in seiner Garderobe und lässt mich mit Samuel zurück, der prompt ein Gespräch mit mir beginnt.

„Riley, hast du vielleicht mal einen Moment?" Um genau zu sein, habe ich fünfzehn kleine Momente, also bedeute ich ihm mit einem Nicken, dass er reden soll.

„Du bist ein süßes Mädchen, versteh mich nicht falsch, aber dir muss klar sein, dass diese … Beziehung oder was auch immer es ist, nicht von langer Dauer sein wird." Überrascht ziehe ich eine Augenbraue hoch und verschränke die Arme vor der Brust. Was geht denn jetzt ab?

„Und das entscheidest du?" Anscheinend haben wir den höflichen Teil mit dem Siezen hinter uns gelassen.

„Nein, nein. Aber Ian braucht eine Frau an seiner Seite, die keine Scheu davor hat, sich in der Öffentlichkeit zu zeigen." Ich atme einmal tief durch und drücke meine Fingernägel in den Handballen, um ein paar sehr böse Wörter zurückzuhalten.

„Wenn du mein Angebot damals angenommen hättest, wäre eure Liaison kein Problem gewesen. Ganz im Gegenteil. Wenn sich aus dieser Alibi-Beziehung etwas Ernstes entwickelt hätte, wäre das nur von Vorteil für alle Beteiligten gewesen. Aber … irgendwas an dir ist sonderbar. Ich weiß noch nicht, was, aber du kannst dir sicher sein, dass ich es herausfinden werde."

Das kann doch nicht sein verdammter Ernst sein! Noch bevor ich etwas erwidern kann, stößt Ian wieder zu uns. Jetzt kann ich unmöglich kontern.

„Ich hoffe, du hast dich gut um mein Mädchen gekümmert", meint er grinsend und boxt Samuel gegen die Schulter. Anscheinend fällt ihm die angespannte Stimmung zwischen uns gar nicht auf. Ich löse meine verkrampften Hände und setze mein freundlichstes Lächeln auf.

„Er war ganz zuvorkommend, keine Sorge." Wenn Samuel Donovan meint, im Dreck wühlen zu müssen, dann soll er das gerne tun. Er wird nichts finden, dafür hat das Zeugenschutzprogramm gesorgt. Soll er doch suchen, bis er schwarz wird.

„Perfekt. Anders kenne ich ihn auch nicht." Ian legt seinen Arm um mich. „Bist du bereit, hier zu verschwinden, um den Abend ganz entspannt ausklingen zu lassen?"

Mit einem erleichterten Lächeln nicke ich. Er hat ja keine Ahnung, wie gern ich diese toxische Umgebung verlasse.

15. KAPITEL
RILEY

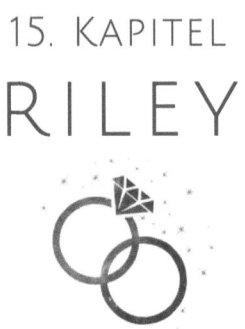

Auf dem Weg zu Ians Haus habe ich genug Zeit, mich wegen Samuels Worten verrückt zu machen. Die Tatsache, dass er sich in den Kopf gesetzt hat, mein Geheimnis zu lüften, macht mich mit jeder Minute nervöser. Eigentlich weiß ich, dass es unmöglich ist, etwas über mich und meine Vergangenheit herauszufinden. Aber in den letzten sechs Jahren hat es niemand so konkret drauf angelegt wie Sam jetzt.

Vielleicht waren seine Worte auch nur heiße Luft, mit denen er mich aus der Reserve locken wollte, damit ich Ian verlasse und ihm so die Möglichkeit gebe, eine Frau zu finden, die kein Problem damit hat, von Fotografen abgelichtet zu werden. Man weiß es nicht.

Mein Schweigen entgeht Ian nicht, doch auf sein Nachfragen hin beteuere ich, dass alles in Ordnung sei. Ich will ihn damit nicht belasten, zumal er und Sam schon viel länger zusammen durchs Leben gehen als wir beide. Ich kenne ihn immerhin erst knapp zwei Wochen. Da bin ich bestimmt nicht so blöd und wettere gegen seinen Manager oder versuche, Ian auf meine Seite zu ziehen. Ist doch klar, für wen er sich letztlich entscheiden würde. Und das wäre sicherlich nicht ich. Je näher wir seinem Zuhause kommen, desto grüner wird es um uns herum. Wir passieren die imposanten Eingangstore zum Nobelviertel Bel Air, und auf einmal sind meine negativen Gedanken wie weggeblasen. Brentwood ist für mich schon eine beachtliche Wohngegend, doch Bel Air ist um einiges imponierender.

Die Grundstücke sind so weitläufig, dass ich die Häuser von der Straße aus nur mit viel Anstrengung sehen kann. Alles ist gepflegt und wirkt so edel, dass ich mich nicht trauen würde, auch nur einen Fuß auf den Grünstreifen neben dem Bürgersteig zu setzen.

„Hier wohnst du?", frage ich ungläubig und werfe Ian einen bewundernden Blick von der Seite zu.

„Das ist ja der Wahnsinn!" Schulterzuckend lenkt er seinen Blick aus dem Fenster.

„Irgendwelche Vorteile muss Berühmtsein ja haben", erwidert er schlicht, bevor er mich mit einem frechen Grinsen betrachtet.

„Außerdem stehen die Ladys drauf, wenn man erzählt, dass das eigene Haus in Bel Air ist." Ich rolle mit den Augen. Alter Angeber.

Wir fahren durch ein großes, sehr teuer aussehendes Tor aus dunklem Metall und halten direkt vor Ians beeindruckender Villa. Anders kann man das riesige Anwesen nicht beschreiben.

Als wir eintreten, versuche ich mit aller Kraft meine Gesichtsmuskeln zu kontrollieren, doch es will nicht so recht funktionieren. Meine Augen weiten sich, und mir fällt die Kinnlade herunter. Allein in die Eingangshalle würde meine Zweizimmerwohnung dreimal reinpassen!

„Guck dich ruhig um." Ian lächelt mich an, bevor er in den Raum zu meiner Linken verschwindet. Ich dagegen drehe mich einmal langsam im Kreis, um alle Eindrücke richtig aufnehmen zu können. Rechts von mir befinden sich ein Badezimmer für Gäste und eine kleine Tür ohne Aufschrift. Direkt gegenüber der Haustür ist eine imposante Wendeltreppe, die ins obere Stockwerk führen muss. Dahinter befindet sich eine Fensterfront, die mir einen Blick auf die Terrasse und den großen Pool ermöglicht. Hinter dem Gäste-WC scheint der Flur noch weiterzugehen, doch ich habe nicht vor, hier ausgiebig herumzustöbern. Dafür findet sich bestimmt in den nächsten Tagen noch ein bisschen Zeit. Wer weiß, wie viele Zimmer mich in diesem Haus überhaupt erwarten!

Ich betrete den Raum, in dem Ian eben verschwunden ist, und finde mich im Wohnzimmer wieder. Auch hier sind enorm große Fenster verbaut worden, die den Raum mit Tageslicht fluten würden, wenn die Sonne nicht gerade am Untergehen wäre. Generell habe ich das Gefühl, dass die Architekten hier ihr Hauptaugenmerk auf viele Fenster und Glastüren gelegt haben. Ich fühle mich ein wenig wie auf dem Präsentierteller, vor allem hier im Erdgeschoss.

Neben dem Sofa befindet sich eine weitere Glastür, von der aus man in den großen Garten gehen kann, der mir vorher noch nicht aufgefallen ist. Diese Gegend hier ist das perfekte Beispiel dafür, dass Stadtleben auch in der Natur stattfinden kann. Das Wohnzimmer ist relativ einfach gehalten. So wie man es von einem Mann erwartet. Ein Sofa mit Beistelltisch, ein Fernseher, zwei Sessel mit einem weiteren Tischchen und ein Bücherregal befinden sich hier. Mehr nicht. Alles ist in weißen und sandfarbenen Tönen gehalten. Schlicht, aber elegant. Bei dieser Farbauswahl hat Ian mit Sicherheit weiblichen Beistand gehabt. Das Farbkonzept spiegelt sich auch in der angrenzenden Küche wider, in der Ian gerade den Kühlschrank inspiziert.

„Maria hat ein paar Sandwiches gemacht, hast du Hunger?", fragt er, ohne aufzublicken. Das Klacken meiner Absätze hat meine Ankunft wohl bereits verraten.

„Total", erwidere ich und nehme auf einem der Barhocker an der Theke Platz, die ebenfalls mit sandfarbenem Leder überzogen sind. Einen Esstisch scheint er nicht zu besitzen, stattdessen ist ein Teil der Kochinsel mit einer Thekenplatte ausgestattet, an der man essen kann. Für einen alleinstehenden Mann reicht das wohl aus.

„Dein Haus ist echt der Hammer", meine ich, während mein Blick durch die Küche schweift, die mindestens so groß ist wie die Hälfte meiner Wohnung.

„Da kann ich mit meinem Zweizimmerapartment echt einpacken." Lachend holt Ian den Teller aus dem Kühlschrank, macht die Frischhaltefolie ab und schiebt ihn zu mir rüber.

Hungrig beiße ich in eines der Geflügelsandwiches und seufze verzückt auf. Die sind extrem gut! Amüsiert beobachtet Ian mich dabei, während er selbst an seinem Toastbrot knabbert.

„Ich sollte wirklich sicherstellen, dass du genug isst", meint er mit vollem Mund, was mich diesmal zum Lachen bringt.

Keine Sorge. Mein Körper hat sich schon daran gewöhnt, nicht regelmäßig Nahrung zu bekommen." Dafür kann ich umso schneller essen, denn ich habe mein Sandwich bereits aufgegessen, während Ian gerade mal die Hälfte geschafft hat.

„Bei mir brauchst du auch nicht darauf hoffen, dass etwas übrig bleibt, wenn wir essen gehen." Grinsend wische ich mir mit einer Serviette über die Mundwinkel.

„Denn das wird nie passieren." Ian lacht leise, als er den leeren Teller in die Spüle stellt und sich mir zuwendet.

„Mir würde doch nie in den Sinn kommen, dir dein Essen wegzufuttern."

„Sehr gut", entgegne ich leise und drücke ihm einen kurzen Kuss auf den Mund, bevor er anbietet, mir den Rest des Hauses zu zeigen. Also lasse ich meine Handtasche und meine Jacke in der Küche liegen und folge ihm wieder in die Eingangshalle.

Während wir die Wendeltreppe nach oben gehen, bewundere ich ehrfürchtig die vielen goldenen Schallplatten, die hier an den Wänden hängen. Es ist beeindruckend, was Ian bereits alles erreicht hat.

„‚She Should Be Loved' war meine erste Single und zugleich auch der Song, für den ich das erste Mal Gold bekommen habe." Ich beobachte ihn dabei, wie er mit zwei Fingern leicht über das Glas streicht, hinter dem sie sich befindet.
„Das war damals der absolute Knaller. Ich hätte nie damit gerechnet, überhaupt mal eine zu besitzen, und jetzt hängen hier vier Stück!"
Lächelnd sehe ich ihn an. Am Funkeln seiner Augen erkenne ich, wie stolz er auf diese Erfolge ist. Und das kann er auch sein! Wenn er darüber spricht, wächst er glatt um zwei Zentimeter, und das wärmt mir das Herz. Menschen, die sich so für ihre Träume begeistern können, sind mir die Liebsten. Neugierig beuge ich mich ein Stückchen vor, um zu lesen, was genau unter den eingerahmten Platten steht.

Wow. Man muss 500.000 Exemplare verkauft haben, um so ein Ding zu bekommen. Krass.

Mit ‚She Should Be Loved', ‚Falling' und ‚The Way She Walks' ist ihm das gelungen. Bemerkenswert. Außerdem scheint sein Album ‚Rising Star' ebenfalls die benötigte Anzahl verkaufter Tonträger erreicht zu haben, denn dafür hat er die vierte goldene Schallplatte bekommen.

„Ich bin mir sicher, dass du mit ‚Hard to Get' die nächste Platte an der Wand haben wirst", meine ich leise, während wir nach oben gehen. Auf dem Treppenansatz bleibe ich schließlich stehen und küsse ihn kurz.

„Vielen Dank übrigens." Ians Mundwinkel bewegen sich leicht nach oben.

„Was soll ich sagen?", entgegnet er leise, „du hast mich einfach inspiriert."

„Hm ... ich könnte mich glatt daran gewöhnen, deine Muse zu sein." Lachend schlingt er seine Arme um meine Hüften.

„Dann beflügle ich deine Kreativität weiter, sodass du ganz viele neue Songs schreibst, die alle erfolgreich werden, und dann hast du ganz viele Erinnerungen an mich." Mit einem Ruck zieht er mich näher an sich heran.

„Ich hoffe eigentlich, dass ich keine Erinnerungen an dich brauche, sondern dich für immer bei mir habe." Mir bleibt für einen Moment die Luft weg, während mein Herz sofort schneller schlägt. Für immer klingt wunderschön, ist aber leider auch eine lange Zeit, und die werde ich mit Sicherheit nicht mit ihm verbringen können.

Doch daran will ich jetzt nicht denken. Ich schlinge meine Arme um seinen Hals und küsse ihn erneut. Mein Körper schmiegt sich eng an seinen, fast als wären sie füreinander gemacht. Sie liegen so perfekt aneinander, dass kein Blatt Papier mehr Platz dazwischen gefunden hätte.

Seine Hände fahren langsam über meinen Hintern und meine Oberschenkel, bis er schließlich fest zupackt, um mich noch näher an sich zu drücken. Ein wohliges Seufzen meinerseits verliert sich daraufhin in seiner Mundhöhle. Er weiß ganz genau, was er da tut.

Wir halten den Kuss so lange aufrecht, bis uns die Luft ausgeht und wir uns schwer atmend voneinander lösen. Ich spüre, dass meine Lippen leicht geschwollen sind, und dass Ian seinen Blick nicht davon abwenden kann, bestätigt meine Vermutung nur.

Seit dem Gespräch mit Eloise ist mir klar, dass ich meine Gefühle nicht einfach ignorieren kann. Ich laufe seit sechs Jahren davon, wenn es brenzlig wird, ersticke jede Art von romantischen Gefühlen im Keim. Aber das ist jetzt vorbei. Ian gibt mir das Gefühl, etwas Besonderes zu sein, nicht zuletzt mit dem Lied, das er für mich geschrieben hat. Ich habe keine Lust mehr, noch weitere Zeit zu verschwenden. Diesmal werde ich alle Gefühle zulassen, auch wenn das bedeutet, dass ich sehr tief fallen werde, wenn ich dieses Leben aufgeben muss.

Ohne weiter darüber nachzudenken, überwinde ich die kleine Distanz zu ihm im selben Moment, als er auch auf mich zukommt. Wir prallen aneinander. Unsere Münder finden sich, als Ian mich mit ungezügelter Leidenschaft mit sich fortzieht.

Ich habe keine Ahnung, wohin er mich bringt. Das Einzige, worauf ich mich konzentrieren kann, ist seine Nähe. Diese animalische Seite, die jetzt plötzlich in ihm zum Vorschein kommt, ist unfassbar sexy. Ein starker Mann, der weiß, was er will, und sich auch nimmt, was er will, turnt mich unheimlich an. Ungestüm öffnet er den Reißverschluss des Jumpsuits und zerrt an dem dunklen Stoff, bis dieser endlich zu Boden fällt. Leider direkt zwischen meine Füße, weshalb ich prompt darüber stolpere und mit voller Wucht gegen Ian laufe, was ein dumpfes Poltern zur Folge hat.

Erschrocken lasse ich von ihm ab, trete aus dem Jumpsuit heraus und ziehe scharf die Luft ein. Meinetwegen ist Ian mit dem Rücken gegen die geschlossene Tür hinter sich geknallt, doch scheint mir das mehr wehzutun als ihm. Ihn interessiert es überhaupt nicht, denn schon im nächsten Moment öffnet er einfach die Tür, hebt mich hoch und trägt mich mühelos in den Raum hinein, während er sanft meinen Hals küsst.

Seine großen Hände krallen sich regelrecht in meine Schenkel und hinterlassen ein herrliches Prickeln auf der Haut, von dem ich unbedingt mehr will. Schwungvoll wirft er mich auf das Kingsize-Bett, auf dem ich mich wortlos ausstrecke, während er am Ende stehen bleibt. Als er beginnt, sich auszuziehen, beiße ich mir verzückt auf die Unterlippe. Unter seinem T-Shirt zeichnen sich leichte Bauchmuskeln ab, die mich aufstöhnen lassen. Wie hat er neben seinen Verpflichtungen als Star überhaupt noch Zeit zu trainieren? Und diese definierten Oberarme erst…

„Mir gefällt sehr, was ich da sehe", meine ich schließlich heiser und rekle mich ein wenig in seinen Laken, was seine Augen sofort größer werden lässt.

„Und mir erst", knurrt er leise, während er sich schnell aus seiner Jeans schält und im Nu über mir ist.

Er beginnt erneut meinen Hals zu küssen und arbeitet sich quälend langsam zu meinem Dekolleté vor. Augenblicklich verweigern meine Lungen ihren Dienst.

Grinsend wirft Ian mir einen Blick zu. Es scheint ihm gut zu gefallen, dass er mir den Atem rauben kann. Er drückt mir einen Kuss auf die Lippen und wird sofort stürmischer, als ich den Mund öffne. Ein ersticktes Stöhnen verklingt in seiner Mundhöhle, als er seinen harten Penis zwischen meine Oberschenkel drückt, und auf einmal bricht das Verlangen, das mich seit heute Abend beinahe zerreißt, über mich herein.

Ich beginne mich an ihm zu reiben, was diesmal ihn aufstöhnen lässt. Mein ganzer Körper beginnt zu kribbeln. Wir machen so lange miteinander rum, bis wir erneut nach Luft schnappen. Ich bin so angeturnt, dass es schon beinahe wehtut.

„Riley ...", Ians Stimme ist nicht mehr als ein heiseres Flüstern, „ich kann und will nicht mehr warten."

Durch einen weiteren Kuss zeige ich ihm, dass es mir ebenso geht. Diese sexuelle Spannung zwischen uns muss sich endlich entladen, und wo wäre ein besserer Ort als in seinem Schlafzimmer? Wer weiß, wann es das nächste Mal über uns hereinbrechen wird.

Er lässt daraufhin mit Leichtigkeit meinen BH aufschnappen und wirft ihn achtlos beiseite, bevor er mit einem Ruck meinen String entzweireißt.

„Ich kauf dir einen neuen", murmelt er entschuldigend, was mir nur ein leises Lachen entlockt. Dieser kleine Fetzen Stoff interessiert mich momentan nicht im Geringsten. Stattdessen widme ich mich seiner Boxershorts, die ich ihm eilig abstreife, während er den Arm ausstreckt und ein Kondom vom Nachttisch angelt.

Für einen kurzen Moment bleibt mir das Herz stehen. Es ist nicht so, dass ich noch nie Sex gehabt hätte, aber es ist eine ganze Weile her, weshalb ich vielleicht ein bisschen aus der Übung bin. Das ist es, was mich hauptsächlich nervös macht.

„Alles gut?", fragt Ian leise, und ich nicke zögerlich. Es ist erstaunlich, wie der Klang seiner tiefen Stimme es schafft, mich augenblicklich zu entspannen. Ganz sanft streiche ich mit den Fingern über seine leicht raue Wange. Anscheinend hat er heute Morgen vergessen sich zu rasieren.

„Du bist so schön", murmelt er leise und küsst mich im selben Moment, als er in mich eindringt. Wir keuchen beide kurz auf und halten einen Moment inne. Es tut ein wenig weh, was wohl meiner langen Pause geschuldet ist, doch schon im nächsten Moment schiebe ich ihm mein Becken etwas entgegen, und der Schmerz ist passé.

Stöhnend kralle ich meine Fingernägel in Ians Schulter, als er beginnt, sich zu bewegen. Instinktiv schlinge ich meine Beine um seine Hüften, was ihn dazu animiert, sein Tempo zu steigern. Dabei kann ich spüren, wie sich die Muskeln seines Rückens unter meinen Händen zusammenziehen. Mit den Lippen wandere ich währenddessen unaufhörlich über seinen Hals, sein Kinn und seine Wange, bis sie wieder auf seinen Mund treffen und ich ihn richtig küssen kann.

Von Sekunde zu Sekunde wird unser Kuss leidenschaftlicher, während seine Stöße immer härter werden. Keuchend löse ich mich von ihm und vergrabe mein Gesicht in seiner Halsbeuge, als er sich ein wenig aus mir zurückzieht und dann bis zur Wurzel wieder in mich reingleitet.

Stöhnend presse ich meinen Kopf in sein Kissen und ziehe ihn wieder zu mir herunter, als meine Welt in Flammen aufgeht. Alles um mich herum verschwimmt, während in mir ein gewaltiges Feuerwerk explodiert. Es gibt nur noch Ian und mich. Und das, was er in mir auslöst. Das ... ist einfach unbeschreiblich.

„O Riley ...", keucht er und stößt noch einige Male in mich, bis er selbst heftig erbebt und auf mir zusammensinkt.

Atemlos streiche ich ihm durchs Haar. Mein Herz pumpt so wild, dass ich befürchte, es springt mir gleich aus der Brust. Ian rollt sich derweil von mir runter, um sich um das Kondom zu kümmern, doch sobald er sich wieder in seine Richtung wendet, schmiege ich mich der Länge nach an seinen durchtrainierten Körper.

„Das war ..."

„... der Wahnsinn", vollendet Ian meinen Satz, woraufhin ich nur nicken kann. Mein Herzschlag hat sich noch immer nicht normalisiert, genauso wenig wie meine Atmung. Vielleicht sollte ich doch anfangen, etwas mehr Sport zu treiben.

„*Du* bist der Wahnsinn", ergänzt Ian, was mich wieder zum Lachen bringt.

„Ich glaube, du bist noch etwas benebelt vom Sex", erwidere ich grinsend.

Schmunzelnd schnappt er sich meine Hand und küsst jeden einzelnen Finger, bis er am Ringfinger angekommen ist. Nachdenklich betrachtet er den Diamanten von allen Seiten.

„Ich meine das ernst", gibt er schließlich leise zu, was mich aufhorchen lässt, „so jemanden wie dich habe ich noch nie kennengelernt. Du bist erfrischend. Sexy. Unwiderstehlich."

Durch einen kurzen Kuss bringe ich ihn zum Schweigen.

„Du weißt gar nicht, was du da redest", murmle ich an seinen Lippen.

„O doch, Baby. Das tue ich." Ruckartig zieht er mich auf sich.

„Weißt du eigentlich, wie schwer es war, dich nach unserem Date im *Joe's* nicht mit nach Hause zu nehmen?"

Ehrlicherweise schüttle ich mit dem Kopf. „Sehr, sehr schwer."

Er sieht mich ernst an, doch seine Mundwinkel zucken leicht nach oben. „Deshalb habe ich erst mal nicht vor, dich wieder gehen zu lassen."

Mit den Fingerspitzen fährt er meine Wirbelsäule entlang, was wieder dieses angenehme Kribbeln auf meiner Haut hinterlässt.

„Am liebsten würde ich dich nie mehr gehen lassen." Mein Blick fällt auf den Ring an meiner Hand. Ist das vielleicht doch ein Zeichen gewesen? Dass er so hartnäckig an meinem Finger stecken geblieben ist? Womöglich gehört er genau dorthin.

„Hey!" Ian gibt mir einen leichten Klaps auf den Hintern, damit ich ihm wieder zuhöre.

„Bereit für eine zweite Runde?" Er wackelt anzüglich mit den Augenbrauen, was mich amüsiert schmunzeln lässt.

„Du ahnst gar nicht, *wie* bereit ich bin."

16. KAPITEL
RILEY

Am nächsten Morgen wache ich noch vor Ian auf. Selig lächelnd beobachte ich, wie er ganz friedlich schläft. Seine Gesichtszüge sind entspannt, und sein Mund, mit dem er in der gestrigen Nacht noch viele unanständige Sachen gemacht hat, ist leicht geöffnet. Selbst im Schlaf sieht er unheimlich gut aus – doch bei genauerem Hinsehen bemerke ich einen kleinen, nassen Fleck auf seinem Kopfkissen. Er sabbert also. Gut zu wissen.

Sein Arm liegt locker über meiner Taille, fast als wollte er mich festhalten und somit verhindern, dass ich mitten in der Nacht verschwinde. Irgendwie niedlich. Doch leider liege ich in einer sehr ungünstigen Position, weshalb ich sanft sein Handgelenk umfasse, um mich aus seinem Griff zu befreien, ohne ihn zu wecken.

Vorsichtig setze ich mich auf und strecke mich kurz, dann lasse ich mein den Blick durch sein Zimmer gleiten. Gestern Nacht hatte ich kaum Gelegenheit, mich umzuschauen, da ich mit anderen, wichtigeren Dingen beschäftigt gewesen bin, aber ich scheine nicht viel verpasst zu haben.

Sein Schlafzimmer ist spartanisch eingerichtet wie der Rest des Hauses. Links von mir ist eine breite Fensterfront, von der aus man direkt auf den imposanten Balkon treten kann. Ich muss Ian unbedingt vorschlagen, dort zu frühstücken, die Aussicht ist fantastisch. In der Ferne kann man die Santa Monica Mountains sehen, und es wäre bestimmt amüsant, auch dem ein oder anderen berühmten Nachbarn mal in den Garten zu schauen, sofern das möglich ist.

An der gegenüberliegenden Wand direkt neben der Tür befindet sich ein Regal, das von oben bis unten mit Schallplatten gefüllt ist, und direkt daneben steht ein kleines Tischchen mit einem Plattenspieler. Voll retro! Aber für einen Vollblutmusiker auch irgendwie passend.

Das Zimmer scheint noch größer zu sein, als es von hier den Anschein macht. Leider habe ich noch nicht die Fähigkeit erworben, um Ecken zu schauen, und so muss ich mich mit dem begnügen, was ich von meinem Platz im Bett aus sehen kann.

Was hier vollkommen fehlt, ist eine persönliche Note wie Fotos von Freunden, Familie oder Ähnliches. Männer legen da vielleicht nicht einen so großen Wert drauf wie Frauen, denke ich. Ich kann lediglich einige gerahmte Zeitungsartikel an der Wand zwischen den beiden Fenstern rechts von mir ausmachen.

Mit zusammengekniffenen Augen versuche ich zu erkennen, was darauf abgedruckt ist, und komme zu dem Schluss, dass sie ihn und seine Bandkollegen zeigen müssen. Ganz sicher bin ich mir allerdings nicht.

„Good morning, beautiful." Ertappt zucke ich zusammen und lenke meinen Blick schnell in Ians Richtung, woraufhin sich meine Mundwinkel augenblicklich nach oben bewegen.

„Dir auch einen guten Morgen", erwidere ich leise, küsse ihn kurz und schmiege mich wieder an ihn.

„Hast du gut geschlafen?" Ich nicke. Tatsächlich habe ich so gut geschlafen wie schon lange nicht mehr. Das liegt entweder an seiner Anwesenheit oder an dem wahnsinnig guten Sex, der mich einfach ausgepowert hat.

„Sehr gut", murmelt Ian, während er beginnt, mit seinen Fingern über meine nackte Haut zu streichen. Sofort fangen die berührten Stellen an zu prickeln, und ein wohliger Schauer läuft meinen Rücken hinab. An solche Morgen könnte ich mich durchaus gewöhnen.

Wie gut, dass ich heute ausnahmsweise mal Zeit habe und nicht zur Arbeit muss. An normalen Tagen sieht das ganz anders aus. Da stehe ich auf, stolpere unter die Dusche, schütte eine Tasse Kaffee in mich rein und esse vielleicht noch einen Toast, wenn die Zeit es zulässt. Aber wer weiß, sollte sich das mit Ian tatsächlich zu etwas Längerfristigem entwickeln, ändere ich mein morgendliches Zeitmanagement eventuell noch mal.

An meiner Hüfte verweilen seine Finger schließlich einen Moment länger als an den übrigen Stellen. Interessiert betrachtet er das zweite Tattoo, das dort meine Haut ziert.

„Haben deine Tattoos eine Bedeutung?", fragt er schließlich und streicht über die Wellen mit der aufgehenden Sonne oberhalb meines Hüftknochens.

„Das hier lässt mich nicht vergessen, woher ich komme", erkläre ich nach kurzem Zögern, „und die Taube an meinem Handgelenk ist quasi meine Ducati. Mein Stückchen Freiheit."
Ian wirft mir einen kurzen Blick zu, stellt aber keine der Fragen, die ich in seinen Augen lese. Inzwischen scheint er verstanden zu haben, dass er mit den Informationen zufrieden sein muss, die ihm gebe.

„Und was ist das hier?" Er beugt sich vor und küsst eine kleine, leicht erhabene Stelle unter meinem Rippenbogen, die sich aufgrund ihrer auffällig hellen Farbe von meiner sonst so braunen Haut abhebt.

„Schussverletzung", erwidere ich kurz angebunden. Sofort erstarrt Ian in seiner Bewegung, was mir ein leises Seufzen entlockt. Diese Information kann ich wohl nicht einfach so im Raum stehen lassen. Beruhigend streiche ich ihm durch sein wirres, dunkelblondes Haar.

„Vor etwa drei Jahren, kurz bevor ich hierhergezogen bin, war ich leider zur falschen Zeit am falschen Ort." Er sieht mich schweigend an, weshalb ich mich zu einem aufrichtigen Lächeln zwinge. Dieser Tag damals hätte der letzte in meinem Leben sein können, aber das muss Ian ja nicht unbedingt wissen.

„Zum Glück ist alles gut gegangen. Josh hat mich damals zur Seite gestoßen und mir so das Leben gerettet." Ich küsse ihn kurz auf den Mund.

„Meine Vergangenheit ist vielleicht etwas komplizierter als die deiner Exfreundinnen, aber sie ist eben, was sie ist: vergangen. Also mach dir keine Gedanken."

Ian nickt flüchtig und will gerade etwas sagen, als es an der Tür klingelt. Ein Blick auf die Uhr zeigt, dass es bereits halb zehn ist. Erstaunlich, wie schnell die Zeit vergeht, wenn man nicht arbeiten muss.

„Mmh, ich will nicht aufmachen", murrt er, als er sein Gesicht an meinem Hals vergräbt. Das kann ich gut nachvollziehen, denn ich würde den Tag auch viel lieber mit ihm allein in diesem Bett verbringen. Doch der Besucher scheint uns diesen Wunsch nicht erfüllen zu wollen und bleibt hartnäckig. Bereits nach wenigen Augenblicken klingelt es ein zweites und kurz darauf schon ein drittes und viertes Mal.

„Herrgott, was soll der Mist denn?", knurrt Ian gereizt, rollt sich von mir runter und zieht sich eine Jogginghose über. „Ich muss da jetzt kurz hin. Maria hat heute frei."

Sobald er aus der Schlafzimmertür raus ist, stehe ich ebenfalls auf und schlüpfe in das T-Shirt, das er gestern Abend getragen hat. Aufgrund unseres Größenunterschieds geht mir der Saum bis weit über den Oberschenkel, was gut ist, da ich seit letzter Nacht keine heile Unterwäsche mehr habe.

Das Shirt verdeckt so die wichtigsten Stellen, die nicht jeder zu Gesicht bekommen sollte. Falls seine besten Freunde hier nämlich gleich durch die Tür stolpern, will ich ihnen ungern vollkommen nackt gegenüberstehen. Also krabble ich zurück ins Bett und warte darauf, dass Ian zurückkommt.

Da sich die Haustür direkt gegenüber der Treppe befindet und Ians Schlafzimmer nicht weit von ihr entfernt ist, kann ich jedes Wort mithören, das unten in der Eingangshalle gesprochen wird, nachdem er dem ungebetenen Besucher geöffnet hat. Und auf einmal wünsche ich mir, es wären seine Freunde gewesen.

„LAPD-Drogenfahndung. Mister Adams, wir haben einen Durchsuchungsbeschluss für Ihr Haus und würden gerne eintreten."

Ian erwidert etwas, was ich nicht verstehen kann, und binnen Sekunden stehen acht Polizeibeamte im Schlafzimmer und sehen mich an. Drei von ihnen tragen Uniformen, der Rest ist in Zivil, doch an jedem Gürtel kann ich eine Waffe ausmachen. Was ist das denn für eine Scheiße?

„Morgen. Sie sind?" Der Älteste der Truppe sieht mich prüfend an. Er ist schätzungsweise Ende vierzig und hat kurzgeschorene Haare, die schon leicht ergraut sind.

„Riley Matthews."

„Führerschein dabei?" Ich nicke kurz und habe das Gefühl, mich gleich übergeben zu müssen. Josh wird mich erschlagen, wenn er davon erfährt.

„Sind Sie angezogen?"

„Mehr oder weniger", erwidere ich kleinlaut, worauf der Polizist beide Augenbrauen hochzieht und mich bittet aufzustehen. Mit flauem Gefühl im Magen verlasse ich Ians Bett und ziehe am Saum seines Shirts herum, um noch etwas mehr Haut zu verstecken.

„Dürfte ich mir vielleicht noch was überziehen?", frage ich, doch mit dem schroffen Nein des Beamten stirbt auch dieser letzte Funken Hoffnung. Ich werde nach unten ins Wohnzimmer begleitet, wo Ian bereits sitzt, das Gesicht in den Händen vergraben.

„Miss Matthews, bitte nehmen Sie Platz und decken sich zu." Ich tue, wie mir geheißen und nehme dankbar die braune Decke entgegen, die mir einer der Polizisten reicht.

Während ich mich zudecke, werden hinter uns die Gardinen zugezogen, damit man aus keiner Perspektive ins Haus schauen kann. Tja, in solchen Situationen erscheinen breite Fensterfronten nicht mehr als tolle Idee.

Seufzend lehne ich mich gegen Ian. Das darf doch alles nicht wahr sein! Wieso stürmt die Polizei an einem normalen Freitagmorgen das Haus meines Freundes?

„Nun, es steht der Verdacht des Verstoßes gegen das Betäubungsmittelgesetz im Raum", sagt einer der Polizisten, als hätte er meine unausgesprochene Frage gehört.

„Außerdem haben wir den Tipp bekommen, dass sich nicht geringe Mengen Betäubungsmittel in Ihrem Haus befinden sollen, Mister Adams." Mir bleibt die Luft weg. Das kann er unmöglich ernst meinen! Ian hat mir doch versichert, nichts mehr mit Drogen zu tun zu haben, und jetzt soll er welche in seinem Haus verstecken?

Unauffällig rücke ich einige Zentimeter von ihm ab und wickle die Decke fester um meinen Körper. Ein Albtraum. Ich muss mich in einem Albtraum befinden, aus dem ich nicht aufwachen kann.

„Hören Sie, alles, was sich in diesem Haus befindet, ist in der Schublade hier im Couchtisch. Das schwöre ich bei Gott."

Ian klingt wirklich verzweifelt, verständlicherweise. Je nachdem, was die Beamten hier finden, kann das übel für ihn ausgehen. Mehrere Jahre Haft. Vielleicht sogar lebenslänglich. Wenn er Pech hat, können ihn seine Anwälte diesmal nicht so einfach rausboxen.

In der nächsten Dreiviertelstunde beobachte ich die Polizisten dabei, wie sie sein komplettes Haus auseinandernehmen.

In der Küche klirrt das Besteck, als sie die Schubladen ausschütten. Jedes einzelne Buch aus dem Regal gegenüber wird rausgenommen, durchgeblättert und dann achtlos auf den Boden geworfen. Rauchmelder werden abgebaut und überprüft. Sie montieren sogar die Steckdosen ab! Zwischenzeitlich müssen wir kurz aufstehen, damit die Sofakissen untersucht werden können. Dasselbe Prozedere durchlaufen auch die beiden Sessel rechts neben dem Kücheneingang. Aus der ersten Etage hört man dumpfes Rumpeln und Poltern, was nur heißen kann, dass sie dort auch jede Socke umdrehen, die auf dem Boden liegt.

Im Prinzip ist das vollkommen richtig. Drogendealer werden unheimlich kreativ, wenn es darum geht, ihr Kapital zu verstecken. Zu Hause in Spanien habe ich die ein oder andere Razzia in den Geschäftsräumen meines Vaters mitbekommen, von daher ist das hier leider kein Neuland für mich. Auch wenn ich gehofft habe, so etwas nie wieder miterleben zu müssen

Nach gut einer Stunde sind die Beamten mit ihrer Durchsuchung fertig und ich mit den Nerven total am Ende.

Zehn Gramm Kokain sind letztlich die Ausbeute der Polizei, und die lagen genau an dem Platz, den Ian ihnen zu Beginn genannt hat.

„Also, Mister Adams, wir würden Sie jetzt gerne mit aufs Revier nehmen. Dort wird Ihre Aussage aufgenommen, und Sie können Ihren Anwalt anrufen."

Um mich herum verschwimmt alles. Das ist alles so unfassbar! Da habe ich es nach neunzehn Jahren aus der einen Drogenhölle geschafft, um dann mit dem ersten Mann, für den ich wieder Gefühle entwickle, in die zweite zu stolpern? So was kann doch nur der Plot eines sehr schlechten Filmes sein.

„Ähm, Entschuldigung?" Alle Augen richten sich auf mich, was mich nur noch mehr verunsichert. „Darf ich mal ins Badezimmer? Mir endlich was anziehen?"

„Nur in Begleitung", entgegnet der Kopf der Truppe schroff, was mich kurz schlucken lässt. Freundlichkeit hat er jedenfalls nicht mit Löffeln gegessen.

„Ich begleite sie." Von der gegenüberliegenden Seite des Raumes kommt eine Stimme, die mir sehr bekannt vorkommt. Als ich aufstehe, um zum Badezimmer zu laufen, erkenne ich schließlich Jake, einen von Joshs engsten Freunden hier in Los Angeles. Natürlich! Wieso bin ich nicht schon früher darauf gekommen, dass er auch hier sein könnte? Immerhin arbeitet er seit Jahren bei der Drogenfahndung. Was für ein Geschenk des Himmels!

„Was zur Hölle machst du hier?", fragt er fassungslos, als wir uns im Badezimmer befinden und die Tür geschlossen haben.

„Josh hat zwar erzählt, dass du dich mit einer Hollywoodpersönlichkeit eingelassen hast ... aber Adrian Adams?" Tränen sammeln sich in meinen Augen. Diese ganze Situation ist einfach so abgefuckt!

„Wird er großen Ärger bekommen?", frage ich, während ich versuche, mir die Tränen wegzuwischen. Das kann ich jetzt gar nicht gebrauchen. Seufzend lehnt der Polizist sich gegen die Wand und verschränkt die Arme vor der Brust.

„Kommt ganz drauf an. Eigentlich sind wir hinter einem seiner Freunde her. Adrian ist da mehr ein Mittel zum Zweck. Dass wir jetzt allerdings tatsächlich Kokain bei ihm gefunden haben, mischt die Karten neu." Jake kratzt sich nachdenklich am Kopf.

„Es kommt alles ein bisschen darauf an, wie kooperationsbereit er ist." Dann hoffe ich für ihn, dass er der Polizei die Informationen gibt, die sie haben will. Ich dagegen muss mich jetzt erst mal um meinen eigenen Hintern kümmern.

„Jake, du musst meinen Namen aus den Akten raushalten. Du weißt, was auf dem Spiel steht." Flehend sehe ich ihn an. Er ist einer der wenigen, die von meinem Geheimnis wissen.

„Hab schon von dem hohen New Yorker Besuch gehört", meint er seufzend und fährt sich durchs dunkle Haar. Für ihn ist diese Situation auch nicht einfach, das ist mir schon klar.

„Ich werde sehen, was ich tun kann, okay? Aber ich kann nichts versprechen." Ein riesiger Stein fällt mir vom Herzen. Das ist besser als gar nichts.

Jake lässt mich allein in dem Raum zurück, damit ich mich umziehen kann, und ich schlüpfe in eine viel zu große Boxershorts von Ian, die hier glücklicherweise auf einem Stapel frischer Wäsche lag, und ziehe den Jumpsuit von gestern darüber, den ich mir vorher geholt hatte.

Ein wenig erleichtert kehre ich kurz darauf ins Wohnzimmer zurück. Ian durfte sich inzwischen ebenfalls ein T-Shirt und Schuhe anziehen, und auch für mich stehen meine Schuhe des gestrigen Abends und meine Handtasche bereit. Gemeinsam mit Jake, seinem Vorgesetzten und einem weiteren Polizisten gehen wir zur Tür.

„Riley", Ians Stimme ist leise, doch ich kann sie perfekt verstehen, „ich würde es dir gern erklären."

„Ich verzichte", erwidere ich kühl. Ganz egal, was er zu sagen hat, ich will es momentan nicht hören.

„Riley, bitte. Wir können jetzt nicht so auseinandergehen." Ians Stimme ist fast schon flehend, und mein Herz bricht mit jedem Schritt, den ich mich mehr von ihm entferne. Aber ich kann es einfach nicht. Ich kann mir seine Entschuldigungen nicht anhören, dafür bin ich zu verwirrt von der ganzen Situation und zu verletzt. Er hat mich wieder belogen ...

Als wir nach draußen treten, scheint die Sonne hell vom Himmel. Es verspricht ein wunderschöner Tag zu werden, doch ich kann mich nicht darüber freuen.

„Riley!" Ich wirble auf dem Absatz herum. Langsam, aber sicher steigt Wut in mir auf.

„Was? Was willst du mir sagen, Adrian? Dass es dir leidtut? Ist mir klar. Aber ich will es nicht hören! Du hast gesagt, dass du nichts mehr mit Drogen zu tun hast, seit du mich kennst, und jetzt das!" Ian will einen Schritt auf mich zu machen, doch die Beamten halten ihn zurück.

„Ich bin fertig mit Drogen. Schon sehr, sehr lange. Damit will ich nichts mehr zu tun haben. Ich ... ich weiß nicht, ob ich dir das verzeihen kann." Jetzt sieht Ian aus, als hätte ich ihn geschlagen.

Seine Mundwinkel und Schultern hängen nach unten. Das Leuchten, das seine grünen Augen immer so schön funkeln lässt, ist gänzlich verschwunden. Ich wünschte, meine Worte wären nicht wahr, aber dieser Vormittag hat alles kaputtgemacht, was in den letzten Wochen entstanden ist.

Die Polizisten führen Ian zum Bus, um ihn ins Innere zu setzen, da sinkt sein Kopf nach vorne, und mein Herz birst in tausend Stücke. Egal wie sauer ich gerade auf ihn bin, ihn so zu sehen, wie er abgeführt wird, als wäre er ein gefährlicher Verbrecher, ist furchtbar.

Die Türen werden zugeschlagen, und der Bus fährt davon. Lediglich Jake ist zurückgeblieben, um mich nach Hause zu bringen, und nachdem der Wagen aus meinem Sichtfeld verschwunden ist, halte ich es nicht mehr aus.

Langsam sinke ich auf die Knie, breche in Tränen aus und weine bitterlich. Die Blase, in der ich mit Ian in letzter Zeit gelebt habe, ist mit lautem Knall zerplatzt. Er hat mein Herz im Sturm erobert, und ich habe es trotz aller Bedenken zugelassen. Jetzt ist es gebrochen, und ich weiß nicht, ob ich mich davon noch mal erholen werde.

17. KAPITEL
RILEY

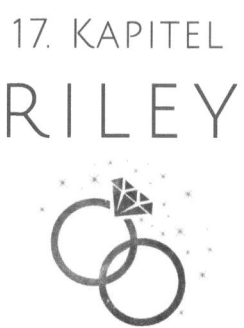

Die nächsten zwei Tage verschanze ich mich in meiner Wohnung. Zum Glück habe ich dieses Wochenende frei. An Arbeit will ich momentan nicht denken, geschweige denn jemanden sehen. Dabei versuchen meine Freunde alles, um mich aus meinem Tief zu befreien.

Emily ruft mehrfach an, doch ich nehme nicht ab. Josh steht ein paarmal vor meiner Tür und versucht, mich zum Aufmachen zu überreden, aber selbst seine Anwesenheit wäre mir im Moment zu viel. Eigentlich hat er einen Schlüssel, allerdings ist er schlau genug, ihn diesmal nicht zu benutzen.

Samstagabend ist er sogar mit Pizza vorbeigekommen, und dass ich selbst daraufhin nicht geöffnet habe, war ein eindeutiges Zeichen für ihn. Nach jahrelanger Freundschaft weiß er inzwischen, wann man mich am besten in Ruhe lässt.

Die meiste Zeit liege ich in meinem Bett und starre an meine weiße Decke oder sitze auf dem Sofa und betrachte den dunklen Fernseher. Auf Sitcoms oder Talkshows habe ich auch keine Lust. Nicht mal zum

Lesen kann ich mich aufraffen. Ich bin einfach traurig und wütend auf mich selbst, dass ich es habe so weit kommen lassen.

Auch Ians Kontaktversuche blocke ich ab. Er ist der letzte Mensch, mit dem ich gerade reden möchte. Aber er gibt nicht so einfach auf. Er ruft mich mehrfach an und schickt mir Nachrichten, sodass ich kurz davor bin, seine Nummer zu blockieren. Doch letztlich bringe ich das nicht übers Herz und stelle mein Handy einfach auf lautlos.

Am Sonntag lässt er mir sogar neue Tulpen zukommen, die diesmal jedoch nicht orange, sondern rosa sind. Eine leise, innere Stimme sagt mir, dass sich dadurch auch die Bedeutung der Blumen geändert haben muss. Da er sich beim ersten Mal bereits viele Gedanken darüber gemacht hat, wird er jetzt nicht wahllos irgendwas geschickt haben.

Stundenlang starre ich sie einfach nur an, bis ich es nicht mehr aushalte, mir mein Handy schnappe und anfange zu googeln. Mehrere Seiten berichten darüber, dass rosa Tulpen ein Zeichen von junger, frischer Liebe sind. Frustriert werfe ich mein Smartphone wieder zur Seite.

Ian hat Gefühle für mich, genauso wie ich für ihn, und das macht die ganze Situation umso trauriger. Doch viel Zeit zum Grübeln bleibt mir nicht mehr. Das viele Weinen in den letzten Tagen, gepaart mit dem ständigen Gedankenkreisen, hat mich so ausgelaugt, dass ich einfach einschlafe und erst am nächsten Morgen von einem lauten Klopfen geweckt werde.

Verschlafen streiche ich mir das Haar aus dem Gesicht, während ich in den Flur tapse. Noch bevor ich meine Wohnungstür erreiche, wird sie bereits hektisch aufgeschlossen und geöffnet. Verwirrt blinzle ich ein paarmal, bis ich Josh im Türrahmen ausmache.

„Du bist wach, perfekt." Als wach würde ich mich jetzt nicht bezeichnen, aber anhand seiner Stimme erkenne ich, dass etwas nicht stimmt. Und das macht mich sofort hellhörig.

„Wie spät ist es?", frage ich immer noch leicht schlaftrunken, als wir in die Küche gehen, wo ich zuallererst Kaffee einschenke, den meine Kaffeemaschine mit Timer schon vorbereitet hat.

„Fünf", erwidert mein bester Freund kurz, bevor er mehrere Zeitschriften auf den Tisch klatscht. Ich zucke zusammen. Für laute Geräusche in der Früh bin ich gar nicht zu haben. Mit meiner Tasse in der Hand nehme ich eines der Magazine und schnappe nach Luft, als ich die Titelseite lese.

In dicken, roten Buchstaben steht dort: „Geheimnis gelüftet! Adrian Adams datet Krankenschwester!"

Ach du Scheiße. Ich stelle meinen Kaffee weg und überfliege rasch die Schlagzeilen der anderen Klatschblätter.

Überall stehen Sätze wie: „Riley Matthews ist die neue Frau an Adrian Adams' Seite" oder „Verliebt, verlobt, verkracht. Alles vorbei, bevor es richtig angefangen hat?" Und das Schlimmste daran ist, mein Gesicht ist auf jedem verfluchten Foto perfekt zu erkennen.

All diese Magazine haben Bilder von mir, wie ich mich mit Ian am vergangenen Freitag auf seiner Hofeinfahrt streite. Irgendwie muss es ein Paparazzo auf einen der angrenzenden Bäume geschafft haben. Eine absolute Katastrophe!

„Also meine Lieblingsschlagzeile ist die ...", Josh schnappt sich eines der Hefte, „Cinderella-Story: Von der Krankenschwester zur Popstarfreundin."

Auch wenn ihm dieser Satz recht locker von den Lippen kommt, weiß ich, dass er innerlich brodelt.

„Das darf doch alles nicht wahr sein", stöhne ich und vergrabe mein Gesicht in den Händen. Wieso habe ich dumme Nuss nicht auf Josh gehört? Er hat mir von Anfang an gesagt, dass es eine schlechte Idee ist, sich mit Ian zu treffen, und siehe da: Er hatte recht. Und ich müsste jetzt nicht in dieser misslichen Lage sein und könnte mein ruhiges, beschauliches Leben in Los Angeles weiterleben. Doch das ist jetzt vorbei.

„Dir ist klar, was das bedeutet?" Josh setzt sich neben mich. „Ich habe dir tausendmal gesagt, dass du vorsichtig sein sollst. Und jetzt das!"

„Denkst du, ich habe das absichtlich gemacht?", fauche ich gereizt. „Woher sollte ich denn wissen, dass dort ein Fotograf ist?"

Beschwichtigend hebt Josh die Hände. Ihm ist wohl aufgefallen, dass er mit weiteren Vorwürfen nicht weit kommt.

„Natürlich denke ich das nicht", lenkt er in versöhnlicherem Tonfall ein, „aber diese Story wurde weltweit veröffentlicht, Riley. Weltweit!"

Das wird ja immer besser.

„Ob Italien, Deutschland oder Spanien, den Namen Adrian Adams kennt man überall. Die europäische Presse wird sich darauf stürzen." Seufzend senke ich den Kopf. Jetzt erinnere ich mich, dass Josh und ich schon einmal über Ians Reichweite gesprochen haben, und zwar nach der ersten Story in der Klatschpresse. Spätestens beim Anblick der goldenen Schallplatten hätte mir dieses Gespräch wieder einfallen müssen!

Meine Alarmglocken hätten schrillen sollen, doch an diesem Abend habe ich nicht daran denken wollen. Da standen andere Gefühle im Vordergrund.

„Wir müssen weg. Du packst deine Sachen, und ich organisiere uns neue Identitäten mit passenden Papieren. Wir treffen uns in vier Stunden wieder hier."

Langsam schüttle ich den Kopf. Auch wenn ich verstehen kann, weshalb Josh so schnell wie möglich die Stadt verlassen will.

„Geht nicht. Ich muss heute arbeiten. Da kann ich nicht einfach fehlen. Du weißt doch, dass wir stark unterbesetzt sind momentan." Zähneknirschend wirft Josh mir einen kurzen Blick zu. Mein Einwand gefällt ihm ganz und gar nicht.

„Das ist gefährlich, Riley. Du weißt, je länger wir hierbleiben, desto höher ist das Risiko, dass sie uns finden." Ich seufze. Natürlich weiß ich das.

„Bitte, Josh. Lass mir meine letzten acht Stunden Normalität, bevor wir wieder auf der Flucht sind."

Nach längerem Zögern nickt er schließlich.

„Gut, dann geh zur Arbeit und kündige, wenn deine Schicht vorbei ist. Aber sei extrem vorsichtig bei allem, was du tust." Ich will schon aufstehen, um mich fertig zu machen, doch Josh hält mich zurück.

„Es ist jetzt halb sechs. Wir treffen uns in zwölf Stunden wieder hier, in Ordnung? Dann habe ich genug Zeit, um alles zu organisieren." Wir stehen auf, und ich schütte den Kaffee in die Spüle. Der ist ohnehin kalt geworden.

„Ich weiß, dass dir dieses Leben gut gefallen hat." Josh sieht mich an, woraufhin ich traurig lächle.

„Ja, ich habe Riley sehr gemocht, und dir hat Josh auch ganz gut gestanden." Grinsend sieht er mich an.

„O ja. Das waren mit Abstand unsere besten Identitäten bisher. Aber wir werden uns auch mit den neuen anfreunden."

Zum Abschied drückt er mir einen kurzen Kuss auf die Schläfe, bevor er die Wohnung verlässt. Ich dagegen verschwinde im Badezimmer, um meine letzten Stunden als Riley Matthews mit einer heißen Dusche zu beginnen.

18. KAPITEL
RILEY

Gegen vier Uhr bin ich wieder zu Hause. Ausgerechnet heute musste ich wieder in der Notaufnahme aushelfen, und das hat mir mal wieder alles abverlangt. Ich verstehe bis heute nicht, weshalb John und Martin so eine Freude daran finden, mich immer zwischen Station 21 und der Notaufnahme hin und her springen zu lassen. Aber damit ist es nach dem heutigen Tag vorbei.

Trotzdem war ich mit meinen Gedanken nicht richtig bei der Sache, weshalb ich mir für den einen oder andere Fehler ziemlichen Ärger eingehandelt habe. Um meine Laune wenigstens ein bisschen zu heben, habe ich Eloise noch einen letzten Besuch abgestattet. Dabei habe ich erfreut festgestellt, dass es ihr schon besser geht. So kann ich mit reinerem Gewissen gehen. Zuvor verlangte sie allerdings, dass ich alles über mein Date mit Ian am vergangenen Donnerstag berichte.

Also habe ich die negativen Gedanken und Gefühle beiseitegeschoben, mich zusammengerissen und ihr mit einem breiten Lächeln erzählt, wie wunderschön es war. Dass seine Freunde mich sehr mögen, Ian mir sogar einen Song geschrieben hat und ich die Nacht in seiner beeindruckenden Villa in Bel Air verbracht habe.

Doch irgendwie lässt mich das Gefühl nicht los, dass Eloise mir meine Freude nicht ganz abnimmt. Vielleicht weil sie die Artikel aus der Boulevardpresse bereits gelesen hat und weiß, dass die harmonische Zeit zwischen uns längst vorbei ist. Doch versucht sie sich nichts anmerken zu lassen und fragt auch nicht weiter nach, wofür ich ihr sehr dankbar bin.

Nach unserem Gespräch ist dann auch meine Schicht vorbei, und ich reiche dem ziemlich überrumpelten John meine Kündigung ein und fordere meinen Resturlaub, um heute unbemerkt verschwinden zu können. Auf dem Parkplatz drehe ich mich noch einmal um und werfe einen letzten Blick auf das Saint John Health Center, in dem ich in den letzten Jahren jede Menge gelernt habe und teilweise sogar über mich hinausgewachsen bin. Ich werde dieses Krankenhaus vermissen, so viel steht fest.

Etwas ungeschickt werfe ich nun meine Schlüssel in die kleine Schale auf der Kommode links neben der Wohnungstür, während ich den Karton mit meinen Habseligkeiten aus dem Krankenhaus in den Armen balanciere. Anschließend stelle ich ihn auf dem Boden ab und laufe in die Küche, um mir ein Glas Wasser zu holen. Währenddessen überschlagen sich meine Gedanken. Ich habe nur noch anderthalb Stunden Zeit, meine Habseligkeiten zusammenzupacken. Wo fange ich da bloß an?

Am besten, ich suche mir zuerst einige meiner Lieblingsbücher im Wohnzimmer zusammen und mache danach mit Kleidung und Schuhen weiter. Das wird ohnehin die meiste Zeit in Anspruch nehmen.

Noch vollkommen in meiner Planung versunken, betrete ich das Wohnzimmer und bleibe wie angewurzelt stehen. In dem karamellfarbenen Ohrensessel direkt neben dem Fenster sitzt ein Mann Anfang fünfzig. Sein kurzes, fast schwarzes Haar ist an den Seiten leicht grau geworden, ebenso wie der Bart, der fast den ganzen unteren Teil seines Gesichts einnimmt. Er ist vollkommen in Schwarz gekleidet, allerdings hat er den sonst üblichen Anzug gegen Lederjacke, Jeans und Biker Boots getauscht. Meine Augen müssen mir einen Streich spielen! Er kann unmöglich hier sein!

„Was ... was machst du hier?" Meine Stimme zittert. Angst breitet sich in jeder Faser meines Körpers aus.

Wann ist dieser Albtraum endlich vorbei? Es scheint fast so, als würde sich das Universum jeden Tag etwas Neues ausdenken, um mir das Leben zu erschweren.

„Na, na, na ... begrüßt man so seinen Vater?" Raúl Hernandez wirft mir einen langen Blick zu, während ich fieberhaft nach etwas suche, womit ich ihn ausschalten kann. Ich könnte ihm einfach mein Glas an den Kopf werfen, doch leider hört mein Körper nicht mehr auf meinen Verstand. Stattdessen fällt es klirrend zu Boden und zerbricht in mehrere Scherben.

Unauffällig trete ich einen Schritt zurück. Wenn ich es in die Küche schaffe, komme ich an meinen Messerblock und könnte mich wenigstens verteidigen.

„Das würde ich lieber lassen." Sofort zuckt mein Blick in Richtung meines Vaters. Ich hatte ganz vergessen, dass er ausgezeichnete Augen hat. Wie klein die Bewegung auch sein mag, er kann sie erkennen. Ich dagegen sehe erst jetzt den Revolver, den er ganz locker in der rechten Hand hält. Wie konnte ich den übersehen, verdammt?

„Weißt du, wie überrascht ich war, als ich meine Tochter auf der Titelseite der HOLA gesehen habe? Die Tochter, von der jeder denkt, dass sie vor sechs Jahren in diesem Autowrack verbrannt ist?"

Ich schlucke. Seine Stimme wird mit jedem Wort lauter. Mir war nicht klar, wie schnell man von der Sonnenküste Spaniens nach Los Angeles kommen kann.

„Gut, du bist etwas älter geworden, kurviger, und deine Haare trägst du anders als früher ... aber hast du ernsthaft geglaubt, dass wir dich nicht finden würden?" Ich habe es zumindest gehofft.

„Sechs Jahre lang ist es euch nicht gelungen", erwidere ich vorsichtig, was ihn nur noch wütender werden lässt.

„Du hast unsere Familie verraten!" Er springt auf, wobei er die kleine Lampe vom Beistelltisch schmeißt, die scheppernd zu Boden fällt.

„Erst führst du uns an der Nase herum, indem du alle denken lässt, du seist tot, und dann erreicht uns die Information, dass du ein neues Leben unter einem neuen Namen angefangen hast!"

Ich zucke zusammen. Mein Vater ähnelte schon immer einem Vulkan, und wenn er ausbricht, sollte man besser nicht in seiner Nähe sein. Deshalb muss ich jetzt wirklich aufpassen, welche weiteren Worte meinen Mund verlassen. Ansonsten kann es gut sein, dass ich diese Wohnung nicht lebend verlasse. Mit erhobener Waffe kommt er auf mich zu, und mein Herzschlag setzt einen Moment aus.

„Warum, denkst du, bin ich hier?" Seine Stimme ist so laut, dass ihn die Garcías unten mit Sicherheit hören können.

„Ich weiß es nicht", entgegne ich leise, während ich den Blick gesenkt halte. Allerdings schätze ich, dass er hier ist, um mich umzubringen, damit ich meine anstehende Aussage nicht machen kann.

„Ich bin hier, um dich nach Hause zu holen, Sienna. Dann wird das Familiengericht entscheiden, was mit dir passiert."

Ich ziehe eine Grimasse. Das Familiengericht, bestehend aus meinen Eltern und Großeltern beider Seiten, wird sich nur an einer Sache aufhängen: dass ich gegen die Familie aussagen wollte. Das fällt in ihren Augen unter Hochverrat und wird mit dem Tod bestraft. Da sind verwandtschaftliche Beziehungen ganz egal. Also könnte er mich genauso gut an Ort und Stelle erschießen.

„Ich habe dir einige Sachen zusammengesucht. Lass uns gehen." Ein Blick auf die Uhr hinter ihm zeigt, dass es erst halb fünf ist. Josh wird erst in einer Stunde hier sein. Auf seine Hilfe kann ich also nicht hoffen. Nach jemandem rufen würde auch nichts bringen, da hätte ich schneller eine Kugel im Kopf, ehe ich das

Wort „Hilfe" ausgesprochen hätte. Bei solchen Aktionen kennt mein Vater keine Gnade. Also muss ich mich wohl fügen und an der Costa del Sol dem Tod ins Auge blicken.

Mit einer kleinen schwarzen Reisetasche in der Hand verlasse ich die Wohnung. Mein Vater ist direkt hinter mir, die Waffe auf meine Wirbelsäule gerichtet. Eine falsche Bewegung, und das Laufen ist für mich vorbei.

Wir sind gerade aus der Tür, als mein Blick auf einen silbernen Ferrari fällt, der auf der anderen Straßenseite parkt. Das hat mir gerade noch gefehlt …

Mit einer Sonnenbrille auf der Nase steigt Ian aus dem Wagen und kommt direkt auf uns zu.

„Riley! Ich bin so froh, dass ich dich hier treffe. Können wir reden?" Seine grünen Augen sehen mich flehend an, nachdem er die Brille abgenommen und in den Kragen seines Shirts gesteckt hat.

Man sieht ihm an, wie nervös er ist, und ich würde so gerne das klärende Gespräch mit ihm führen, das er sich erhofft.

Alles auf der Welt würde ich lieber tun, als gleich mit meinem Vater in sein Auto zu steigen. Aber ich darf Ian hier nicht mit reinziehen. Dafür hängt mein Herz zu sehr an ihm, und obwohl er mir gezeigt hat, dass seine Gefühle für mich echt sind, gibt es nur einen Weg, um ihn heil hier rauszubringen. Ich muss sein Herz brechen.

„Sie kann jetzt nicht." Die tiefe Stimme meines Vaters lenkt Ians Aufmerksamkeit auf ihn. Sofort richtet er sich zu voller Größe auf und macht einen Schritt nach vorne.

„Ich denke, Riley kann für sich selbst sprechen."

„*Riley* ..." Mein Vater spuckt diesen Namen aus, als wäre es Dreck.

„Fünf Minuten. Bitte, *Papi*." In der Hoffnung, dass der Kosename ihn etwas besänftigt, sehe ich ihn an. „Está bien", erleichtert atme ich auf, „fünf Minuten, Sienna. Deine Mutter sitzt bereits im Wagen, und du weißt, dass sie es hasst zu warten."

Mit einem letzten warnenden Blick lässt er uns allein. Vorsichtig lenke ich meinen Blick zu Ian, der vollkommen verwirrt zu sein scheint. Kein Wunder.

„Ich verstehe das nicht", stammelt er, „wieso nennt er dich Sienna? Und wieso nennst du ihn Papa? Und deine Mutter ... die kann doch gar nicht im Wagen warten, weil sie tot ist?"

Betreten blicke ich zu Boden. Jetzt fliegt mir das Zeugenschutzprogramm zum ersten Mal um die Ohren.

„Riley, was ist hier los?" Ich sehe ihn an, klappe den Mund auf und mache ihn sofort wieder zu. Wie soll ich ihm das alles nur beibringen?

„Wenn das dein Vater ist ... und versuche nicht, das zu leugnen, denn ich sehe die Ähnlichkeit in euren Gesichtern, dann ... hast du mich angelogen." Fassungslos schüttelt er den Kopf und macht einen Schritt nach hinten, um den Abstand zwischen uns zu vergrößern.

„Du drehst mir aus den Lügen wegen der Drogen einen Strick, lügst mir dabei aber selbst die ganze

Zeit ins Gesicht?" Ein Schluchzen steigt meine Kehle hoch, doch in letzter Sekunde kann ich es unterdrücken. Schwäche ist in der jetzigen Situation keine Option.

„Es ist kompliziert", meine ich langsam.

„Weißt du, wie egal mir das ist? Unser ganzes Zusammentreffen war kompliziert, und wir haben es gemeistert. Selbst jetzt ist es immer noch schwierig, aber wir waren doch glücklich!"

Ich sehe ihn an. Ja, das waren wir. Er hat mich in den letzten Wochen so glücklich gemacht, wie es vor ihm noch niemand geschafft hat. Deshalb fällt mir mein nächster Schritt umso schwerer.

„Ich muss jetzt gehen", murmle ich, während ich versuche, mich an ihm vorbeizuschieben. Leider erfolglos, denn Ian packt mich am Arm und sieht mir fest in die Augen.

„Nein. Erst will ich Antworten, Riley oder Sienna oder wie immer du auch heißen magst." Seufzend lege ich ihm die Hand auf den Arm, was ihn ein wenig zu besänftigen scheint.

„Mein richtiger Name ist Sienna ... Sienna Hernandez." Er lockert seinen Griff, als ein ungeduldiges Hupen die abendliche Stille durchbricht. Meine Zeit läuft ab.

„Riley ist also nur ein Alias?" Seine Stirn liegt in Falten, und es wirkt so, als spräche er mehr mit sich selbst als mit mir. „Aber warum hast du mich angelogen? Warum hast du mir erzählt, dass deine Eltern gestorben sind?"

Ich bedeute ihm leiser zu sprechen. „Es ist kompliziert, Ian. Eine lange Geschichte. Familienangelegenheiten."

Er nimmt meine Hände und drückt sie leicht, wobei mein Herz sich schmerzhaft zusammenzieht.

„Ich weiß nicht, was los ist. Aber wenn du in Schwierigkeiten steckst, kann ich dir helfen." Seine Wut von eben scheint verflogen. Jetzt steht nichts als Zuneigung in seinen Augen, und ich wünschte so sehr, dass er mein Retter in der Not sein könnte, doch leider wird das nie der Fall sein.

Behutsam löse ich meine Hände von den seinen. Jeglicher Körperkontakt mit ihm vernebelt meine Sinne, und ich muss jetzt einen klaren Kopf bewahren.

„Du kannst nichts tun", erkläre ich und sehe ihn an.

„Doch. Ich habe Geld, damit kann man viele Probleme lösen." Ich lächle traurig. Geld hat meine Familie definitiv genug. Wie schön friedlich und einfach Ians eigene kleine Welt sein muss, in der man alles mit ein paar grünen Scheinen lösen kann.

„Ian, du kannst mir nicht helfen. So sehr du es auch möchtest." Aus den Augenwinkeln sehe ich, dass mein Vater aus dem Wagen steigt. Binnen weniger Sekunden kann das hier sehr brenzlig werden, ich muss mich beeilen.

„Siehst du den hier?" Ian schnappt sich meine linke Hand und deutet auf den Diamantring.

„Als ich ihn dir angesteckt habe, war das mehr als Scherz gedacht. Ich wollte Sam eins auswischen, weil ich voll gegen die Verlobung mit Ashleen war. Aber inzwischen ist es ein Versprechen geworden. Ich kann mir ein Leben ohne dich nicht mehr vorstellen. Du bist der frische Wind, der mir gefehlt hat, und du traust dich, mir Paroli zu bieten. Das begeistert mich so sehr an dir. Riley … ich lie …"

„Stopp!" Noch bevor er die drei Worte aussprechen kann, entziehe ich ihm meine Hand. „Sprich bitte nicht weiter."

Ich hole tief Luft und schlucke, bevor die nächsten Worte meinen Mund verlassen.

„Das zwischen uns war toll. Aufregend, keine Frage. Aber bei mir haben sich keine tieferen Gefühle entwickelt. Es … es hat einfach nicht gereicht."

„Das glaube ich dir nicht." Ians Stimme ist nur ein Flüstern. Kein Wunder, die Worte klangen nicht mal in meinen Ohren überzeugend. Aber ich muss ihn von mir wegstoßen, auch wenn es noch so schwerfällt. Es ist die einzige Möglichkeit, ihn zu schützen.

Mit aller Kraft ziehe ich an dem Ring an meinem Finger, doch er bewegt sich keinen Zentimeter.

„Wenn ich ihn abbekäme, hätte ich ihn dir schon längst zurückgegeben."

„Du willst mir also sagen, dass du keine Gefühle für mich hast? Da ist rein gar nichts?"

Ich senke den Blick und schlucke die aufsteigenden Tränen herunter. An meiner nächsten Antwort darf er nicht einen Zweifel haben, sonst hatte dieses ganze Gespräch keinen Sinn. Also straffe ich die Schultern, sehe ihn an und antworte mit einem klaren „Nein, ich fühle nichts für dich."

Wortlos dreht Ian sich um und läuft zu seinem Wagen. Er reißt die Tür auf, dreht sich dann noch mal zu mir um und wirft mir einen letzten kühlen Blick zu.

„Schick mir den Ring per Post." Daraufhin fährt er mit quietschenden Reifen davon, während mir die Tränen in Strömen über die Wangen laufen. Diese Lüge wird für den Rest meines Lebens auf mir lasten. Nie ist mir je etwas so schwer über die Lippen gekommen. Wie ein geprügelter Hund schlurfe ich zum Auto meiner Eltern.

„Das war ja herzzerreißend", knurrt mein Vater und schiebt mich auf den Rücksitz.

„Na endlich." Meine Mutter wirft mir einen Blick über den Rückspiegel zu. An eine Begrüßung denkt sie nicht, dafür ist sie viel zu genervt von der Warterei. Sobald auch mein Vater Platz genommen hat, drückt sie aufs Gaspedal.

„Die Bullen haben bestimmt schon spitzbekommen, dass wir hier sind", schimpft sie, während sie auf eine Ampel zufährt, die im Inbegriff ist, auf Rot zu springen.

„Mum, halt an." Ich kralle mich in den Rücksitz.

„Mum!" Doch anstatt auf mich zu hören, beschleunigt sie den Wagen und rast über die Kreuzung.

Und auf einmal geht alles furchtbar schnell. Die anderen Autos hupen. Fußgänger gestikulieren wild mit den Armen, doch es nützt alles nichts.

Es knallt. Glas splittert. Menschen schreien. Sirenen heulen und plötzlich ... ist alles schwarz und totenstill.

19. KAPITEL
IAN

Mein Wohnzimmer sieht aus wie ein Schlachtfeld. Nach dem Einmarsch der LAPD-Beamten war mein Haus nicht wiederzuerkennen. Überall lagen Inhalte diverser Schubladen herum. Rauchmelder, Steckdosen und sogar vereinzelte Fußbodenleisten wurden abmontiert und achtlos beiseite geworfen. Die Polizisten haben nicht einen Gedanken daran verschwendet, wie sie mein Zuhause hinterlassen würden. Ihr einziges Ziel war es, Drogen zu finden, was sie dank Olli und seiner Vergesslichkeit leider auch geschafft haben.

Maria und ihr Mann José haben das ganze Wochenende damit verbracht, alles wieder an seinen Platz zu räumen und anzubringen. Nur damit ich es gestern in einem Wutanfall erneut ins Chaos stürzen konnte.

Nach meinem Gespräch mit Riley musste alles raus, und so flogen Bücher, Bilder und Lampen durch den Raum, einiges ging dabei auch zu Bruch. Um ein Haar hätte ich sogar meinen gläsernen Couchtisch zertrümmert, doch in letzter Sekunde konnte ich mich zusammenreißen. Was bringt es mir, meine

Möbel zu zerstören? Davon kommt Riley auch nicht wieder.

Natürlich hätte ich mich auch beim Sport auspowern können, aber ich war so wütend, traurig und vor allem verletzt, dass ich irgendetwas zerschlagen musste.

Wie konnte ich mich nur so in ihr täuschen? Nach unserer gemeinsamen Nacht war ich mir sicher, dass sie dieselben Gefühle für mich hegt wie ich für sie. Doch damit lag ich wohl falsch.

Riley ist die erste Frau gewesen, mit der ich mir eine Zukunft hätte vorstellen können, aber sie … hat unsere gemeinsame Zeit wohl nur als eine Art Spiel gesehen. Ich war nicht nur zutiefst verletzt, sondern viel mehr noch in meinem Stolz gekränkt.

Ich war dabei, mich ihr voll und ganz zu öffnen, obwohl ich immer das Gefühl hatte, dass sie gewisse Informationen vor mir zurückhält. Womit ich richtig lag, wie das gestrige Gespräch gezeigt hat. Im Prinzip macht sie das nicht besser als die anderen Frauen, die ich bisher gedatet habe. Nur mit dem kleinen Unterschied, dass ich denen das Herz gebrochen habe und nicht andersherum. Es jetzt am eigenen Leib zu erfahren ist tausendmal schlimmer.

Für eine Weile spielte ich mit dem Gedanken, Alec anzurufen, damit wir im *Lightroom* die Nacht zum Tag machen konnten. Ich wollte Champagnerkorken knallen hören, die Reste vom Koks in kleinen weißen Krümeln auf der dunklen Tischplatte sehen und vielleicht irgendeine fremde Frau mit nach Hause nehmen, um mich mit ihr abzulenken.

Minutenlang habe ich auf den grünen Hörer auf meinem Telefon gestarrt, aber irgendwas hat mich zurückgehalten. Ganz tief in mir drin hat eine leise, wissende Stimme geflüstert, dass Riley diese Reaktion bestimmt nicht gutheißen würde. Wenn auch nur die geringste Chance besteht, dass sie zu mir zurückkommen könnte, will ich mir das nicht durch eine solche Nacht kaputtmachen. Wie sauer ich momentan auch auf sie sein mag, es käme mir nie in den Sinn, sie abzuweisen, falls sie vor meiner Tür stehen sollte. Dafür hat sie sich zu fest in meinem Herzen verankert. Also habe ich mich, statt Party im Club zu machen, einfach rigoros betrunken, bis ich nicht mehr wusste, welchen Tag wir überhaupt haben.

Am heutigen Morgen hat Maria mich dann mit einem kalten Waschlappen geweckt und mich zum Duschen gezwungen, damit ich wenigstens nicht stinke, solange sie hier ist. Gegen meinen Kater hat das aber nicht geholfen.

Seit einer halben Stunde sitze ich nun mit tierischen Kopfschmerzen vor meinem Notebook und überlege, ob ich Rileys richtige Identität googlen soll oder nicht. Will ich wirklich wissen, was hinter ihrem Namenswechsel steckt? Was diese Familienangelegenheiten sind? Ein Konterbier später habe ich dann beschlossen, dass es mich doch brennend interessiert, weshalb ich langsam „Sienna Hernandez" in die Suchmaschine eintippe. Überrascht stelle ich fest, wie viele Einträge unter diesem Namen zu finden sind. Vor allem aus dem Jahr 2014.

Langsam, aber sicher erwacht in mir das Schnüfflergen, und erwartungsvoll klicke ich auf den dritten Artikel von oben.

Sofort ploppt das Bild einer jungen Frau auf, die Riley äußerst ähnlich sieht. Sie ist deutlich jünger, was kein Wunder ist, immerhin ist das Bild sechs Jahre alt. Ihre Gesichtszüge sind weicher und die Haare fast genauso dunkelbraun wie ihre Augen, wenn nicht sogar noch dunkler. Die Frau auf dem Foto sieht meiner Riley zum Verwechseln ähnlich, und wenn ich es nicht besser wüsste, würde ich sie für ihre Zwillingsschwester halten. Doch diese großen, sanften Augen gehören definitiv der Frau, in die ich mich verliebt habe.

Über dem Foto steht eine Überschrift in dicken, schwarzen Buchstaben, doch sie ist auf Spanisch. Genau wie jeder andere Artikel, den ich irgendwie finden kann.

Leider ist meine Schulzeit zu lange her, um das lesen zu können. Genervt gebe ich die Adresse eines Übersetzungsprogramms ein, als mir eine bessere Idee kommt.

„Maria! Kannst du kurz kommen?" Meine kleine, leicht untersetzte Haushälterin, die wie eine zweite Mutter für mich ist, steckt den Kopf aus der Küche. Sie trocknet sich die Hände an einem Handtuch ab und kommt auf mich zu.

„Kannst du mir das übersetzen?", frage ich vorsichtig, während sie sich neben mich setzt, und deute auf den noch immer geöffneten Artikel. Sie wirft einen Blick darauf und zieht scharf die Luft ein. Interessant.

Anscheinend ist ihr der Name Hernandez durchaus ein Begriff.

„Die Überschrift bedeutet ‚Tragischer Feuertod', und in dem Bericht geht es um den Autounfall von Sienna Hernandez vor sechs Jahren", beginnt sie langsam, weshalb ich mich ihr aufmunternd schmunzelnd zuwende.

„Sie war die Tochter von Raúl Hernandez." Sie scheint sich ja gut auszukennen, was die beiden angeht.

„Kannst du mir mehr über diesen Unfall und die gesamte Geschichte erzählen?" Maria rutscht unruhig auf ihrem Platz hin und her. Meine Frage gefällt ihr ganz und gar nicht. Das kann ich in ihren Augen sehen.

„Bitte, bitte, bitte." Ich werfe ihr noch ein charmantes Lächeln zu, was sie zum Seufzen bringt. Bisher konnte sie mir nichts abschlagen, wenn ich sie um etwas gebeten habe, und auch diesmal gibt sie widerwillig nach. Perfekt.

„Meine Schwester lebt in Jerez de la Frontera. Das ist die Hauptstadt der Provinz Cádiz. Liegt alles an der Costa del Sol, der Sonnenküste. Jeder in dieser Stadt kennt den Namen Raúl Hernandez. Er ist el diablo!"

Mein Spanisch ist zwar schlecht, aber dass Rileys Vater der Teufel sein soll, das habe ich sehr wohl verstanden. Maria scheint die Erinnerung an ihn sehr aufzuregen, denn sie redet ohne Punkt und Komma weiter. Allerdings in ihrer Muttersprache.

„Maria, hey! Maria! Stopp!" Sanft greife ich nach ihren Händen. „Du plapperst auf Spanisch. Ich verstehe kein Wort."

„Perdona, Ian. Aber er ist böse. Wirklich böse. Jeder an der gesamten Sonnenküste weiß das." Sonnenküste. Das erklärt das Tattoo an Rileys Hüfte. Da kommt sie also her. Mit einem Nicken bedeute ich Maria fortzufahren.

Sie erzählt mir, dass Rileys Vater die wohl größte Nachtclubkette an der Costa del Sol besitzt und dadurch im ganz großen Stil Drogen schmuggelt und verkauft. Das Geld dafür wäscht er in seinen Clubs, sodass er bisher noch nicht dafür belangt werden konnte. Immer wieder sind Mitglieder seines Clans festgenommen worden, doch nie hat jemand gegen ihn ausgesagt. Entweder werden sie im Knast von einem seiner Leute ermordet, oder ihre Loyalität zu den Hernandez war so groß, dass sie sich selbst umgebracht haben. Hat anscheinend was mit Familienehre zu tun.

„Raúl ist seit Jahren unantastbar, was auf der einen Seite äußerst erschreckend, aber zeitgleich auch sehr beeindruckend ist. Er ist einer der größten Drogenbosse dieser Zeit." Maria zuckt mit den Schultern. Sie scheint das nicht sonderlich zu interessieren.

„Und was genau ist mit seiner Tochter passiert?"

„Oh, das war eine der größten Tragödien, die die Costa del Sol je erlebt hat. Der gesamte Hernandez-Clan ist über alle Provinzen verteilt, weshalb viele Städte in tagelanger Trauer waren." Beeindruckt ziehe ich die Augenbrauen nach oben. Klingt ja fast, als wäre sie eine Prinzessin oder so.

„Sienna war nachts mit dem Auto unterwegs. Bis heute weiß man nicht, was genau passiert ist, aber

sie muss von der Straße abgekommen und in eine Schlucht gestürzt sein. Irgendwann hat das Auto Feuer gefangen, und sie hat es nicht rausgeschafft. Nur aufgrund eines Zahnabgleiches konnte man feststellen, dass es sich um ihre Leiche handeln musste. Sie war bis zur Unkenntlichkeit verbrannt."
Ich hebe die Hand, um sie zu unterbrechen. Das zu hören ist wirklich hart. Auch wenn ich weiß, dass es nicht Riley gewesen ist, die in diesem Auto saß. Wortlos stehe ich auf und hole mir ein zweites Bier aus dem Kühlschrank. Den Rest der Geschichte kann ich nur mit mehr Alkohol ertragen.

Trotzdem finde ich es beachtlich, wie sehr die Polizei sich ins Zeug gelegt hat, um ihren Tod vorzutäuschen. Zahnabdrücke sind immerhin genauso einzigartig wie Fingerabdrücke. Das muss von langer Hand geplant gewesen sein.

„Wie ging es weiter?", frage ich leise, während ich mit dem Zeigefinger über den Rand der Flasche streiche.

„Ich habe ja schon gesagt, dass ihre Familie in großer Trauer war, doch das hielt nicht so lange an, wie alle dachten. Plötzlich wurden Gerüchte laut, dass Sienna gar nicht tot sei. Leute hätten sie gesehen, sowohl in Spanien als auch in Italien. Und da war es ihrer Familie klar." Maria macht eine dramatische Pause, und ich schaue auf.

„Sie hat Schande über sie gebracht. Sie hat ihre Familie verraten." Auf einmal dämmert es mir. Niemand kennt die Geschäfte von Raúl Hernandez so gut wie seine eigene Tochter. Vermutlich war sie sogar immer hautnah dabei, und da alle anderen Angst vor ihm haben oder zu loyal ihm gegenüber sind, hatte nur Riley die Eier, gegen ihn auszusagen.

Deshalb ist sie nun unter neuem Namen weit weg von ihrer Heimat im Zeugenschutzprogramm – um lange genug zu leben, damit ihr Vater endlich ins Gefängnis gebracht werden kann.

„Was genau passiert mit Leuten, die die Familienehre beschmutzen?" Maria senkt den Blick, während sie nervös mit ihren Fingern spielt.

„Ich kenne mich natürlich nicht *so* gut aus, was diesen Clan angeht ... aber in den meisten Fällen muss man schon vom Tod ausgehen." Ich schlucke. Meinetwegen, wegen meiner Berühmtheit, hat er sie gefunden. Sie ist in seinen Fängen und wird sterben, weil ich mich nicht von ihr fernhalten konnte.

„Um die Geschichte zu Ende zu bringen ..." Maria sieht mich an, und ein kleines Lächeln umspielt ihre Lippen. Wie kann sie in einer solchen Situation lächeln?

„Es ist lange ruhig geworden um Sienna Hernandez. Sechs Jahre, um genau zu sein, bis sie dank dir auf der Startseite vom *Hollywood Ticker* wieder aufgetaucht ist."

Augenblicklich zuckt mein Blick in die Richtung meiner Haushälterin. Ich muss mich verhört haben. Wie kann sie davon wissen? Verschmitzt lächelnd lehnt Maria sich zurück.

„Ian, denkst du wirklich, dass ich Sienna nicht erkenne, wenn ich sie sehe?" Um ehrlich zu sein, habe ich das tatsächlich gedacht, ja.

„Zu der Zeit, als das alles passiert ist, war ich arbeitslos. Deshalb haben José und ich einige Monate bei meiner Schwester gelebt. Wir haben alles quasi hautnah miterlebt. Ihr Gesicht war in jeder spanischen Zeitung. Es wurde sogar in den Fernsehnachrichten wochenlang darüber berichtet. Man kam gar nicht an dem Thema vorbei." Maria sieht mich an.

„Gut, inzwischen ist sie blond, hat ein paar Kilo zugenommen und ist älter geworden. Aber ich habe sie sofort erkannt." Sie wendet sich wieder dem Laptop zu, während sie leise vor sich hinmurmelt. Alles kann ich nicht verstehen, allerdings scheint sie sich darüber zu wundern, dass ich selbst in Europa bekannt bin.

„Hier." Mit dem Zeigefinger deutet sie auf einen Artikel der spanischen Presse, den ich natürlich wieder nicht verstehe. Hilfesuchend schaue ich sie an und zucke verständnislos mit den Schultern.

„Geist gesichtet", übersetzt sie laut. „Ist totgeglaubte Sienna Hernandez etwa doch noch am Leben?"

Zähneknirschend lehne ich mich auf dem Sofa zurück. Das ist natürlich ein gefundenes Fressen für die spanischen Reporter.

„Also wenn dein Mädchen klug ist, hat sie schon längst das Land verlassen und ist wieder untergetaucht."

Mit einem schwachen Lächeln auf den Lippen bedanke ich mich bei Maria, bevor sie wieder in die Küche verschwindet. Sie hat schon recht damit, dass Riley beziehungsweise Sienna nicht auf den Kopf gefallen ist. Bestimmt hatte sie bereits vor zu verschwinden, als ihr Vater bei ihr aufgetaucht ist. Das Land wird sie inzwischen in der Tat verlassen haben ... nur nicht in der Begleitung, die wünschenswert für sie wäre.

20. KAPITEL
IAN

Meine Gedanken kreisen noch immer um Riley, als die Tür wenige Stunden später aufgerissen wird und meine Jungs hereinstürmen.

„Da ist er ja! Wie geht es dir, Mann?" Alec und Greg lassen sich neben mich fallen, während Olli gegenüber Platz nimmt. Ein Blick in seine Augen zeigt mir, dass er schon wieder voll drauf ist. Augenrollend lehne ich mich auf dem Sofa zurück. Na super.

„Hat der Knast dich sehr verändert?" Olli grinst mich an, was nicht gerade zur Besserung meiner Laune beiträgt.

„Ich war nicht im Knast, du Affe", schnauze ich ihn an, worauf er nur noch breiter grinsen muss.

„Hey, dass wissen wir doch", lenkt Greg sofort ein, „er macht doch nur Spaß."

Ist mir schon klar. Er sollte sich damit nur besser zurückhalten. Momentan ist mir absolut nicht zum Lachen zumute, was die Jungs aufgrund meines Schweigens nach einer Weile auch kapieren.

„Erzähl doch mal, wie das alles abgelaufen ist. Ich meine, hier sieht es ja aus, als hätte eine Bombe eingeschlagen." Ein grimmiges Brummen meinerseits ertönt als Antwort.

„Das waren nicht die Bullen, sondern ich. Ich hatte vorgestern einen heftigen Streit mit Riley, danach musste ich Dampf ablassen." Die drei tauschen einen kurzen Blick, was mich sofort misstrauisch werden lässt. Wissen die irgendwas, wovon ich noch nichts weiß? Doch noch bevor ich nachfragen kann, ergreift Olli wieder das Wort.

„Ja, und? Haben die Cops was bei dir gefunden?"

„Natürlich", erwidere ich aufgebracht, „und zwar den ganzen Scheiß, den *du* letztes Mal hier vergessen hast!"

Abwehrend hebt er die Hände.

„Bleib locker. Ist ja nicht so, als hättest du noch nie Stoff im Haus gehabt." Ist das sein Scheißernst? Alec schafft es gerade noch, mich festzuhalten, sonst hätte ich mich vermutlich auf ihn gestürzt, um ihm mal ordentlich die Fresse zu polieren. Verdient hätte er es allemal.

„Junge, checkst du es nicht?" Ich bin echt auf hundertachtzig.

„Das hier ist eine ganz andere Nummer als sonst. Wenn ich Pech habe, können mich meine Anwälte diesmal nicht so leicht rausboxen, und dann gehe ich wirklich in den Bau."

Betretenes Schweigen breitet sich aus. Selbst Olli scheint verstanden zu haben, dass es sich hierbei um kein Spiel mehr handelt. Diese Scheißdrogen könnten mein Leben und vor allem meine Karriere ruinieren.

Die Aussicht auf eine glückliche Beziehung haben sie mir ja schon versaut.

„Also …" Greg wirft mir einen vorsichtigen Blick von der Seite zu. „Was genau ist passiert?"

Seufzend fahre ich mir mit der Hand durch mein wirres Haar. Eigentlich habe ich keine Lust die Geschichte erneut zu erzählen, aber die drei sind meine besten Freunde. Sie sollten wissen, was auf sie zukommen könnte. Immerhin sind sie keine unbeschriebenen Blätter, was Drogen angeht. Wer sagt denn, dass beispielsweise Alec nicht der nächste ist, der von einer Durchsuchung überrascht wird?

„Letzten Freitag hat es hier geklingelt. Muss ungefähr halb zehn gewesen sein. Na ja, daraufhin sind etwa neun Polizisten hier reinmarschiert und haben alles auseinandergenommen. Ihr könnt euch das nicht vorstellen. Die Bude sah weitaus schlimmer aus als jetzt." Alec atmet hörbar aus, hängt aber weiterhin gebannt an meinen Lippen.

„Riley fand das Ganze natürlich nicht lustig. Schon gar nicht, als sie dann tatsächlich Koks gefunden haben. Sie hat mich noch auf der Einfahrt zur Schnecke gemacht, bevor ich in den Bus geleitet wurde, um zum Revier zu fahren. Von dort aus konnte ich dann Harry anrufen, und als der da war, ging das Verhör richtig los."

Ich schnappe mir die halbvolle Bierflasche vom Tisch und genehmige mir einen kräftigen Schluck. Das waren die längsten Stunden meines Lebens. Jede Frage wurde an die zwanzig Mal gestellt, weshalb ich vor allem zum Schluss höllisch aufpassen musste, nicht von den vorherigen Antworten abzuweichen. Sonst hätten die mich vermutlich direkt dabehalten.

„Eins könnt ihr mir glauben ..." Ich sehe jeden meiner besten Freunde der Reihe nach an, wobei mein Blick am längsten bei Olli verweilt. „... hier geht keine Line Koks mehr über den Tisch." Zu meinem ungläubigen Erstaunen nickt mein Gegenüber.

„Du hast recht, Mann. Für die nächsten zwei, drei Wochen sollten wir es langsam angehen lassen. Aber dann heißt es wieder Vollgas!"

Okay, meine Ungläubigkeit war berechtigt. Alec greift mir vorsichtshalber wieder ins T-Shirt. Anscheinend rechnet er fest mit einem erneuten Ausbruch meinerseits, doch ich habe keine Lust mehr, diesem Idioten noch mal alles von vorne zu erklären. Stattdessen sehe ich ihn einfach nur an.

„Wenn du dich weiter zukoksen willst, bitte. Ich halte dich nicht auf. Aber wenn ich noch einen Krümel Kokain auf meinem Tisch finde, dann kannst du dir sicher sein, dass ich dich höchstpersönlich bei der Polizei melde, um meinen Kopf aus der Schlinge zu ziehen." Er schluckt kurz, nickt dann aber. Hoffentlich hat er die Ansage jetzt endlich verstanden.

„Und mit Riley ist es jetzt endgültig aus und vorbei?" Greg wirft mir einen mitfühlenden Blick zu, der mich seufzen lässt.

„Ja, so sieht's aus. Sie hat mir vorgeworfen, sie angelogen zu haben wegen der Drogen, und dabei war sie es, die mir gegenüber nicht aufrichtig war." Ich halte es für klüger, ihnen vorerst nur diesen Teil der Geschichte zu erzählen.

„Das kann ich mir gar nicht vorstellen, Mann. Sie hat so unschuldig gewirkt." Alec klopft mir tröstend auf die Schulter, während Greg nickt und einwirft, dass sie bei dem Benefizkonzert die Augen nicht von mir lassen konnte.

„Ein Blinder konnte sehen, dass sie auf dich steht." Das war allerdings noch vor der Razzia und unserem Gespräch vor ihrer Haustür. Mit einem schwachen Lächeln danke ich den beiden für den Versuch, meine Laune ein wenig zu heben, als Olli sich zu Wort meldet.

„Eben. Ich fresse einen Besen, wenn die dich nicht will.

„Dann fang schon mal an", erwidere ich, „denn sie will mich definitiv nicht. Es gibt tausend Frauen, die alles dafür geben würden, um mit mir zusammen zu sein, aber ich Depp muss mich genau in die eine verlieben, die nicht die gleichen Gefühle für mich hegt."

Inzwischen zweifle ich innerlich zwar stark an dieser Version und zog noch viel schrecklichere Gründe für Rileys Verhalten in Betracht. Aber davon würde ich Olli bestimmt nicht erzählen.

„Ich würde sagen, dass du sie einfach noch mal anrufst." Alec hält mir mein Handy hin, das ich widerwillig in die Hand nehme. Meine letzten Anrufe hat sie auch nicht beantwortet. Vermutlich hat sie meine Nummer längst blockiert.

„Ey, er sollte ihr nicht hinterherrennen." Olli zuckt mit den Schultern. „Wenn Riley ihn nicht will, Pech gehabt. Andere Mütter haben auch schöne Töchter."

„Halt endlich dein Maul, Olli!" Überrascht sehe ich Greg von der Seite an. Es dauert lange, bis er mal seine Stimme erhebt, aber anscheinend hat Olli diesmal eine Grenze überschritten.

„Deine dämlichen Kommentare sind echt nicht hilfreich." Genervt rollt der Angesprochene mit den Augen. Er kann mit diesen ganzen Gefühlsausbrüchen nichts anfangen. Aber gut, Empathie ist ohnehin keine seiner Stärken.

„Ruf sie an." Alec sieht mich eindringlich an, und gerade als ich Rileys Nummer wählen will, wird die Haustür erneut aufgerissen, und Sam kommt herein. In der Hand hält er sein Handy, von dem ich vermute, dass es mir mal wieder Ärger bringen wird.

„Schon gelesen?" Sam wirft mir das Smartphone zu, das ich recht ungeschickt auffange. Das viele Bier wirkt sich langsam auf meine Feinmotorik aus.

Mit gerunzelter Stirn betrachte ich die Fotos vom *Hollywood Ticker*. Sie zeigen Riley und mich vor ihrem Haus am vergangenen Montagabend. Wir sehen beide nicht besonders glücklich aus, was die darunter stehende Schlagzeile erklärt: „Liebes-Aus bei Adrian Adams. Wie Riley Matthews ihm das Herz brach."

Verächtlich schnaubend werfe ich diesen Mist vor mir auf den Tisch. Was denken sich diese dämlichen Reporter eigentlich? Heften sich einfach an meine Fersen und belauschen Gespräche, die sie einen

Scheißdreck angehen! Fotos sind die eine Sache, aber so einen Bullshirt zu veröffentlichen ... unglaublich. Gut, es entspricht schon der Wahrheit. Aber mein Liebesleben geht niemanden etwas an, außer ich möchte das. Da kann ich nur hoffen, dass sie nicht tiefer gebohrt und rausgefunden haben, wer Riley wirklich ist. Denn das würde noch weitaus größere Wellen schlagen.

„Wann hast du das letzte Mal mit Riley gesprochen?" Mein Manager klingt irgendwie nervös, und Samuel Donovan ist normalerweise die Coolness in Person.

Also hebe ich den Blick und sehe ihn an. Dabei fällt mir auf, dass er heute gar nicht so gekleidet ist wie sonst. Er trägt Jeans und T-Shirt, was er normalerweise verabscheut. Nichts geht ihm sonst über seine heißgeliebten Anzüge. In seinen Haaren kann ich kleine Wasserperlen erkennen. Er muss ziemlich schnell aufgebrochen sein, wenn er nicht mal Zeit dazu hatte, sie zu trocknen. Und auch seine Sonnenbrille sitzt nicht wie gewohnt auf seiner Nase. Irgendetwas stimmt hier ganz und gar nicht.

„Vor zwei Tagen. Als diese Fotos entstanden sind." Argwöhnisch ziehe ich die Augenbrauen zusammen.

„Was ist los, Sam?" Seine für ihn so untypische Unruhe macht mich ebenfalls unruhig.

„Es gab da einen Autounfall", meint Sam langsam, „vor zwei Tagen. Nicht weit von Rileys Wohnung entfernt." Ich schlucke, und auch meine Freunde senken betreten die Blicke. Das klingt gar nicht gut.

„Ein Toter, zwei Schwerverletzte. Ein befreundeter Reporter von der *LA Times* hat sie erkannt, Ian. Sie saß im Unfallwagen."

Sofort schnappe ich mir mein Handy und wähle hastig ihre Nummer. Kein Freizeichen, verdammt! Stattdessen werde ich direkt zu ihrer Mailbox weitergeleitet, wo ihre fröhliche Stimme mir erzählt, dass ich bitte eine Nachricht hinterlassen soll und sie vielleicht zurückruft, wenn sie Lust dazu hat.

„Verdammte Scheiße!" Verzweifelt werfe ich mein Handy auf die Couch.

„Wo ist sie, Sam? Ich will sofort wissen, in welchem Krankenhaus sie liegt!"

„Ich weiß es nicht, Ian. Tut mir leid."

„Dann finde es heraus!" Mit einem Satz bin ich auf den Beinen. „Du bist mein Manager. Lass deine Kontakte spielen. Es ist mir scheißegal, wie du es machst, Hauptsache, du bekommst Informationen!"

Beschwichtigend hebt Sam die Arme, während er meinen Freunden einen Blick zuwirft, der so viel bedeuten soll wie: Passt bloß auf, dass er nichts Dummes macht.

„Hör zu, Ian. Ich werde alles tun, um schnell herauszufinden, ob Riley noch lebt, okay?"

Mein Herz zieht sich schmerzhaft zusammen. Er sprach aus, was ich nicht mal zu denken gewagt hatte.

21. KAPITEL
RILEY

Schreie hallen in meinen Ohren wider. Blaues, flackerndes Licht taucht immer wieder vor meinen Augen auf. Und dieses nervtötende Piepen! Seit wann hat mein Wecker diesen furchtbaren Ton? Den habe ich ganz bestimmt nicht eingestellt.

Mit geschlossenen Augen taste ich nach meinem Nachttisch, als ein stechender Schmerz meine Schulter durchzuckt und in den gesamten rechten Arm ausstrahlt. Sofort öffne ich die Augen und stelle fest, dass ich mich nicht in meinem Zimmer befinde. Alles um mich herum ist weiß.

Die Wände, die Vorhänge vor dem Fenster rechts von mir und sogar die unbequem aussehenden Stühle ohne Polsterung links neben meinem Bett. Kein Farbklecks, der ein bisschen Wärme hier reinbringen könnte, oder Bilder, die alles ein wenig freundlicher machen würden. Durch einen Blick nach rechts kann ich dann auch das lästige Piepen orten. Es kommt von einem Monitor neben mir, weshalb ich mich seufzend zurück in die Kissen sinken lasse. Na, immerhin die sind bequem.

Inzwischen ist mir klar, dass ich mich in einem Krankenhaus befinde. Was bedeutet, dass meinen Eltern die Flucht nicht gelungen ist. Denn den Prospekten auf dem kleinen Beistelltisch nach zu urteilen befinde ich mich noch in Los Angeles, und zwar im Ronald Reagan UCLA Medical Center. Zum Glück bin ich hier gelandet und nicht im Providence Saint John's, sonst hätte ich einige unangenehme Fragen beantworten müssen.

Was genau dazu geführt hat, dass ich jetzt hier bin, weiß ich allerdings nicht mehr.

„Hey, Dornröschen. Endlich wach geworden?" Mein Blick zuckt nach rechts. Josh steht mit verschränkten Armen in der Tür, während ein erleichtertes Lächeln seine Lippen umspielt. Er sieht müde aus, irgendwie abgeschlagen.

„Wie lange war ich weg?" Mein Blick zuckt durch den Raum, um irgendwie herauszufinden, welchen Tag wir haben, doch ich kann nirgends einen Hinweis darauf finden. Er nennt mich ganz sicher nicht ohne Grund Dornröschen.

„Knapp einen Tag", antwortet Josh, woraufhin ich erleichtert aufatme und vorsichtig meinen Arm nach ihm ausstrecke. Einen Tag ... das geht ja noch. Gelassen schlendert er an mein Bett und greift nach meiner Hand.

„Wann hast du denn das letzte Mal einen Rasierer aus der Nähe gesehen?", frage ich schwach, „du siehst furchtbar aus."

„Hast du mal in den Spiegel geguckt?"

Josh grinst, was mich zum Lachen bringt. Jedoch nicht lange. Stöhnend fasse ich mir an die Seite, als ein erneuter Schub Schmerzen meinen Körper überrollt.

„Oh, verfluchte Scheiße", presse ich zwischen zusammengebissenen Zähnen hervor. Diesen Schmerzen nach zu urteilen, haben meine Rippen einige Prellungen erlitten.

„Was ist passiert, Josh?" Mein bester Freund drückt sanft meine Hand, während er sich auf der Bettkante niederlässt.

„Woran erinnerst du dich noch?" Schwer atmend richte ich mich auf und lehne mich gegen das Kopfteil des Bettes, um mit ihm auf Augenhöhe zu sein.

„Mein Vater saß plötzlich in meiner Wohnung", beginne ich langsam und versuche die Bruchstücke meiner Erinnerung wieder zusammenzusetzen, „das hat mich vollkommen überrumpelt. Er wollte mich mitnehmen. Zurück nach El Puerto vor das Familiengericht."

Josh verzieht das Gesicht. Er weiß genau, was das bedeutet hätte.

„Du wärst erst in einer Stunde gekommen, deshalb blieb mir nichts anderes übrig, als mit ihm zu gehen. Und plötzlich ... war Ian da."

Tränen sammeln sich in meinen Augen, als mir wieder in den Sinn kommt, was ich ihm sagen musste, um ihn zu schützen. Ich versuche mich zusammenzureißen, um jetzt nicht zu kollabieren, doch durch den verräterischen Monitor, der meine Herzaktivität überwacht, merkt Josh, wie sehr mich diese Lüge belastet.

„Ich ... ich habe ihm das Herz gebrochen", schluchze ich, während die Tränen meine Wangen hinablaufen. Warum noch meine Gefühle zurückhalten? Hier sieht mich niemand außer Josh, da kann ich ihnen einfach freien Lauf lassen.

„Das war das einzig Richtige, Riley, und das weißt du." Ich nicke. Natürlich weiß ich das, trotzdem ist der Gedanke daran unerträglich. Vor allem, als mein Blick auf den Ring fällt, der noch immer an meinem Finger steckt.

Stirnrunzelnd betrachte ich ihn. Eigentlich dürfte er gar nicht mehr an Ort und Stelle sitzen.

„Sie haben ihn nicht abbekommen", meint Josh leise, „als sie dich eingeliefert haben, wurde sofort ein Notfall-CT vom Kopf angesetzt. Kurz bevor es losging, haben sie mit aller Kraft versucht, ihn irgendwie vom Finger zu bekommen, aber ohne Erfolg. Die diensthabende Radiologin meinte dann schließlich, dass er ruhig dranbleiben kann, da du nur mit dem Kopf in die Röhre geschoben wirst."

Ich streiche sanft über den Diamanten, während Josh weiterredet.

„Du hast einen sehr fleißigen Schutzengel gehabt, Riley. Das hätte auch anders ausgehen können."

Da fällt mir plötzlich ein, dass ich nicht allein im Wagen saß. Josh hat noch nicht ein Wort über den Gesundheitszustand meiner Eltern verloren oder darüber, ob sie ebenfalls hier im Krankenhaus sind.

„Was ... was ist mit meinen Eltern? Sind sie auch hier?" Er senkt den Blick, und das sagt mir schon alles.

„Deine Mutter ist noch an der Unfallstelle verstorben. Und Raúl ist hier, ja … aber unten in der Pathologie. Er ist gestern seinen schweren Verletzungen erlegen."

Ich atme geräuschvoll aus. Erleichterung und Trauer machen sich gleichzeitig in mir breit. Erleichterung darüber, dass die beiden Menschen, die meine Aussage am meisten verhindern wollten, nicht mehr da sind. Sie können mir jetzt nichts mehr tun, was mich von einer Last befreit, die ich seit Jahren mit mir herumtrage. Aber ein Teil von mir ist auch traurig, denn immerhin waren sie meine Eltern. Niemand wünscht den eigenen Eltern den Tod, egal wie beschissen sie sind. Meine Kindheit, als ich noch nicht wusste, was genau mein Vater macht, war unbeschwert und fröhlich. Die guten Erinnerungen daran trage ich heute noch in meinem Herzen. Erst als ich älter wurde und bemerkt habe, wie falsch das „Geschäftsmodell" meiner Eltern ist, ist es bergab gegangen.

„Du weißt, dass es damit nicht vorbei ist, oder, Riley?" Josh sieht mich eindringlich an, was mir wieder ein Seufzen entlockt. Ja, das ist mir klar. Jetzt wird alles vermutlich nur noch schlimmer werden, weil der Clan mich für den Tod von Raúl und Zuzanna verantwortlich machen wird. Immerhin sind sie nach Los Angeles gekommen, um mich zu finden. Dass meine Mutter einfach eine lausige Autofahrerin ist, die rote Ampeln überfährt, wird in diesem Kontext niemand berücksichtigen.

„Man munkelt, dass Luciano Giordano vorerst das Zepter übernehmen soll." Wow, die Entscheidung ist schnell gefallen. „Später soll Emmanuel Cortez dann Kopf des Clans werden." Anerkennend pfeife ich durch die Zähne. Luciano ist mein Großvater mütterlicherseits und war bis vor kurzem Kopf des Giordano-Clans in Italien, bis sein Enkel Luigi übernommen hat. Da er aktuell wegen des Familiengerichts ohnehin in El Puerto ist, ist es nur naheliegend, dass er die Geschäfte vorerst übernimmt.

Und Emmanuel? Er ist mein Exfreund, Beinahe-Verlobter und der Sohn, den mein Vater nie hatte. Wenn ich nicht geflohen wäre, hätten wir irgendwann geheiratet, und dann wäre er ohnehin in seine Fußstapfen getreten. Er ist einer der loyalsten Gefolgsleute meiner Familie, weshalb es mich nicht wundert, dass mein Vater ihn zu seinem Nachfolger auserwählt hat. Die beiden waren schon immer wie Pech und Schwefel.

„Riley Matthews ist in dem Wagen gestorben, habe ich schon verstanden. Also, wo gehen wir diesmal hin?" Nachdenklich wackelt Josh mit dem Kopf. So einen richtigen Plan hat er wohl noch nicht.

„Zuerst habe ich überlegt, ob wir zurück nach Europa gehen sollten, aber das können wir jetzt vergessen." Ja, das ist keine Option mehr nach dem Tod meiner Eltern. Es war damals schon riskant, nach Italien zu gehen, nachdem ich das erste Mal gestorben bin.

„Vielleicht Kanada? Wie gut ist dein Französisch?"

„Très bien, Monsieur", erwidere ich charmant lächelnd, was ihn ebenfalls zum Lachen bringt.

„Dann ist das beschlossene Sache. Wir bleiben noch ein, zwei Tage, damit du dich ausruhen kannst und damit wir sicher sind, dass du reisefähig bist. Dann wird Janine dir mal wieder einen Besuch abstatten, um dir einen neuen Look zu verpassen – und dann heißt es goodbye, Los Angeles und salut, Kanada!"

Erschöpft lege ich mich ihn. Seine Euphorie in allen Ehren, aber dieses Gespräch, die Flut an Informationen und das Planen haben mich furchtbar angestrengt. Mein Kopf hämmert wie verrückt, und mir fallen immer wieder die Augen zu.

„Klingt super", murmle ich schläfrig, während ich mich tiefer in die Kissen kuschle, „aber jetzt muss ich erst mal schlafen."

Die nächsten zwei Tage vergehen wie im Flug. Josh ist relativ wenig bei mir im Krankenhaus, da er sich um alle Formalitäten kümmern muss: Für unsere neuen Identitäten brauchen wir Pässe, Führerscheine und verschiedenste Dokumente. So was zu organisieren braucht einige Zeit

Sobald wir nach Kanada verschwunden sind, wird die Polizei eine Pressemitteilung rausgeben, dass auch ich meinen schweren Verletzungen erlegen bin. Ebenso wie die beiden anderen Insassen des Unfallwagens. Wenn das erledigt ist, kann ich ein neues Leben anfangen, in der Hoffnung, einige Jahre unerkannt in Kanada wohnen zu können, um dann zum finalen

Schlag gegen den Hernandez-Clan auszuholen und den Horror endgültig zu beenden.

Mit Zeitschriften und schlechtem Krankenhaus-TV vertreibe ich mir also die einsamen Stunden von Visite zu Visite. Mindestens einmal am Tag kommt Jake vorbei, um mir ein bisschen Gesellschaft zu leisten. Er ist neben Josh der Einzige, der weiß, wo ich mich aufhalte. Seine Besuche sind eine willkommene Abwechslung für mich. Meistens spielen wir Karten oder versuchen das Kreuzworträtsel der *LA Times* zu lösen, was nicht immer ganz einfach ist. Aber seine Anwesenheit bringt mich auf andere Gedanken, und das ist es, was mir gut gefällt.

So verbringe ich nur achtzehn Stunden am Tag damit, an Ian zu denken und daran, wie sehr ich ihm wehgetan haben muss mit meinen Worten.

Am heutigen Freitag, fünf Tage nach dem Unfall, habe ich allerdings auch keine Zeit, nur einen Gedanken an Ian zu verschwenden.

Vor ungefähr vier Stunden ist Janine Mitchell gemeinsam mit ihrem Team aus Stylisten und Friseuren hier aufgeschlagen. Bereit, mir ein vollkommenes Makeover zu verpassen. Von Anfang an war klar, dass ich nicht blond bleiben würde, weshalb wir direkt damit begonnen haben, die Farbe wieder aus meinen Haaren zu ziehen. Und jetzt diskutieren alle seit einer gefühlten Ewigkeit darüber, welche Frisur ich bekommen werde.

„Also wir müssen uns auf jeden Fall von deinen langen Haaren trennen." Janine wirft einen kritischen

Blick auf mich, während ich ihr nur mit halbem Ohr zuhöre. Meine Aufmerksamkeit gilt eher Josh, der versucht, mir die wichtigsten Eckdaten meines neuen Ichs zu erklären. Das ist bei dem ganzen Geschnatter der restlichen Frauen im Raum allerdings recht schwer. Was Janine mit meinen Haaren anstellt, ist mir relativ egal. In den letzten Jahren hatte ich so viele Frisuren, dass ich schon gar nicht mehr weiß, was mir eigentlich gefällt und was nicht. Das Honigblond, das Riley getragen hat, fand ich wirklich schön, aber ich mag auch mein natürliches Dunkelbraun, das durch die Entfärbung langsam wieder zum Vorschein kommt.

„Ich denke, wir verpassen deinen Haaren einen Karamellton. Vielleicht mit einem leichten Rotstich?" Ich nicke abwesend. Was auch immer sie will. Ihre Assistentinnen dagegen sind verzückt.

„Ein gerader Pony würde ihr bestimmt auch gut stehen." Die Kleinere von beiden klopft nachdenklich mit der Haarbürste gegen ihr Kinn, doch Janine schüttelt entschieden den Kopf.

„Nein, auf gar keinen Fall einen Pony. Aber wir schneiden ihr einen Bob! Jung und flippig. Das wird fabelhaft!" Begeistert klatscht die Friseurin in die Hände, während ich Josh einen genervten Blick zuwerfe. Ich weiß, dass sie ihre Arbeit gut macht, das hat sie schon oft bewiesen, aber dieses ständige Gequatsche macht mich wahnsinnig!

„Janine, vielleicht könntet ihr eure Arbeit weitestgehend schweigend fortführen, damit ich Riley informieren kann, ohne schreien zu müssen?" Ich forme ein tonloses „Danke" und konzentriere mich wieder auf den Stapel Zettel in meiner Hand.

„Also, da die Sonne uns hier ziemlich gebräunt hat, müssen wir aus einem sonnigen Staat kommen." Langsam nicke ich. Das macht Sinn. Laut meinen Informationszetteln werde ich in wenigen Stunden zu Lillian Martin, genannt Lilli. Eine 26-jährige Barkeeperin, die gemeinsam mit ihrem Bruder Thomas ein neues Abenteuer sucht. Deshalb haben sie sich kurzerhand entschlossen, das sonnige Miami hinter sich zu lassen, um ins weit entfernte Hamilton in Ontario, Kanada zu ziehen.

„Unsere Eltern sind bei einem Autounfall ums Leben gekommen", erklärt Josh, und ich kann mir einen kurzen Seitenblick nicht verkneifen. Wie passend.

„Da unsere näheren Verwandten uns nicht wollten, sind wir von Kinderheim zu Kinderheim gezogen und haben uns durchs Leben geschlagen."

Mmh, sehr schlau. Durch die vielen Umzüge könnten wichtige Dokumente verloren gegangen sein, womit wir eine plausible Ausrede hätten, falls jemand nachfragen sollte.

Nachdenklich knabbere ich an meiner Unterlippe, während Josh bereits beim nächsten Blatt ist, doch ich höre ihm kaum noch zu. Die Verwandlung in eine neue Person habe ich schon so oft durchgemacht, dass ich eigentlich daran gewöhnt sein müsste, meine neue Identität kennenzulernen. Doch diesmal fällt es mir wesentlich schwerer als sonst. Die Informationen wollen einfach nicht in meinen Kopf. Vermutlich liegt es daran, dass ich mich zu sehr an Riley gewöhnt, dieses Alias zu nah an mich rangelassen habe.

In den letzten drei Jahren habe ich viele Erinnerungen gesammelt, die vor allem durch Emily und letztlich auch durch Ian entstanden sind. Der Stadt mit ihren Bewohnern, die mir so ans Herz gewachsen sind, jetzt einfach den Rücken zu kehren, fällt mir nicht leicht. Mein Blick gleitet zu dem Ring an meinem Finger, dessen Diamant das spärliche Licht des Raumes bricht und dadurch unfassbar zu funkeln beginnt.

Sofort werde ich wieder traurig. Das Ende unserer gemeinsamen Zeit fühlt sich einfach nicht richtig an.

Jedes Mal, wenn ich an den verletzten Ausdruck in seinen Augen denke, als ich sagte, dass ich keine Gefühle für ihn hätte, zieht sich mein Herz schmerzhaft zusammen und birst schließlich in tausend Teile.

„Josh?", sage ich und möchte meinen Kopf in seine Richtung drehen, was Janine aber sofort verhindert.

„Sitz still, oder du wirst furchtbar aussehen", schimpft sie wie ein kleiner Rohrspatz, was mich leicht amüsiert.

Sie würde nie zulassen, dass ich diesen Raum verlasse, wenn sie nicht hundertprozentig zufrieden mit dem Look ist. Immerhin hat auch sie einen Ruf zu verlieren. Aber gut, dann gucke ich Josh eben nicht an, während wir uns unterhalten.

„Wenn Riley ohnehin stirbt, kann ich Ian dann vielleicht einen Brief schreiben? So quasi als letzte Worte auf dem Sterbebett?" Mein bester Freund verzieht das

Gesicht. Ihm gefällt die Idee mal wieder nicht. War ja klar.

„Bitte." Meine Stimme hat schon einen fast flehenden Ton angenommen. Ich würde bestimmt besser schlafen, wenn ich mich bei ihm entschuldigen könnte.

„Ich weiß nicht, Riley ...", meint er seufzend, „ich halte das für keine gute Idee."

Ich schaffe es, ihm einen Blick zuzuwerfen, bevor Janine meinen Kopf wieder an Ort und Stelle rückt und mir tadelnd auf die Schulter haut.

„Still sitzen!" Genervt verdrehe ich die Augen. Sie soll sich nicht so anstellen. Bei Josh scheint mein Blick allerdings Wirkung gezeigt zu haben, denn er reicht mir leise murmelnd Stift und Papier.

Minutenlang starre ich auf den leeren Zettel. Immer wieder klicke ich auf den Kugelschreiber, um die Mine aus- und dann doch wieder einzufahren. Irgendwie habe ich mir das etwas leichter vorgestellt. Normalerweise sprudeln mir die Worte doch auch wie ein Wasserfall aus dem Mund. Für einen weiteren, kurzen Moment halte ich inne, doch dann fliegt der Stift quasi über das Papier.

Lieber Ian,

vermutlich wirst du nach unserem letzten Gespräch sehr überrascht sein, von mir zu hören, aber ich muss dir schreiben, um meinen Frieden zu finden. Durch deine zahlreichen Kontakte oder die Presse wirst du vielleicht schon mitbekommen haben, dass ich einen Autounfall hatte. *Mich hat es schlimm erwischt, und laut den Ärzten werden meine Werte von Stunde zu Stunde schlechter. Was am Montag passiert ist, tut mir unendlich leid. Es war nie meine Absicht, dir wehzutun, doch es war notwendig, um dich zu schützen. Du kannst dir nicht mal in deinen kühnsten Träumen ausmalen, zu was mein Vater alles imstande ist. Mir ist klar, dass dich dieser Brief sehr verwirren wird, und ich kann gut verstehen, wenn du ihn nicht einmal zu Ende liest. Aber du sollst wissen, dass es Quatsch war, was ich dir vor meiner Haustür gesagt habe. Deine Intuition hat dich nicht getäuscht. Ich habe Gefühle für dich entwickelt, auch wenn ich es nach unseren ersten Zusammentreffen kaum für möglich gehalten habe. Die Zeit, die wir in den letzten Wochen gemeinsam verbracht haben, gehört wohl zu der schönsten in meinem Leben, und für all diese Momente danke ich dir von Herzen. Ich werde sie, so lange es noch geht, bei mir tragen und mich oft daran erinnern.*

Eine Sache solltest du dir jedoch immer vor Augen halten, auch wenn ich nicht mehr da bin: Du bist ein besserer Mann, als die Presse denkt. Vergiss das nie.

In Liebe
Riley

Mit gemischten Gefühlen verschließe ich den Umschlag und überreiche ihn Josh mit der Bitte, ihn Ian schnellstmöglich zukommen zu lassen. Ich muss mit diesem Leben hier abschließen, ansonsten ist es mir unmöglich, ein neues in Kanada zu beginnen. Und dieser Brief ist ein guter erster Schritt in die richtige Richtung.

„Ich sorge dafür, dass er ihn noch heute bekommt, versprochen." Er schenkt mir ein sachtes Lächeln, das ich schwach erwidere. Hoffentlich ist Ian überhaupt offen dafür, diesen Brief zu lesen.

„Dann wirst du dich aber beeilen müssen, mein Lieber." Janine mischt sich in unser Gespräch ein, womit meine Aufmerksamkeit das erste Mal seit Stunden wieder auf meine Haare gelenkt wird.

Die sind nämlich weg! Von meiner wallenden, blonden Mähne ist nichts mehr übrig, wenn ich an mir herunterschaue. Ein komisches Gefühl. Keine Ahnung, wann ich das letzte Mal kurze Haare hatte.

„Okay, in einer halben Stunde bin ich wieder da. Dann besprechen wir die letzten Details und brechen auf."

Ich nicke und winke ihm kurz zu. Doch gerade als er zur Tür raus will, schiebt Jake sich rein. Verwirrt ziehe ich die Augenbrauen zusammen. Soweit ich weiß, wollte er nicht mehr vorbeikommen, immerhin hat er sich bereits heute Vormittag von mir verabschiedet.

Ein Blick in sein Gesicht zeigt, dass er auch nicht sonderlich glücklich über die Änderung dieses Plans ist. Das ist kein gutes Zeichen, und so beginnen sämtliche Alarmglocken in meinem Kopf zu schrillen.

„Wir haben ein Problem." Der junge Drogenfahnder lehnt sich gegen die geschlossene Tür, während er alle der Reihe nach anschaut. Als sein Blick auf mich fällt, ist jedoch jede Sorge aus seinem Gesicht gewichen.

Stattdessen reckt er den Daumen hoch und grinst mich breit an.

„Sieht stark aus, Riley. Hast du dich schon gesehen?" Ich schüttle den Kopf, mein neues Aussehen ist gerade mein geringstes Problem. Janine ist da anderer Meinung.

Ohne ein weiteres Wort hält sie mir einen Spiegel vors Gesicht und wartet gespannt auf meine Reaktion. Die Frau, die mich im Spiegelbild anblickt, sieht mir nur noch ansatzweise ähnlich. Die dunkelbraunen, fast schwarzen Augen sind das Einzige, was auf meine Person schließen lassen könnte. Die Haare reichen mir nur noch knapp bis unters Kinn und sind zu einem stylishen Bob geschnitten. Vorne sind sie etwas länger als hinten, und zu den Spitzen hin wellen sie sich leicht. So wie sie jetzt sind, werde ich sie nie wieder frisiert bekommen, das ist mir jetzt schon klar.

Die wohl größte Veränderung ist allerdings die Farbe. Das Blond ist vollkommen verschwunden, ebenso mein natürliches Dunkelbraun. Stattdessen leuchten meine Haare nun rotbraun. Wobei … eigentlich ist es eher eine Art Karamellton mit einem erheblichen Rotstich. Hat Janine das vorhin nicht erwähnt, frage ich mich zerstreut. Wie auch immer: Ungewohnt, aber hübsch. Sie hat sich diesmal wirklich selbst übertroffen.

„Die Farbe heißt Caramel Red", erklärt Janine begeistert, und ich schenke ihr ein kurzes Lächeln.

„Sieht klasse aus", bekomme ich gerade noch heraus, bevor eine ihrer Kolleginnen anfängt, mich zu schminken. Immerhin müssen meine Schnitt- und Schürfwunden vom Unfall zumindest im Gesichts- und Halsbereich vernünftig abgedeckt sein.

Der Plan ist, das Krankenhaus als Besucherin zu verlassen, damit niemand merkt, dass ich selbst hier Patientin war. Wir wollen kein Aufsehen erregen, damit die Pressemitteilung über meinen Tod ohne weitere Fragen veröffentlicht und zu den Akten gelegt werden kann.

„Also, um auf das Problem zurückzukommen ...", Jake räuspert sich kurz, „... es gab wohl ein Leck. Die Presse weiß, dass Riley hier ist. Draußen stehen mindestens zwanzig Reporter plus Fotografen."

Stöhnend lehne ich mich auf dem Stuhl zurück. Das darf doch alles nicht wahr sein!

„Okay ...", ich kann sehen, dass es in Joshs Kopf zu rattern beginnt, „... ich rufe gleich den Krankenhausdirektor an. Dann müssen wir uns einen anderen Weg überlegen, wie wir hier unerkannt rauskommen."

Jake nickt, und auch mir ist klar, dass wir nicht einfach durch den Haupteingang nach draußen marschieren können. Dafür ist die Gefahr viel zu groß, dass mich einer der Paparazzi erkennt, neue Frisur hin oder her. Die waren Ian und mir lang genug auf den Fersen, um sich auch andere Erkennungsmerkmale von mir einzuprägen. Mein Taubentattoo zum Beispiel.

Also bitte ich die Make-up-Artistin, auch mein Handgelenk zu schminken, damit man es nicht mehr sehen kann. Sie macht sich sofort ans Werk, während ich einen letzten Blick in den Spiegel werfe. Es wäre ja auch zu einfach gewesen, heimlich, still und leise aus Los Angeles zu verschwinden.

„Scheint so, als würde sich euer Aufenthalt hier im Krankenhaus noch um ein paar Stunden verlängern", meint Jake und wirft mir einen mitleidigen Blick zu.

„Sieht ganz so aus", erwidere ich trocken, als mir eine Idee kommt.

„Aber für dich hätte ich eine kleine Aufgabe ..."

22. KAPITEL
IAN

Unruhig tigere ich in meinem Wohnzimmer umher. Seit der Gedanke in meinem Kopf ist, dass Riley womöglich nicht mehr leben könnte, habe ich nicht mehr richtig geschlafen.

Nachts wälze ich mich lange hin und her, bis ich den Versuch schließlich aufgebe und mich im Wohnzimmer auf die Couch haue, um sinnlos durch das Fernsehprogramm zu zappen. Mit viel Glück schlafe ich dabei dann irgendwann ein.

Tagsüber versuche ich mich anderweitig zu beschäftigen, aber letztlich wandern meine Gedanken immer wieder zu Riley. Sie geht weiterhin nicht an ihr Handy, und selbst Joe hat nichts von ihr gehört. In meiner Not habe ich sogar Alec gebeten, bei ihrer Freundin Emily nachzufragen, doch auch dieses Gespräch führte in eine Sackgasse. Das lässt natürlich sämtliche Schreckensszenarien in meinem Kopf ablaufen.

Ist sie tatsächlich in diesem Wagen gestorben? Konnten ihre Eltern irgendwie aus dem Krankenhaus entkommen und sind jetzt bereits in Europa? Oder haben sie Riley direkt hier erledigt, noch bevor der Unfall überhaupt zustande kam? War sie zu dem Zeitpunkt also vielleicht bereits tot? Verzweifelt raufe ich mir die Haare. Ich brauche dringend Antworten, sonst werde ich noch verrückt!

„Ian, setz dich doch einen Moment." Maria wirft mir einen besorgten Blick zu, während sie mir eine Tasse Tee anbietet.

„Wenn du Furchen in den Boden läufst, ändert das auch nichts an der Situation." Grummelnd nehme ich ihr die Tasse ab.

Mein Hauptnahrungsmittel in den letzten Tagen war Bier, von daher ist das eine willkommene Abwechslung. Vielleicht beruhigt der Tee mich ein wenig.

„Sie ist tough und hat schon viel durchgemacht. Da ist ein Autounfall doch quasi nichts gegen." Mit ihrer mütterlichen Art tätschelt Maria mir den Arm, und ich rechne es ihr hoch an, dass sie versucht, mich aufzumuntern. Aber wir beide wissen, dass die Sache nicht gut aussieht. Wie zäh Riley auch sein mag und wie oft sie schon neu anfangen musste, sie hat keine neun Leben. So schön das auch wäre.

Einen Augenblick lang betrachte ich einfach die Tasse in meiner Hand, deren Inhalt leicht grünlich aussieht, dann nippe ich daran und verziehe angeekelt das Gesicht. Was zur Hölle hat Maria mir denn da zusammengebraut?

„Ein altes Familienrezept", ruft sie mir aus der Küche zu, als hätte sie meine Gedanken gelesen. „Soll helfen, zur Ruhe zu kommen. José kann nach zwei Tassen immer wunderbar schlafen."

Ihre Kräuterexpertise in allen Ehren, aber die Geschmacksnerven ihres Mannes scheinen nicht mehr ganz in Ordnung zu sein.

„Ist ja widerlich", murmle ich und stelle die Tasse beiseite, als es an der Tür klingelt. Nervös werfe ich einen Blick in Richtung Eingangshalle. Als es das letzte Mal geklingelt hat, hat das kein gutes Ende genommen. In relativ kurzer Zeit ertönt die Klingel ein zweites Mal, was mein Herz in die Hose rutschen lässt. Fühlt sich verdächtig nach einem Déjà-vu an.

„Ich geh schon", rufe ich Maria zu, erhebe mich und gehe mit schweren Schritten zur Haustür. Als ich sie öffne, werden all meine Befürchtungen bestätigt, denn vor mir steht einer der Drogenfahnder, die vor Kurzem mein Haus auseinandergenommen haben.

„Das ist doch ein Scherz", stöhne ich, während ich mich mit verschränkten Armen in den Türrahmen lehne. Das hat mir gerade noch gefehlt. Aber ich will mir auf keinen Fall anmerken lassen, wie viel Respekt mir diese Situation einflößt.

„Wollen Sie mich wieder verhaften?" Der Detective schürzt die Lippen. Er scheint meine Frage eher amüsant zu finden. Mir dagegen ist gar nicht zum Lachen zumute. Eigentlich habe ich keine Zeit für solche Mätzchen. Was will der hier?

„Chill, Mann. Ich bin nicht im Dienst. Den hier soll ich dir geben." Er überreicht mir einen weißen Umschlag, den ich stirnrunzelnd entgegennehme.

„Botengänge sind zwar nicht so mein Ding, aber in diesem Fall mache ich mal eine Ausnahme." Seit wann bringen Polizisten Vorladungen denn persönlich? Langsam drehe ich das Kuvert in den Händen und erstarre, als ich meinen Namen auf der Vorderseite sehe. Diese Handschrift kenne ich doch! Die gehört Riley. Ein riesiger Stein fällt mir vom Herzen. Das bedeutet, dass sie noch am Leben ist!

„Was ist das?", frage ich, während ich eilig den Umschlag aufreiße.

„Sieht aus wie ein Brief." Schulterzuckend sieht Jake – ich glaube, so hat Riley ihn damals genannt – mich an. „Aber hey, nicht den Boten erschießen. Ich kann nichts für den Inhalt."

Blitzschnell überfliege ich den Inhalt des kurzes Briefs. Das ist auf jeden Fall ihre Handschrift. Spätestens jetzt bin ich mir zu hundert Prozent sicher.

„Ich muss wissen, wo sie ist!" Meine Worte überschlagen sich beinahe, weil ich so aufgeregt und erleichtert bin, doch als ich aufschaue, ist Jake längst verschwunden. Na toll.

Frustriert knalle ich die Haustür zu. Jetzt weiß ich zwar, dass sie noch lebt und auch Gefühle für mich hegt, aber wo ich sie finden kann, ist immer noch ein Geheimnis. Und gerade jetzt, nachdem ich ihren Brief gelesen habe, muss ich unbedingt mit ihr reden.

Seufzend lasse ich mich wieder aufs Sofa fallen. Das ist doch alles scheiße! Es muss irgendeinen anderen Weg geben, um rauszufinden, wo sie sich aktuell aufhält.

Sam hat sich seit unserem Gespräch am Mittwoch auch nicht mehr gemeldet, was wohl bedeutet, dass seine Kontakte ebenfalls ratlos sind. Aber vielleicht hat die Klatschpresse den ein oder anderen Tipp bekommen. Gerade als ich mein Handy nehmen will, um nachzuschauen, ob eventuell schon ein Artikel online ist, leuchtet mein Display auf. Eingehender Anruf von Sam.

„Was gibt's?", grunze ich. Ich bin absolut nicht in der Stimmung, Geschäftliches zu besprechen. Wenn er keine Informationen über Rileys Aufenthaltsort hat, kann er direkt wieder auflegen.

„Ich habe gute Nachrichten für dich, Junge!" Seine Stimme klingt erleichtert und besorgt zugleich. „Ich habe dein Mädchen gefunden."

Sofort werde ich hellhörig. „Wo ist sie?"

Sein Zögern lässt mich die Augen verdrehen. Er weiß genau, dass meine Geduld begrenzt ist. Vor allem, wenn ich etwas dringend wissen möchte.

„Will von der *LA Times* hat gerade den Hinweis bekommen, dass sie im Ronald Reagan UCLA Medical Center ist. Es soll nicht gut um sie stehen, aber momentan ist sie noch am Leben."

„Alles klar, ich danke dir!" Ohne weitere Worte des Abschieds lege ich auf. Neue Hoffnung keimt in mir auf, und so schnell es geht, renne ich zur Haustür. Doch noch bevor ich sie erreiche, kommt mir ein Gedanke, den ich bisher nicht zu Ende gedacht habe. Mit einem meiner Autos kann ich unmöglich dorthin fahren, das würden die Paparazzi sofort erkennen.

Zum Glück muss ich in meiner Kontaktliste nicht weit scrollen, um die Person zu finden, von der ich mir Hilfe für Plan B erhoffe.

„Alec? Gut, dass du rangehst." Hastig mache ich auf dem Absatz kehrt und laufe zurück ins Wohnzimmer. Bis er hier ist, wird es noch einen Moment dauern. „Ich brauche deinen Wagen."

Eine Viertelstunde und einen Strafzettel später parken Alec und ich auf dem Seitenstreifen der Le Conte Avenue. Von unserem Standpunkt aus hat man das Krankenhaus gut im Blick, der Haupteingang ist jedoch außer Sichtweite. Allerdings konnte ich bereits beim Heranfahren den Medienrummel davor erkennen. Eine ganze Schar Fotografen wartet mit gezückten Kameras vor dem Eingang, um das perfekte Foto schießen zu können.

„Und wie genau hast du jetzt vor, ins Innere des Gebäudes zu kommen?" Alec blickt mich über den Rand seiner Sonnenbrille hinweg an. Eine berechtigte Frage. Immerhin kann ich nicht einfach ins Krankenhaus hineinspazieren, das würde den Reportern sofort auffallen und sie nur noch neugieriger machen.

„Ich habe keine Ahnung", seufze ich ehrlich und raufe mir die Haare. Irgendwie habe ich mir diesen Besuch wesentlich einfacher vorgestellt.

Nachdenklich lässt Alec den Blick durch seinen Wagen schweifen, und auf einmal sieht er so aus, als ginge ihm ein Licht auf. Triumphierend greift er auf die Rückbank und fördert einen dunklen Kapuzenpullover hervor, den ich sofort überstreife. Anschließend öffnet mein bester Freund das Fach am Armaturenbrett und schmeißt mir eine Sonnenbrille zu. Wie gut, dass er so viele davon hier rumfliegen hat.

Also ziehe ich die Kapuze über den Kopf und verdecke meine grünen Augen mit der Brille. Diese Tarnung ist vielleicht nicht perfekt, aber möglicherweise reicht sie aus, um ins Krankenhaus zu gelangen.

„Ich warte hier auf dich, Mann." Alec klopft mir ermutigend auf die Schulter, bevor ich aussteige und mich lediglich mit einer Handykamera bewaffnet unter die Paparazzi mische.

„Gibt es hier was umsonst?", frage ich mit sehr tiefer Stimme, während ich meinen Kopf recke, um irgendetwas sehen zu können. Der Typ neben mir wirft mir einen kurzen, abschätzigen Blick zu, scheint mich dann aber nur für einen Kollegen zu halten, der sich nicht gut genug informiert hat. Die fehlende Rasur in den letzten Tagen hat also doch noch ihr Gutes.

„Die neue Freundin oder vielleicht auch schon Ex-Freundin von Adrian Adams soll hier sein. Jeder will das erste Foto von ihr, wie sie das Krankenhaus verlässt. Soll mehrere Tausend Dollar wert sein." Beeindruckt ziehe ich die Augenbrauen hoch. Das ist eine Menge Geld für ein einziges Foto.

„Sag mal ... kennen wir uns nicht?" Der Fotograf wendet sich mir zu, und mir rutscht das Herz in die Hose. Hat er mich doch erkannt?

Zu meinem Glück hält seine Aufmerksamkeit nur kurz an, denn plötzlich kommt Bewegung in die Gruppe. „Hey! Hey! Ich glaube, da ist sie!" Ein regelrechtes Blitzlichtgewitter startet, als sich alle Richtung Eingang drängen. Verzweifelt versuche ich einen Blick auf sie zu erhaschen, allerdings vergebens.

„Fehlalarm, Leute!", ruft einer der vorderen Fotografen schließlich, „das ist sie nicht!"

Frustriert wende ich mich wieder ab, um zum Auto zurückzukehren. Über diesen Weg ist es unmöglich, das Gebäude zu betreten. Dafür bewachen die Paparazzi den Eingang viel zu gut. Vielleicht gibt es eine Hintertür, die ich benutzen kann ...

Nach einem kurzen Blick über die Schulter, um sicherzugehen, dass mir niemand folgt, schlage ich den Weg in die entgegengesetzte Richtung ein. Alec wird noch einige Minuten allein klarkommen müssen. Ich laufe die komplette Le Conte Avenue entlang, bis ich schließlich rechts auf die Gayley Avenue abbiege. In einigen Metern Entfernung befindet sich eine Art Behelfsparkplatz direkt neben dem Parkhaus für die Krankenhausbesucher. Er sieht ziemlich heruntergekommen aus, und einige Müllcontainer verraten, dass er wohl auch als eine Art Ablageplatz genutzt wird. Direkt dahinter führt ein Weg von hinten an das Gebäude heran, den ich sofort einschlage und tatsächlich zu einer Art Hintereingang gelange. Jackpot!

Innerlich stoße ich einen Jubelschrei aus, fluche jedoch unmenschlich laut, als ich feststelle, dass die Tür verschlossen ist.

„Das gibt's doch nicht", knurre ich gereizt. Es scheint fast so, als wollte das Universum nicht, dass ich zu Riley gelange. Frustriert trete ich gegen die nahestehenden Mülltonnen, als das Türschloss plötzlich knackt. In letzter Minute schaffe ich es hinter den Abfallcontainern, die ich eben noch zum Abregen benutzt habe, in Deckung zu gehen, kurz bevor drei Personen nach draußen treten.

Die beiden Männer des Trios kommen mir bekannt vor. Der Linke ist Jake, der Polizist, der mir vor knapp einer Stunde noch einen Besuch abgestattet hat, und rechts ist ... Jim? Ne, so heißt er nicht. Auf jeden Fall ist er Rileys bester Freund. Dieser Queen-Fan.

„Wir müssen uns beeilen, Josh!" Ach ja. Josh. Das war sein Name.

„Die Paparazzi stehen zwar immer noch vorne, aber sie brauchen nur auf die Idee zu kommen, sich mal umzuschauen." Verwirrt lege ich die Stirn in Falten. Die Stimme der Frau in der Mitte der beiden Polizisten würde ich unter Tausenden erkennen. Doch ihr Äußeres passt nicht zu der Frau, die ich suche. Die langen blonden Haare sind weg. Stattdessen sind sie jetzt rotbraun und etwa kinnlang.

„Lilli hat recht. Wir haben keine Zeit mehr. Der Flug geht schon in wenigen Stunden."

Ich verstehe nur Bahnhof. Wieso nennt er Riley denn Lilli? Von was für einem Flug wird hier gesprochen? Hat sie vor, Los Angeles jetzt doch endgültig zu verlassen?

Die drei gehen auf einen dunklen SUV mit getönten Scheiben zu, während ich Alec hastig meinen Standort schicke mit der Bitte, möglichst schnell hierher zu kommen. Ich kann sie nicht einfach gehen lassen, ohne Antworten bekommen zu haben.

„Riley!" Ich rufe ihren Namen, so laut ich kann, und tauche aus meinem Versteck hinter den Mülltonnen auf.

„Wo kommt der denn her?" Josh funkelt seinen Kollegen wütend an, der nur ahnungslos mit den Schultern zuckt.

„Ich habe echt aufgepasst, dass mir keiner folgt."

Fluchend schiebt Josh Riley in den Wagen, doch ich kann einen letzten Blick in ihre dunklen Augen erhaschen, und da weiß ich es: Ich kann sie nicht ziehen lassen. Dafür hat sie mein Herz schon viel zu fest in der Hand.

Die Türen werden zugeschlagen, und sie fahren mit quietschenden Reifen los. So schnell ich kann, laufe ich zur Straße, wo Alec bereits wartet. Hastig springe ich auf den Beifahrersitz, und er sieht mich überrascht an.

„Versuch diesen SUV einzuholen", sage ich außer Atem und lehne mich in meinem Sitz zurück, „ich zahle jeden Strafzettel, den du heute noch kriegen solltest."

Ohne weitere Fragen zu stellen, setzt Alec die Sonnenbrille wieder auf die Nase, grinst und tritt aufs Gas. Egal wohin Riley geht, ich werde sie begleiten, und niemand wird mich davon abbringen können.

23. KAPITEL
RILEY

Schweigend sitze ich auf der Rückbank von Jakes Wagen und betrachte das rege Treiben auf den Straßen von Los Angeles. Es herrscht Feierabendverkehr, weshalb die Interstate 405 recht voll ist. Das Auftauchen der Paparazzi hat unseren kompletten Zeitplan durcheinandergewirbelt. Wenn wir zur normal geplanten Zeit losgefahren wären, hätten wir die Interstate problemlos passieren können, aber jetzt geraten wir von einem Stau in den nächsten. In ein paar Stunden werde ich diese Stadt nicht mehr mein Zuhause nennen können, was ein befremdliches Gefühl in mir auslöst. Von allen Großstädten, in denen ich in den letzten Jahren gelebt habe, ist mir diese am liebsten gewesen. Aber in Kanada wird es so sein, als hätte mein Leben hier nie existiert. Riley Matthews wird in wenigen Stunden im Ronald Reagan UCLA Medical Center sterben, stattdessen ist Lilli Martin geboren, und ein neues Leben beginnt. Wieder einmal.

Seufzend lehne ich meinen Kopf an das kühle Fensterglas, während die beiden Männer auf den vorderen

Plätzen noch immer darüber diskutieren, wie Ian uns finden konnte.

„Er kann mir unmöglich gefolgt sein, Josh." Jake gestikuliert wild mit der rechten Hand. „Ich bin extra einen Umweg gefahren, als ich zu euch zurück bin."

„Er hat uns aber gefunden. Und es wäre besser, wenn er das nicht noch mal tut. Riley wird in diesem Krankenhaus sterben, und wenn er sie noch mal mit dem Namen anspricht und das jemand mitbekommt, ist die ganze Verwandlung umsonst gewesen."

Genervt rolle ich mit den Augen. Ian ist ja nicht dumm. Wenn die Fotografen uns finden konnten, ist das für ihn und seine zahlreichen Kontakte doch ein Leichtes.

In Gedanken versunken drehe ich den Ring an meinem Finger. Ihn eben noch einmal zu sehen hat mich ziemlich aufgewühlt. Ich habe nicht damit gerechnet, jemals wieder auf ihn zu treffen. Für mich ist unsere Geschichte mit dem Abschiedsbrief vorbei gewesen, zumindest habe ich mir das eingeredet.

Mein Körper sieht das allerdings ein bisschen anders, so schnell, wie mein Herz immer noch schlägt. Es weiß ganz genau, wohin es gehört, und das ist nicht Kanada. Es gehört hier nach Los Angeles zu Ian.

Doch mein Verstand gewinnt den erbitterten Kampf jedes Mal, egal wie lange er ausgefochten wird. Ich kann nicht hierbleiben. Das ist unmöglich. Es wäre viel zu gefährlich. Für ihn noch mehr als für mich. Sobald der Clan rausfinden würde, dass wir immer noch zusammen sind, hätten sie mit Ian ein Druckmittel, um mich aus der Reserve zu locken. Für nichts auf der Welt würde ich sein Leben hergeben, um meines zu retten. Deshalb ist die Flucht in ein fremdes Land und in ein neues Leben unbedingt erforderlich.

Josh wirft mir einen Blick über den Rückspiegel zu.

„Ich weiß, es ist vielleicht nicht der richtige Zeitpunkt …", fängt er vorsichtig an, was mich aufhorchen lässt, „aber der Ring muss noch ab."

Sofort erstarre ich in meiner Bewegung. Dieses Schmuckstück ist meine einzige Erinnerung an meine Zeit hier in Los Angeles und an Ian. Die Vorstellung, ihn jetzt doch ablegen zu müssen, schmerzt mich sehr.

Am Anfang habe ich ihn eher als Last gesehen und wäre froh gewesen, ihn endlich vom Finger zu bekommen, doch in den letzten Wochen ist er zu einem Teil von mir geworden, den ich nicht mehr missen möchte.

Auch wenn ich mich schwertue, an Schicksal und eine höhere Macht zu glauben, bin ich inzwischen so weit, davon auszugehen, dass es einen Sinn hat, dass der Ring noch immer an meinem Finger ist. Vielleicht hat Ian recht gehabt, und er gehört genau dorthin. Doch wie sonst auch übernimmt mein Kopf die Führung und erinnert mich daran, dass man mich aufgrund des Ringes erkennen könnte. Er ist einfach viel zu auffällig.

„Ich weiß", murmle ich schließlich leise, „ich weiß."

Wieder tritt ein Seufzen über meine Lippen, als ich mich zurücklehne. Hoffentlich haben die Jungs eine Zange dabei, denn anders werden wir den Ring wohl nicht von meinem Finger bekommen, auch wenn er sich inzwischen so gut bewegen lässt wie noch nie.

„Machen wir uns später Gedanken drüber, okay?" Josh lächelt mich beruhigend an. Ihm ist natürlich bewusst, wie viel mir der Ring bedeutet und was er da von mir verlangt.

Mit eher gemischten Gefühlen erwidere ich sein Lächeln, als Jake den Wagen in einem der abgelegeneren Parkhäuser des Flughafens zum Stehen bringt.

„Passt auf euch auf, okay?" Lächelnd sieht er erst mich und dann Josh an.

„Wir sind nicht so weit gekommen, damit ihr schließlich doch unter die Erde befördert werdet." Ein leises Lachen entflieht mir, bevor ich nach dem Türgriff greife.

„Du weißt doch, Jake. So schnell bringt man mich nicht um." Mit diesen letzten Worten steigen wir aus.

Eine herzlichere Verabschiedung wird es nicht geben, immerhin haben wir das heute Morgen im Krankenhaus schon hinter uns gebracht.

Josh reicht mir meine Tasche, die ich lässig über die Schulter werfe, als ein silberner Mercedes um die Ecke biegt und mit quietschenden Reifen zum Stehen kommt. Unsicher werfe ich Josh einen Blick zu, und auch Jake steigt aus seinem Wagen, um zu sehen, was hier passiert. Wer könnte das nur sein? Doch meine Unsicherheit wandelt sich schnell in Verblüffung, als Ian aus dem Auto springt und auf mich zukommt.

„Das ist doch ein verdammter Scherz", knurrt Josh, worauf ich absolut nichts erwidern kann. Dafür bin ich viel zu abgelenkt von dem Mann, der mein Herz erobert hat und jetzt tatsächlich wieder vor mir steht.

„Was tust du hier?", wispere ich, während ich meine Reisetasche fallen lasse.

„Das frage ich dich, Riley", entgegnet er, was Josh ein Stöhnen entlockt. Für ihn bricht offenbar gerade unser gesamter Plan zusammen, indem Ian mich mit meinem Alter Ego anspricht.

„Denkst du wirklich, dass ich dich einfach so gehen lasse nach diesem Brief?" Ich plustere kurz die Wangen auf. Um ehrlich zu sein, habe ich nicht damit gerechnet, dass er meine Zeilen so schnell liest. Nach seiner Reaktion am Montag auf meine Abfuhr bin ich davon ausgegangen, dass er den Brief entweder sofort verbrennt oder beiseitelegt und ihn erst in ein paar Wochen öffnet.

„Du verstehst das nicht, Ian. Ich muss das tun. Es geht nicht anders."

„Du musst gar nichts, Riley. Überhaupt nichts!" Aus den Augenwinkeln sehe ich, dass Josh kurz vorm Platzen ist.

Zum Glück wird dieses weit vom Hauptgebäude abgelegene Parkhaus von den Flughafenbesuchern nur selten genutzt. Es stehen nur einige vereinzelte Autos herum, und keine Menschenseele ist außer uns hier zu sehen. Trotzdem kann es sein, dass hier Kameras angebracht wurden, die jedes Wort unserer Unterhaltung aufzeichnen, und das ... wäre eine Katastrophe.

„Ihr habt zehn Minuten, okay?" Josh wirft uns beiden einen warnenden Blick zu.

„Aber bitte", presst er zwischen zusammengebissenen Zähnen hervor, „nenn sie wenigstens Lilli, wenn du sie direkt ansprechen musst." Anschließend wendet er sich ab, zieht Jake beiseite und bespricht sich kurz mit ihm, bevor sie in verschiedene Richtungen ausschwärmen, um das Parkdeck genauer unter die Lupe zu nehmen. Ian dagegen scheint die Welt nicht mehr zu verstehen. In seinen Augen steht derselbe Ausdruck wie vergangenen Montag vor meiner Wohnung. Doch trotz aller Verwirrung überwindet er die letzte Distanz zwischen uns und ergreift meine Hände.

„Bleib bei mir." Flehend sieht er mich an. „Du musst nicht gehen. Egal wie gefährlich dein Vater ist, ich kann dich beschützen. Wir schaffen das. Gemeinsam."

Ein Schluchzen steigt meine Kehle hoch, während sich Tränen in meinen Augenwinkeln sammeln. Es wäre so schön, wenn seine Worte der Wahrheit entsprechen würden, aber leider ist das reines Wunschdenken. Mehr nicht.

„Er ist tot, Ian." Durch mehrfaches Blinzeln versuche ich die Tränen zu vertreiben. „Er kann mir nicht mehr gefährlich werden. Ebenso wenig wie meine Mutter."

„Aber das ist doch gut! Wieso musst du dann gehen?" Seufzend lasse ich seine Hände los. Wie kann ich ihm diese komplizierten Familienverhältnisse nur auf die Schnelle erklären?

„Weil seine Anhänger, seine Familie mir die Schuld für ihren Tod geben. Sie sind meinetwegen nach Los

Angeles gekommen und hier gestorben." Ian schüttelt fassungslos den Kopf. Diese Art zu denken ist ihm wohl unzugänglich. Aber wie sollte er das auch verstehen? Er ist in ganz normalen Verhältnissen aufgewachsen und musste sich bisher noch nie mit so etwas auseinandersetzen.

„Es tut mir leid, Ian", meine ich leise, „aber ich muss jetzt wirklich gehen."
Schweren Herzens werfe ich ihm einen letzten Blick zu, bevor ich mich umdrehe.

„Hör auf Sam und such dir eine Frau, die mit dir in der Öffentlichkeit stehen kann. Die ein normales Leben vorweisen kann und sich ein Loch in den Bauch freuen würde, an deiner Seite zu sein." Ein bitteres Lachen ertönt hinter mir.

„Was soll ich mit einer anderen Frau?" Ian überholt mich, sodass er wieder vor mir steht und ich ihn anschauen muss.

„Ich liebe dich, Ri... Lilli. Dich und keine andere."
Sprachlos sehe ich ihn an. Das hat er jetzt nicht wirklich gesagt?

„Ich wollte es dir schon Montagabend sagen, aber du hast mich nicht aussprechen lassen und dann ... na ja, kam alles ein bisschen anders als geplant."

Mein Herz schlägt mehrere Salti bei seinen Worten. Tausend Schmetterlinge flattern in meinem Bauch, und meine Mundwinkel bewegen sich leicht nach oben. Es ist unglaublich. Trotz allem, was geschehen ist, ist er immer noch hier.

„Und es ist ganz egal, was du jetzt sagst. Du empfindest genau so, das kannst du nicht leugnen." Geschlagen schiebe ich meinen Unterkiefer von links nach rechts. Spätestens jetzt, nachdem ich meine Mimik nicht mehr unter Kontrolle hatte, muss ich diesen Kampf als verloren ansehen. Doch noch bevor ich zu einer Antwort ansetzen kann, kommen Josh und Jake zurück.

„Es wird Zeit." Mein bester Freund sieht mich eindringlich an. Mit einem kurzen Nicken symbolisiere ich ihm, dass ich noch einen Moment benötige, aber gleich zu ihnen stoßen werde.

Langsam gehe ich auf Ian zu, bis ich seinen warmen Atem an meiner Stirn spüren kann. Sein Duft aus Zedernholz, Moschus, Zitrone und Lavendel hüllt mich ein, als ich sein Gesicht sanft in die Hände nehme und mit dem Daumen über seine Wange streiche.

„Ja", meine ich schließlich leise, „ja, ich liebe dich."

Sofort schießen seine Mundwinkel in die Höhe, und er zieht mich näher an sich heran, doch schon im nächsten Moment muss ich seine Euphorie zügeln.

„Das ändert aber nichts an der Tatsache, dass ich gehen muss. Wenn wir uns zu einer anderen Zeit unter anderen Umständen kennengelernt hätten, dann wäre aus uns vielleicht sogar etwas geworden."

Ian schüttelt den Kopf. Anscheinend kann und will er meine Entscheidung nicht akzeptieren.

„Ich begleite dich." Ein schwaches Lächeln umspielt meine Lippen. Die Vorstellung ist schön, aber schier unmöglich.

„Dir ist das Ausmaß deiner Worte, glaube ich, nicht bewusst", sage ich langsam, um es ihm so verständlich wie möglich zu machen.

„Doch, mir ist klar, was ich da sage." Ian sieht mir fest in die Augen, was mein Herz sofort wieder schneller schlagen lässt. „Ich will mein Leben mit dir verbringen. Mit niemandem sonst. Da sind mir die Konsequenzen egal."

„Ian!" Ich erwidere seinen Blick standhaft. Seine Worte in allen Ehren, aber irgendjemand muss hier einen kühlen Kopf bewahren, und das wäre dann wohl ich. „Deine Vorstellung ist wundervoll. Ich hätte absolut nichts dagegen, für immer bei dir zu sein. Aber die Situation ist etwas komplizierter. Du müsstest dein Leben aufgeben, verstehst du das?" Ich greife nach seinen Händen und drücke sie leicht.

„Wir müssten deinen Tod vortäuschen. Deine Freunde, deine Familie, deine Fans ... alle müssten diese Tragödie verarbeiten. Das ist nicht vorübergehend. Dieser Schritt wäre endgültig. Dann gibt es kein Zurück mehr."

Ohne ein weiteres Wort zieht er mich an sich und küsst mich so innig, dass mir beinahe die Luft wegbleibt. Das ist wohl Antwort genug.

„Ich will es", entgegnet er leise, während er seine Stirn gegen meine lehnt, „lieber ein Leben als Geist als ein Leben ohne dich." Eine einzelne Träne rinnt meine Wange hinab, doch bevor ich etwas sagen kann, räuspert sich jemand rechts von uns.

„Wir können das ohnehin nicht jetzt entscheiden." Josh sieht uns nacheinander an. Er wirkt sehr müde. Die ganze Situation zerrt wohl stark an seinen Nerven.

„Er hat absolut recht", Jake gesellt sich zu uns und schaut Ian ernst an. „Gegen dich läuft noch ein Verfahren, falls du das vergessen haben solltest."

Mein Freund brummt etwas Unverständliches, als eine Autotür zuschlägt und wir alle auf dem Absatz kehrtmachen.

„Was das angeht, hätte ich eine Lösung." Alec lehnt lässig an seinem Wagen, während Josh fast die Augen ausfallen. Mit weiterem Besuch hat wohl niemand von uns gerechnet.

„Ian, du musst Olli einfach in die Pfanne hauen. Anders kommst du da nicht raus." Er sieht seinen besten Freund ernst an, der nur leise seufzen kann. Tröstend lehne ich mich gegen ihn, doch das hilft nur bedingt. In seinem Gesicht kann ich sehen, wie sehr er sich gegen diesen Vorschlag sträubt.

„Olli hat sich das selbst eingebrockt, Mann. Dafür muss er jetzt die Konsequenzen tragen." Aus Alecs Mund klingt das alles so einfach, was es vielleicht auch ist. Wenn Ian gar nichts mit den Drogen in seinem Haus zutun hat, wieso sollte er dann unschuldig ins Gefängnis gehen, wenn es hart auf hart kommt? Der blonde Gitarrist stößt sich von seinem Wagen ab und kommt auf uns zu.

„Die Band bricht ohnehin auseinander, wenn du gehst. Dann kann Olli auch im Knast sitzen, Greg kann endlich das ruhige Leben mit Sarah führen, nach dem er sich seit Jahren sehnt, und ich beginne einen Entzug. Hab nächste Woche ohnehin schon einen Termin bei der Drogenberatung." Überrascht schnellen Ians Augenbrauen hoch. Mit dieser Aussage hat er definitiv nicht gerechnet.

„Ich würde vorschlagen, dass ihr beide jetzt erst mal nach Hause fahrt." Josh sieht die zwei Freunde ernst an. Sein Geduldsfaden ist kurz vorm Reißen, das kann ich regelrecht spüren.

„Du schläfst noch mal ein paar Nächte über alles, was hier gerade besprochen wurde, und Jake setzt sich dann mit dir in Verbindung." Ian sieht aus, als wollte er protestieren, besinnt sich nach einem Blick in Joshs Gesicht allerdings eines Besseren. Nach meinen Ausführungen ist ihm jetzt wohl klar, dass man so was nicht über Nacht organisieren kann.

Also zieht er mich noch einmal dicht an sich heran und küsst mich, während Jake und Josh Alec eindringlich ermahnen, kein Wort über die letzten Stunden zu verlieren.

Ich dagegen schmiege mich noch einmal eng an Ian und atme tief ein, um den Duft seines Parfums zu verinnerlichen. Es wird eine ganze Weile dauern, bis wir uns wiedertreffen. Wenn er sich tatsächlich dafür entscheiden sollte. Ich versuche mir jedes Detail seines Gesichts genau einzuprägen, damit ich mich immer daran erinnern kann.

„Ich liebe dich, Sienna Hernandez, Riley Matthews oder wie du in Zukunft auch heißen magst", flüstert er, was mich zum Lächeln bringt, "und ich kann es kaum erwarten, dich wiederzusehen."

Nach einem letzten, langen Kuss, den ich nicht enden lassen möchte, löst er sich von mir, geht gemeinsam mit Alec zum Auto und verschwindet.

Mit verträumtem Blick und blutendem Herzen schaue ich ihm nach, während ich über den Diamanten an meinem Finger streiche, der unsere Geschichte erst ins Rollen gebracht hat.

"Tja, wer hätte gedacht, dass eure Story so ausgeht?", fragt Josh fassungslos, als er neben mich tritt und kurz den Kopf schüttelt.

"Ich nicht", erwidere ich lächelnd und sehe meinen besten Freund von der Seite an, "ich definitiv nicht."

EPILOG
RILEY

Hope, Neuseeland 02.05.2024

Ich habe mich gerade in den weichen, grauen Sessel neben dem großen Fenster im Wohnzimmer gesetzt, als die Haustür aufgeht. Ein Blick auf die alte Standuhr aus massivem Holz links von mir verrät mir, dass es genau fünf Uhr ist, weshalb es nur eine Person sein kann, die gerade unser Haus betritt.

„Baby, ich bin zu Hause!" Ein Lächeln tritt auf meine Lippen, als die tiefe, ruhige Stimme meines Mannes durch die Räume dröhnt.

„Ich bin im Wohnzimmer", erwidere ich, doch da steht er bereits in der Tür und strahlt mich an.

Adrian Adams hat sich in den letzten Jahren wirklich verändert. Seine Haare sind inzwischen dunkelbraun, ebenso wie der Bart, den er sich hat stehen lassen. Die Färberei ist bis heute eine Herausforderung für jeden Friseur.

Durch die dunklen Farben stechen seine grünen Augen viel mehr hervor als früher, weshalb ich mich öfter, als ich sollte, darin verliere. Seine Schultern und sein Kreuz sind breiter geworden aufgrund der vielen Trainingseinheiten, die er in Hamilton abgehalten hat. Generell hat er ordentlich an Muskeln zugelegt, um mich beschützen zu können, wenn es hart auf hart kommt. Zumindest hat er das immer gesagt.

Es hat knapp acht Monate gedauert, bis Ian zu mir nach Kanada gekommen ist. Sein Tod hat vielen Mädchen das Herz gebrochen und wird bis heute als einer der tragischsten Unfälle des 21. Jahrhunderts gehandelt. Die Monate davor hat er kaum noch ein Wort über mich verloren, wie er mir später erzählt hat. Damit seine Freunde denken, dass er mit mir abgeschlossen hätte.

Zu der Zeit, als Ian den „Unfall" hatte, war die Band bereits aufgelöst. Olli saß seine Haftstrafe wegen Besitz und Handel mit Betäubungsmitteln im Gefängnis ab. Greg und Sarah waren dabei, ihre Traumhochzeit zu planen, und Alec hatte seine Zeit in der Entzugsklinik beinahe überstanden.

‚Hard to Get' befand sich trotz Auflösung der Band seit Monaten an der Spitze der Charts und dann kam die Schocknachricht: Ian soll bei seinem neuen Hobby, dem Paragliding, abgestürzt sein.

Tagelang haben Rettungskräfte nach ihm gesucht, und nach einiger Zeit konnten sie seinen Schirm finden, der vollkommen zerfetzt an einem Ast nahe einer Klippe hing. Mehr jedoch nicht. Wenn er dort runtergefallen ist, konnte er das unmöglich überlebt haben. Also wurde die Suche zu einer Bergungsaktion, die nach einer Woche schließlich abgebrochen wurde. Sie hatten keinen Anhaltspunkt dafür gefunden, dass Ian überlebt haben könnte. Adrian Adams wurde für tot erklärt, was ganz Los Angeles in tiefe Trauer stürzte.

Ich dagegen war voller Vorfreude, da damit klar war, dass wir uns bald wiedersehen würden. Etwa anderthalb Jahre haben wir dann auch friedlich in Hamilton gelebt. Doch der Clan meiner Eltern hat mich abermals ausfindig machen können. Diese Flucht damals war wohl die Schlimmste, die ich je erlebt habe, und hat mir außerdem eine weitere Narbe eingebracht, die ich heute, so gut es geht, zu verstecken versuche.

Eine Kugel aus der Waffe meines Großvaters Luciano hat damals meine Schlüsselbeinarterie fast vollkommen zerfetzt. Nur dank der guten Ärzte und meines Überlebenswillens sitze ich heute noch hier.

Während dieser Zeit ist Ian das erste Mal richtig klargeworden, was Zeugenschutz bedeutet und wie gefährlich er sein kann. Auch wenn er es bis heute bestreitet, bin ich fest der Meinung, dass er damals am liebsten wieder in sein einfaches, normales Leben zurückgekehrt wäre. Aber das ging nicht mehr.

Stattdessen sind wir nach meiner Genesung gemeinsam mit Josh in das kleine Örtchen Hope auf der Südinsel Neuseelands gezogen. Seit August 2022 wohnen wir jetzt hier und haben uns ein neues Leben als Emma und Liam Clark aufgebaut.

Ich arbeite in der hiesigen Arztpraxis als Sprechstundenhilfe, und Ian hat seinen ursprünglichen Plan verfolgt und ist als Quereinsteiger in den Lehrerberuf gestartet, den er jetzt im Nachbarort an der Richmond High ausübt.

Selbst Josh hat durch Zufall sein Glück gefunden. Seit etwa einem Jahr ist er mit Sandy zusammen, einer der wenigen Polizistinnen in Hope.

Ich denke, dass er durch Ian und mich gemerkt hat, dass auch für Leute wie uns eine Beziehung möglich ist, trotz der komplizierten Lebensverhältnisse. An die habe ich allerdings schon lange keinen Gedanken mehr verschwendet, was daran liegt, dass ich vor knapp neun Monaten endlich meine Aussage vor Gericht machen konnte. Dadurch sind der Hernandez- wie auch der Giordano-Clan vollständig zerschlagen worden.

Unter dem enormen Druck in den Verhören sind letztlich sogar viele der loyalsten Mitglieder eingeknickt und haben gesungen wie die Vögel. Das hat meinen Großeltern und Emmanuel, dem neuen Kopf des Hernandez-Clans, schließlich das Genick gebrochen. Sie alle sind für sehr, sehr lange Zeit ins Gefängnis gekommen, und soweit ich weiß, werden einige von ihnen das Tageslicht nie wieder zu Gesicht bekommen.

Dennoch müssen Ian, Josh und ich weiterhin im Zeugenschutzprogramm bleiben und uns bedeckt halten, bis wirklich gewährleistet ist, dass uns niemand mehr nach dem Leben trachtet. Keiner weiß, wo sich noch geheime Verbündete meiner Familie aufhalten könnten.

„Wie geht es meinen beiden hübschen Mädchen heute?" Ian küsst mich kurz, bevor er vor mir auf die

Knie geht und einen federleichten Kuss auf meinen Bauch drückt, der schon eine beachtliche Rundung aufweist.

Schwanger zu werden war definitiv nicht geplant, dafür ist die Situation eigentlich viel zu verzwickt. Doch als wir den positiven Test in den Händen hielten, war schnell klar, dass wir das Kind behalten. Irgendwie würden wir das schon schaffen. Und so ist es dazu gekommen, dass wir in drei Monaten eine kleine Familie werden.

„Also ich bin ziemlich geschafft", gebe ich ehrlich zu und lehne mich wieder im Sessel zurück, „die Kleine hat heute mal wieder alles gegeben, um mich auf Trab zu halten."

Grinsend lässt Ian sich auf der Sessellehne nieder.

„In der Hinsicht kommt sie schon mal nach mir."

Spielerisch genervt rolle ich mit den Augen. Wie soll das nur erst werden, wenn ich zwei von dieser Sorte hier sitzen habe? Mein Mann legt einen Arm um mich und drückt mir einen Kuss auf den Haaransatz.

„Wir werden das schon schaukeln", meint er leise, „Zeugenschutz hin oder her."

Lächelnd sehe ich ihn an. Diesen Optimismus habe ich schon damals in Los Angeles an ihm bewundert. Natürlich weiß ich, dass wir in dieser Umgebung wunderbar Kinder großziehen können, aber es ist leider nichts Endgültiges. Jeden Moment könnte Josh zur Tür hereinkommen und verkünden, dass wir die Koffer packen und verschwinden müssen, weil meine Familie doch noch ein Ass im Ärmel hatte.

Manchmal wünschte ich mir, dass das Telefon einfach klingeln würde und mein bester Freund mir am anderen Ende der Leitung verkündet, dass alles vorbei ist. Dass die Gefahr gebannt wäre und wir zurück in unser altes Leben können.

Für mich stünde fest, dass ich als Riley Matthews wiederkäme, denn Sienna Hernandez ist definitiv vor zehn Jahren in der Schlucht in El Puerto gestorben. Und wenn Adrian Adams von den Toten auferstehen würde, wäre das die Sensation des Jahrtausends! Mit Paparazzi schlage ich mich dann doch lieber rum als mit dem Auswendiglernen neuer Identitäten.

Aber die einzige Verbindung, die noch zu unserem vorherigen Leben in Los Angeles besteht, liegt in einer gläsernen Schatulle auf dem hölzernen Wohnzimmerschrank direkt neben unserem Hochzeitsfoto: der Ring, mit dem alles angefangen hat.

Nachdem ich ein paar Kilo abgenommen hatte, hatte ich ihn problemlos vom Finger ziehen und verstauen können. Wegwerfen wäre keine Option gewesen. Die Zeit in Hamilton über lag er in der Schublade meines Nachttisches, aber sobald wir das Haus in Hope bezogen hatten, besorgten wir eine Schatulle und platzierten ihn sichtbar im Wohnzimmer. Es kam mir falsch vor, ihn ständig in einer dunklen Schublade zu verstecken. Dafür ist er einfach zu schön anzusehen. Da kommt er nur noch hin, wenn Besuch kommt, der nicht aus Josh und Sandy besteht. Die Gefahr, dass das Schmuckstück doch erkannt wird, ist leider nach wie vor sehr groß.

„Ich liebe dich, weißt du das?" Ians Worte reißen mich aus meiner Grübelei und holen mich zurück in die Gegenwart.

„Ja ... ja, ich glaube, das hat mir schon mal jemand erzählt." Lachend ducke ich mich weg, als er mir gegen die Schulter boxen will.

„Ich liebe dich auch", erwidere ich schließlich, bevor das hier noch in einen Kampf ausartet. Ganz sanft streiche ich mit meinem Daumen über seine Wange und sehe ihm dabei tief in die Augen, als er sich vorbeugt und mich erneut zu küssen beginnt.

Altes Leben hin oder her: Mit dieser Gegenwart und der Aussicht auf eine Zukunft mit unserer Tochter und Ian an meiner Seite bin ich wunschlos glücklich. Komme, was da wolle.

DANKSAGUNG

Ich sitze jetzt schon lange an dieser Danksagung und versuche die richtigen Worte zu finden, für das was ich gern ausdrücken würde. Und es ist verdammt schwer. Viel schwerer als ich es mir vorgestellt habe. Aber versuchen wir es:
Zu allererst geht mein Dank an meine Eltern. Ihr habt mich bei dieser Idee durchweg unterstützt und als fleißige erste Leser immer einen Stift in der Hand gehabt, um die Fehler, die sich in der Rohfassung versteckt hatten zu korrigieren. Oder um anzuraten, die ein oder andere Formulierung nochmal zu überdenken.

Alina, Jan, Fiona, Isabell, Janosch, Merle, Krille und Fabian, auch wenn ihr es nicht wisst, seid ihr maßgeblich an diesem Buch beteiligt gewesen. Unsere gemeinsamen Abende in der Schillerstraße haben mich zu so vielen Gesprächen inspiriert, dass ihr beim Lesen bestimmt den ein oder anderen Satz von euch wiedererkennt. Die Widmung ganz zu Anfang steht zwar allgemein für meine Freunde, aber ihr sollt wissen, dass ich euch im Kopf hatte, als ich sie geschrieben habe.

Liebe Annika, du hast dich mindestens genauso in dieses Buch verliebt wie ich, und ich danke dir von Herzen, dass du dich immer wieder dafür bereit erklärst eine der Ersten zu sein, die meine neuen Werke liest. Wobei ... eigentlich lasse ich dir was das angeht ja nicht wirklich eine Wahl.

Hilke, dir danke ich für die Zeit, die du investiert hast, um die Erstfassung dieses Romans eingehend zu lesen. Es ist schön jemanden zu haben, der einen professionellen Blick von außen auf das Ganze werfen kann.

Zu guter Letzt danke ich jedem einzelnen Leser, der sich Rileys und Ians Reise angeschlossen und sie bis zum Ende begleitet hat.